Val Emmich

DU BIST DER STURM, DU BIST DAS LICHT

VAL EMMICH

DU BIST DER STURM, DU BIST DAS LICHT

Aus dem Amerikanischen von
Petra Koob-Pawis

cbj

Bei diesem Buch wurden die durch das verwendete Material und die Produktion entstandenen CO_2-Emissionen ausgeglichen, indem der cbj Verlag ein Projekt zur Aufforstung in Brasilien unterstützt.
Weitere Informationen zu dem Projekt unter:
www.ClimatePartner.com/14044-1912-1001

FSC www.fsc.org
MIX
Papier aus verantwortungsvollen Quellen
FSC® C014496

Wir produzieren
Klimaneutral
ClimatePartner.com/14044-1912-1001
Druckprodukt

Penguin Random House
Verlagsgruppe FSC® N001967

1. Auflage 2021

Die amerikanische Originalausgabe erschien 2021 unter dem Titel:
»Maybe We're Electric« bei Poppy,
einem Imprint von Little Brown and Company, New York
Übersetzung: Petra Koob-Pawis
Umschlagkonzeption: Geviert, Grafik & Typografie
unter Verwendung einer Abbildung von © Stocksy (Rolf Brenner)
MP × Herstellung: UK
Satz: Uhl + Massopust, Aalen
Druck: GGP Media GmbH, Pößneck
ISBN 978-3-570-16589-8
Printed in Germany

www.cbj-verlag.de

Sie werden Zeuge von etwas,
das vor dem heutigen Abend
und außerhalb dieser vier Wände
noch nie jemand gesehen hat.

– Thomas Alva Edison –

Du willst kein Monster sein. Nicht mehr. Du willst dich nicht mehr hässlich fühlen. Innen nicht und außen nicht.

Thomas Edison sagt, Scheitern gehört dazu. Der Teil, der zählt und woran sich die Leute am Ende erinnern, ist das, was man *danach* tut. Früher hast du daran gezweifelt, aber jetzt glaubst du das auch. Deshalb gehst du zurück, um deine Schritte nachzuvollziehen. Vielleicht gibt es einen Weg, den Schaden, den du angerichtet hast, wiedergutzumachen. Sich dem Hässlichen zu stellen, schafft Hoffnung auf ein schöneres Danach.

DER TAG DES STURMS

Jene Nacht
17:52 Uhr

Ich kauere auf dem harten Boden des Museums, den Rücken an eine sich langsam erwärmende Sockelleiste gepresst, und warte darauf, dass mein Zittern aufhört.

Der Schachbrettboden ist an manchen Stellen rissig, und das wiederum gibt mir das Gefühl, selbst an manchen Stellen rissig zu sein. Es erinnert mich daran, dass alles irgendwann einmal neu und fast perfekt ist, nur um dann an manchen Stellen rissig zu werden.

Um mich herum sind hundert Gesichter, alle schwarzweiß. Die meisten gehören dem Mann, der hier geehrt wird, dem Erfinder, der diesen unscheinbaren Fleck in New Jersey einst zu einem weltweiten Anziehungspunkt machte, bis schließlich die ganze Stadt nach ihm benannt wurde.

Neben den Fotos von Thomas Edison sind funktionsfähige Modelle seiner vielen Erfindungen zu sehen. Glühbirnen. Tongeräte. Karbontelefone. An der Wand hängt ein Dutzend der vierhundert Patente, die er während seiner Zeit in Menlo Park anmelden konnte. In einer Vitrine steht ein Modell des Forschungslabors, das sich damals auf dem Gelände befand. Und alles ist in einen Raum gepfercht, der nicht größer ist als unser Wohnzimmer.

Aber hier ist es besser als in unserem Wohnzimmer. Im

Moment möchte ich nicht einmal in der Nähe meines Zuhauses sein. Ich wünschte nur, ich hätte daran gedacht, ein paar Dinge mitzunehmen, bevor ich aus dem Haus gestürmt bin. Vor allem mein Handy. Und eine Jacke, das wäre auch keine schlechte Idee gewesen.

In Gedanken verfasse ich eine E-Mail an meinen Dad: *Sie ist schrecklich. Im Ernst. Sie hat alles zerstört. Bitte stell dich nicht auf ihre Seite. Das ist das Letzte, was ich jetzt brauche.* Ich stelle mir seine Antwort vor: *Mom tut ihr Bestes. Ich stelle mich nicht auf ihre Seite, versprochen. Ja, sie kann schwierig sein. Das sind wir alle manchmal.*

Ich schlinge die Arme um die Knie und vergrabe mein nasses Gesicht in dem Abgrund dazwischen. Dann sitze ich stumm da und zittre – eine Minute lang, eine Stunde lang.

Ein vertrauter Piepton schreckt mich auf. Jeder, der jemals hier gearbeitet hat, kennt dieses nervige Geräusch. Es reißt uns aus allem heraus, was wir gerade machen, und warnt uns, dass jemand das Museum betreten hat.

Ich habe vergessen, die Tür hinter mir abzuschließen.

Vielleicht ist meine Mom mir durch den Schnee gefolgt. Charlie kann es nicht sein; er hat heute einen Gig und ist längst weg, weshalb er das Drama zu Hause verpasst hat. Wenn es Mom ist, sitze ich in der Falle. Das Thomas-Edison-Center besitzt viele Dinge, aber Platz gehört nicht dazu. Es gibt einen vorderen Raum und einen hinteren Raum (wo ich jetzt bin), eine Toilette und eine winzige Abstellkammer. Außerdem gibt es noch eine Hintertür, die nach draußen zu einem Schuppen und zum Gedenkturm führt, aber wenn sie geöffnet wird, ertönt ein weiterer Piepton.

»Hallo?«, sagt eine Stimme, die definitiv nicht die meiner Mutter ist.

Ich halte ganz still und hoffe, dass die Stimme und derjenige, dem sie gehört, so schnell verschwinden werden, wie sie gekommen sind.

Ein Schatten breitet sich vom Hauptraum bis ins Hinterzimmer aus. Dann hält der Schatten inne und ich hebe den Kopf. Eine Gestalt mit tief ins Gesicht gezogener Kapuze ragt über mir auf. Schnee rieselt auf den Boden, als die Kapuze zurückgeschlagen wird.

Ich weiß, wer das ist. Er geht in meine Klasse, ist im zweiten High-School-Jahr, genau wie ich. Sein Name ist Mac Durant. Mac Durant, aka Inbegriff aller Sehnsüchte: gut aussehend, klug, charmant, beliebt, Top-Athlet, Zu-perfekt-um-wahr-zu-sein-Herzensbrecher und Idealbesetzung jeder Teenie-Rom-Com, die du je gesehen hast. Und dann dieser geradezu absurd passende Name. Mac Durant. Was zum Teufel macht *er* hier?

Ich dagegen bin das Chaos in Person. Ich bin zwei Tage nicht gewaschenes Haar. Ich bin ein löchriges Sweatshirt. Ich bin abgetragene Leggings mit zwei verschiedenen Socken. Selbst an Tagen, an denen ich damit rechne, von anderen Menschen gesehen zu werden, und mir deshalb Mühe gebe, ist das Ergebnis nicht gerade berauschend. Aber mein momentaner Look, der durch meine verquollenen roten Augen noch komplettiert wird, gibt dem Wort *erbärmlich* eine ganz neue Bedeutung.

Ich wische mir mit dem Ärmel übers Gesicht und gebe mein Bestes, um halbwegs zurechnungsfähig zu wirken. Er hat riesige goldene Augen, die mich verwirrt anstarren. Vermutlich versucht er, sich an meinen Namen zu erinnern. *Wer ist dieses Mädchen, an dem ich täglich vorbeilaufe, ohne jemals in irgendeiner Weise mit ihr zu interagieren? Und warum liegt sie zu einer zittrigen Kugel zusammengerollt auf diesem schmutzigen, rissigen Fußboden?*

»Ich brauche dein Handy«, sagt Mac Durant. »Es ist ein Notfall.«

Das sind nicht die Worte, mit denen ich gerechnet hätte, und definitiv nicht der Tonfall, den ich erwartet habe. Zu erleben, wie jemand, der sonst vor Selbstvertrauen nur so strotzt, der Verzweiflung nahe scheint, bringt mich noch etwas mehr aus der Fassung.

Das Museum ist geschlossen, würde ich am liebsten sagen. Er dürfte gar nicht hier sein, und ich auch nicht.

»Bitte«, sagt Mac, höflich, aber drängend.

Ich hebe meine rechte Hand und deute mit dem Finger. Mac dreht sich rasch um und sein Schatten auch. Ich stehe auf und gehe in den Vorraum, verdrücke mich wie eine Spionin in die Ecke. Er greift nach dem alten Telefon dort, hebt aber den Hörer nicht ab. Da bemerke ich das Blut an seiner Hand.

Er blickt auf und sieht mich.

»Mach du es«, sagt er.

Ich will etwas sagen, bringe aber kein Wort heraus.

Er hält mir den Hörer entgegen. »Du musst für mich anrufen. Ich sage dir, was du melden sollst.«

Sein Blick ist nicht fies, sondern flehentlich.

Ich sehe, wie seine blutigen Finger drei Zahlen drücken.

Jeder Anruf, der mit nur drei Zahlen auskommt, ist ein Anruf, mit dem ich nichts zu tun haben will.

Ich bin kurz davor, ihn auf diese neue und noch ungeschriebene persönliche Regel hinzuweisen, als er mich hektisch zu sich winkt. Und dann sagt er meinen Namen. »Tegan.« Dass er meinen Namen nennt, meinen Namen kennt – das ist zu viel.

Ich lasse mir von ihm den Hörer in die Hand drücken.

Eine undeutliche Stimme: »9-1-1. Was ist passiert?«

Mac fordert mich mit einer Geste auf, den Hörer an mein Ohr zu halten. Es ist, als wäre ich in Edisons Zeit zurückversetzt worden und Mac müsse mir erst beibringen, wie man ein Gerät bedient, das ich noch nie gesehen habe. So macht man das, wenn man mit einem Telefon ein Ferngespräch führen möchte. Man hält das eine Ende des Hörers ans Ohr und spricht in das andere Ende hinein.

Aber was spricht man hinein?

»Ich möchte etwas melden«, instruiert mich Mac leise.

Aber ich kann nicht. Ich bin stumm. Mac fleht mich mit seinen großen Augen an, und dann höre ich, wie ich den Satz wörtlich wiederhole: »Ich möchte etwas melden.«

Mac blinzelt quälend lange, bevor er mir den nächsten Satz vorgibt. »Da ist ein Mann in einer Garage.«

»Da ist ein Mann …«, fange ich an.

»In einer Garage«, sagt Mac.

»In einer Garage.«

»Sein Auto läuft. In der Garage.«

»Sein Auto läuft in der Garage«, wiederhole ich.

»Ich glaube, er versucht, sich etwas anzutun«, sagt Mac.

Ich halte inne. Mac nickt. Es ist in Ordnung. Alles ist in Ordnung. Seine Augen versprechen: *Wir stehen das gemeinsam durch.*

Ich sage dem Mann am anderen Ende der Leitung: »Womöglich versucht er, sich etwas anzutun.«

Mac reckt beide Daumen hoch. Ich halte den Hörer etwas weiter weg und sage zu Mac, dass der Mann nach der Adresse fragt.

»Achtundachtzig Anchorage Road«, sagt Mac.

Ich gebe die Adresse durch, und es dauert einen Moment, bis ich den Sinn der Worte erfasse. Mac wohnt in der Anchorage Road, nur wenige Gehminuten entfernt, in der entgegengesetzten Richtung von meinem Zuhause. Das Museum liegt etwa auf halber Strecke zwischen unseren Häusern.

Als Nächstes werde ich nach meinem Namen gefragt. Mac hört mit und formt lautlos mit den Lippen, dass ich auflegen soll. Ich zögere. Er nimmt mir den Hörer aus der Hand und legt auf.

Im Museum herrscht Stille.

Mein Blick fällt auf seine blutige Hand am Hörer. Er zieht sie rasch weg und schiebt sie in seine Jackentasche.

Mac Durant holt tief Luft, dann atmet er aus. Die Anspannung fällt von ihm ab. Eine Verwandlung. Jetzt ist er wieder der Typ, den ich kenne: sorgenfreie Grübchen, hinreißend goldene Augen, die Coolness in Person. Und ausgerechnet er starrt mich an, *mich*, und sagt das unkomplizierteste Wort, was einem in einer alles andere als unkomplizierten Situation einfallen kann.

»Danke.«

Jene Nacht
18:39 Uhr

DAS TELEFON LIEGT STUMM ZWISCHEN UNS. WIR STARREN es an, wie eine in einem Erdloch abgelegte Leiche. Ich komme allmählich zu der Erkenntnis, dass das gerade ein *Big Thing* war, auch wenn ich keine Ahnung habe, um was es eigentlich geht.

Mac setzt zu einer Erklärung an. »Das war echt krass. Ich bin spazieren gegangen und da war dieser Typ. Er saß in seinem Auto, in seiner Garage.«

Ich warte auf den Rest der Geschichte, aber Mac lächelt nur, als wolle er sagen: *Wow, das war lustig. Und was machen wir jetzt?*

Moment mal. Ich habe diesen Anruf für ihn gemacht und dafür schuldet er mir eine vernünftige Erklärung. Er war *spazieren*? In einem *Schneesturm*? Woher wusste er, dass der Typ sich etwas antun will? Hätte das Garagentor nicht geschlossen sein müssen? Und wenn ja, wie konnte Mac den Mann sehen? Und wenn das in seiner eigenen Straße war, nicht weit von ihm zu Hause, warum hat er dann nicht von dort aus angerufen? Ach ja, und was ist eigentlich mit seiner Hand passiert?

Zu schade, dass ich nichts davon laut sagen kann. Aber so funktioniert das nicht. Wenn ich jetzt etwas sage, dann verstoße ich gegen die Gesetze unseres Universums, in dem Leute wie er die Ansagen machen und ich schweigend gehorche.

Meine Verwirrung wird noch größer, als Mac in seine Jackentasche greift und ein Handydisplay aufleuchtet. Sein *Handy*! Ein Gerät, mit dem er ohne Weiteres den Notruf hätte wählen können.

Das kann ich nicht durchgehen lassen, Universum hin oder her. »Cooles Handy«, platze ich heraus.

Er inspiziert sein Handy, wie um herauszufinden, was daran so cool sein soll. »Danke«, sagt er und sieht mich an, als wäre *ich* diejenige, die crazy ist.

Er steckt das Handy wieder weg und schaut sich um. »Ich war noch nie hier drin. Ich laufe ständig daran vorbei, aber …«

Mac hat sich in Bewegung gesetzt, und jemand wie er sieht sogar in einer krisenhaften Situation überirdisch gut aus: locker sitzende Chinos, weiße Turnschuhe und eine dicke Steppjacke mit Kunstfellkapuze. Er geht zu der Büste von Thomas Edison, die alle Museumsbesucher am Eingang begrüßt. *Der Zauberer von Menlo Park*, so nennen sie ihn. Edison, nicht Mac Durant. Wobei der Name zu beiden passt.

»Das ist er also«, sagt Mac superlässig. »Der Mann. Der Mythos. Die Legende.«

»Der Mythos«, sage ich und bin selbst überrascht, meine Stimme zu hören.

Mac lächelt und bringt dabei sein Grübchen voll zur Geltung. »Kein Fan?«

Ich zucke mit den Schultern. Ich war mal einer, aber jetzt finde ich Thomas Edison ziemlich überbewertet.

Worüber reden wir hier eigentlich? Warum lächelt Mac mich an, als würde er sich bestens amüsieren? Ich bin geschockt über den Ernst der Situation, aber auch entnervt von der totalen Vorhersehbarkeit des Ganzen. Die Frage ist doch: Bin ich tatsächlich in Gefahr, mich zur Komplizin zu machen, oder stecke ich nur in einer weiteren Dauerschleife der High School Reality Show meines täglichen Lebens fest? Denn *natürlich* kann ein Typ wie Mac Durant einfach hier reinplatzen, als gehöre ihm der Laden, weil sich *natürlich* jede Tür auf Gottes Spielplatz wie von selbst für ihn öffnet und *natürlich* jedes Mädchen, das er seines Blickes für würdig hält, ihm den absurdesten Wunsch erfüllt, selbst wenn es sich damit womöglich in eine potentielle Straftat verwickeln lässt. Und was jetzt? Hängen wir nun im Museum ab und halten einen netten, kleinen Plausch?

Mein Blick gleitet nach unten. Das Schachbrettmuster weist neue Unregelmäßigkeiten auf: rote Punkte. Ich verfolge die Spur zurück bis zu Macs Hand, mit der er gerade die Edison-Büste berührt hat.

»Nein«, sage ich.

»Was ist los?«

»Nein, nein, nein.«

»Alles okay mit dir?«

Stumm zeige ich auf die Büste: Thomas Edison hat eine blutige Nase.

»Scheiße«, sagt Mac. »Das ist wohl meine Schuld.«

Ich renne los und komme gleich darauf mit Papiertüchern und Reinigungsspray zurück. Ich wische den Boden und kümmere mich um Mr Edison, während Mac versucht, die Blutung zu stoppen. Es gelingt ihm nicht besonders gut.

Ich hole unseren Erste-Hilfe-Kasten hinter der Verkaufstheke hervor. Bisher habe ich nur ein einziges Mal erlebt, dass jemand ihn benutzt hat (bei einem Bienenstich). Den vergilbten Pflastern nach zu urteilen, ist der Kasten womöglich älter als die Ausstellungsobjekte hier im Raum.

Ich lege den Uraltkasten auf die Theke, klappe den Deckel auf und seufze dramatisch. »Komm her.«

Mac legt seine Hand auf die Glasabdeckung der Verkaufstheke. Die Auslage bietet das volle Programm an Thomas-Edison-Merchandise. Glühbirnen-Schlüsselanhänger. Glühbirnen-Stressbälle. Glühbirnen-Notizblöcke. Glühbirnen-Glühbirnen. Geniewasser für einen Dollar – ein Schnäppchen. Auf der Theke steht ein Edison-Wackelkopf. Mac stupst ihn an und der Kopf nickt *ja, ja, ja, ja, ja*.

Ich zeige auf Macs Hand. Er wirkt unschlüssig, und schon wieder weiß ich nicht, was ich davon halten soll: Dieser Typ, der normalerweise schwebt, während der Rest von uns auf zwei Beinen geht, steht plötzlich auf dem Boden. Nicht im Sinne von geerdet und standfest, sondern unfähig, frei zu fliegen.

Ich kenne das Gefühl besser als jeder andere: Wenn man seine Hand zeigt, macht man sich verletzlich.

»Normalerweise könntest du so viel Blut verlieren, wie du willst«, sage ich. »Aber im Moment ist ein schlechter Zeitpunkt dafür.«

Mac grinst. Es ist ein Lächeln, das Atome spalten könnte.

Er öffnet seine Faust und legt die Hand flach auf die Theke.

Mit meinen eigenen Händen, und zwar beiden, greife ich in den Erste-Hilfe-Kasten und hole das Material heraus. Verbandszeug, Schere, Salbe. Zuerst den Alkohol. Ich befeuchte einen Wattebausch und drücke die getränkte Seite auf Macs Hand. Er zuckt zusammen.

»Das könnte jetzt ein bisschen brennen«, sage ich zu ihm.

»Sagt man so was nicht *davor* statt danach?«, fragt Mac.

Da könnte er recht haben.

Ich tupfe auf den rosa- und lilafarbenen Bluterguss und dann auf die raue Mitte der Wunde. Langsam sickert die Realität dessen, was ich da gerade tue und mit wem, in mein Bewusstsein. Wie ist mein Atem? Meine Haare? Meine Augenbrauen? Nicht, dass es eine Rolle spielen würde. Wenn die Leute mich ansehen, ist ihr Fokus woanders. Auf der Theke liegen vier Hände und eine ist nicht wie die anderen drei. Meine linke Hand hat nur zwei Finger. Ich bin sicher, dass Mac sie anstarrt. Um meine Theorie zu überprüfen, schiebe ich meine linke Hand ein Stück zur Seite und behalte Mac dabei im Blick, um herauszufinden, ob seine Augen meiner Hand folgen. Das tun sie.

Ich ziehe meine Hand weg. Mac fängt sich wieder und tut so, als wäre nichts. Wenigstens entschuldigt er sich nicht. Das ist immer das Schlimmste – wenn Leute sich entschuldigen, als hätten sie dich gerade nackt erwischt und etwas von dir gesehen, das nicht für ihre Augen bestimmt war.

Ich schnappe mir eine Tube mit Heilsalbe. »Hier, zum Einrubbeln«, sage ich und merke zu spät, wie sich das anhört. Ich drücke zu und die Tube furzt die Salbe auf seine unverletzte Hand. Überhaupt nicht peinlich. Jetzt bin ich diejenige, die so tut, als wäre nichts. »Viel Spaß«, sage ich.

Er lacht leise und trägt die Salbe auf. Als sie sich verteilt, wird sie dünn und transparent und seine Haut wird glitschig. Er verreibt sie auf der wunden Stelle und massiert sie mit sanften Bewegungen ein. Was immer er da macht, es sollte im Privaten stattfinden.

Mac hält sich die Hand an die Nase und schnuppert, dann hält er sie mir hin. »Riech mal.«

»Nein«, sage ich und weiche ihm aus.

»Kann das Zeug schlecht werden?«

Ich nehme die mehrfach geknickte Tube genauer in Augenschein. »Ist 2003 abgelaufen.«

Er schnuppert noch einmal daran und verzieht das Gesicht.

Meine Neugier gewinnt die Oberhand. »Na gut, lass mich mal riechen.«

Er streckt seine Hand aus. Da ist definitiv ein Geruch. Er bildet sich das nicht ein. Ich schnüffle an der Tube, um zu sehen, ob es die Salbe ist, aber das Zeug ist praktisch geruchlos.

»Ich glaube, das bist du«, sage ich. »Es ist dein Blut.«

»Was soll das heißen, mein Blut?«

»Du hast schlechtes Blut.«

»Mein Blut ist nicht schlecht«, protestiert er entschieden.

»Ich meine, wegen der Verletzung – wo auch immer du sie herhast.«

Er blickt auf seine Hand und sein atomares Lächeln ist

wie weggewischt. Ich muss etwas Falsches gesagt haben. Und seine arme Wunde ist immer noch nicht verarztet.

»Wir sollten sie abdecken«, sage ich.

Ich fange an, seine Wunde zu verbinden. Aber dazu muss ich meine linke Hand benutzen und sie hinter der Theke hervorziehen.

Während ich den Verband um Macs Hand lege, eine Lage nach der anderen, kehrt meine Frustration zurück. Ich habe Fragen, und er hat Antworten, aber statt meinen Mund aufzumachen, wickle ich feige immer weiter.

Die Chance, den Kreislauf zu durchbrechen, kommt vielleicht nie wieder.

Ich frage: »Was ist passiert?«

Er schließt die Augen.

Lass mich raten: Er hat Brennholz gehackt. Er hat eine Katze vom Baum gerettet. Er hat für ein greises Mütterlein Schnee geschaufelt.

»Ich habe einen Ziegelstein zertrümmert«, sagt Mac und schafft es, einem offenkundig gewalttätigen Akt alles Gewalttätige zu nehmen. Als wäre das, was er getan hat, unausweichlich gewesen.

Ich versuche, mir die Szene vorzustellen – Mac, wie er einen Ziegel zerschlägt –, aber das Video lädt nicht. Dass diese Lässigkeit in Person tatsächlich einmal die Fassung verlieren könnte, dafür reicht meine Fantasie nicht aus.

Was ich jedoch sehe, sind seine Gefühle bei dem Gedanken an das, was passiert ist: eine Mischung aus Scham und Reue und so etwas wie Stolz.

Er öffnet die Augen und wartet auf meine Reaktion.

»Tja«, sage ich nach einigem Nachdenken. »Deine Hand sieht immer noch besser aus als meine.«

Ich lache über meinen Witz, damit er das auch tun kann.

Du bist von Geburt an anders. Babys haben normalerweise fünf Finger und zehn Zehen. Du nicht. Du hast eine Hand mit nur zwei Fingern – Daumen und Ringfinger – und sogar die sind mickrig. So etwas nennt man Symbrachydaktylie. Ein Wort, das man kaum anschauen kann, ohne Kopfschmerzen zu kriegen. Aber jemand war kreativ genug gewesen, um sich einen einfacheren Begriff auszudenken. Wenn Gliedmaßen irgendwie anders aussehen als normal, sagt man dazu – Trommelwirbel bitte – *Fehlbildung*. Deine Eltern haben sich für etwas anderes entschieden. Sie nennen deine linke Hand deine *spezielle* Hand.

Schon sehr früh denken deine Eltern über eine Operation nach, entscheiden sich aber schließlich dagegen. Stattdessen setzen sie ihre ganze Hoffnung auf eine riskante Methode, die sich Selbstakzeptanz nennt. Am Anfang scheint es zu funktionieren. Du bist ein sorgloses und unbekümmertes Kind. Du weißt nicht, wie es ist, an beiden Händen fünf Finger zu haben. Du hast nicht das Gefühl, als fehle dir etwas. Mom und Dad lassen dir die Freiheit, Dinge selbst herauszufinden. Knöpfe zu schließen ist eine nervige Herausforderung, und wenn du den Fahrradlenker umklammerst, hat nur die eine Hand einen sicheren Griff. Aber das ist nichts, was dich verstört. Es ist, wie es ist.

Dann wirst du älter. In der dritten Klasse fällt dir auf, wie sie starren. Sie haben dich schon immer angestarrt, aber erst jetzt nimmst du es bewusst wahr. Isla, deine beste Freundin seit Kindergartenzeiten verteidigt dich vehement, wenn die Jungs über dich kichern. Du fängst an, dich selbst mit anderen Augen zu sehen. Zum ersten Mal spricht ein Arzt von »Behinderung«. Du wusstest immer, dass du anders bist, aber dieses Wort – ganz gleich, wie sachlich es verwendet wird – erweckt den Eindruck, als wäre mit dir etwas nicht in Ordnung. Zweifel schleichen sich ein. Du fragst dich, wie »normal« du bist. Deine Gedanken drehen sich fast nur noch um dein Anderssein, was dir weder guttut noch weiterhilft, wie du selbst weißt. Du starrst deine Hand an, bis es keine Hand mehr ist. Sondern ein Ding, das an dein Handgelenk geschnallt ist.

Du versuchst, die Aufmerksamkeit der Leute von deiner Hand abzulenken. Selbst im Sommer trägst du lange Ärmel. Shirts mit auffälligen Slogans, die die Blicke auf sich ziehen. Du machst Witze, sehr viele, die meisten davon auf deine Kosten.

Als Teenager bist du irgendwann drüber weg. Das Thema langweilt dich nur noch. Was soll das Ganze? Es ist nur eine Hand, mehr nicht. Schon gar nicht *speziell*. Keiner beachtet eine Hand. Du nicht. Und deine Familie und deine

Freunde auch nicht. Du bist dir deiner Hand zwar bewusst, aber du konzentrierst dich nicht darauf. Nur Fremden fällt sie auf. Das Problem ist, dass es viele Fremde gibt, und es kommen ständig weitere hinzu, die dich an das erinnern, was du immer wieder vergisst. Das kostet Kraft. Du hast nicht die Energie, bei jeder neuen Begegnung Erklärungen abzugeben. Oder mit Menschen, die du schon lange kennst, die immergleichen Kämpfe auszufechten. Viel einfacher ist es, in den Hintergrund zu verschwinden. Also weichst du ihren Blicken aus. Machst dich klein. Wirst sehr, sehr still.

Jene Nacht
18:54 Uhr

Ich lege das Verbandszeug in den Erste-Hilfe-Kasten zurück, stelle ihn wieder in das untere Regal und bleibe länger als nötig hinter der Theke in Deckung. Ich brauche etwas Zeit zum Nachdenken.

Worum ging es bei diesem Anruf? Warum wollte er, dass *ich* telefoniere? Und dann ist da noch die Sache mit dem Blut – seinem schlechten Blut!

Vielleicht ist er ja auf magische Weise verschwunden, wenn ich wieder hochkomme. Dann kann ich mich wieder mit meinen eigenen Problemen beschäftigen.

Ich richte mich auf. Mein Gebet wurde erhört. Er ist weg.

Das war einfach.

Ich blicke aus dem Fenster. Keine Spur von ihm. Mit ein paar schnellen Schritten bin ich an der Tür und schiebe energisch den klemmenden Riegel vor, um die Welt auszusperren. Ich seufze vor Erleichterung.

Oder ist es Enttäuschung? Ist womöglich gerade der aufregendste Moment meines Lebens an mir vorbeigezogen? Vor einer Sekunde war er noch da, ich schwöre es, direkt vor mir: Mac Durant. Er ist gegangen, ohne sich zu verabschieden. Oder sich für meine Erste Hilfe zu bedanken.

Ein Geräusch aus dem Hinterzimmer lässt mich herumwirbeln. Als ich nachschauen gehe, sehe ich, wie Mac an einem Phonographen herumhantiert.

»Vorsichtig«, sage ich, erleichtert und erschrocken zugleich. Er kann einem beinahe Angst einjagen. Es ist, als stünde man plötzlich vor einem Einhorn: Man hätte nie gedacht, dass diese Kreatur tatsächlich existiert.

Ich schreite sofort ein, bevor er den Phonographen-Arm auf die Platte legen kann. Mr Edisons Gesicht haben wir bereits besudelt. Für den Schaden an einem dieser unbezahlbaren Geräte verantwortlich zu sein, ist das Letzte, was ich jetzt brauchen kann.

»Das Modell ist aus den Dreißigern«, sage ich. »Der Apparat ist unersetzlich.«

»Wir haben einen Plattenspieler zu Hause«, sagt Mac.

»Aber nicht so einen.«

»Ziemlich ähnlich.«

Wie schön, dass sein Selbstbewusstsein in alter Stärke zurückgekehrt ist, aber leider hat er keine Ahnung, wovon er redet.

»Funktioniert das Ding?«, fragt er.

Sogar in seinem jetzigen Zustand – pappige Haare, die in alle Richtungen abstehen, und sehr menschliche rote Wangen – verfügt Mac über eine Macht, der man sich nur schwer entziehen kann.

Ja, der Plattenspieler funktioniert. Er kann nicht jede x-beliebige Platte abspielen, nur Edisons eigene Scheiben und die auch nur bei Führungen. Das Museum ist vier Tage die Woche geöffnet. An einem Samstag wie heute schließt es um vier und macht erst morgen um zehn Uhr wieder auf, falls das Wetter mitspielt. Aber ich habe seit Monaten nicht mehr im Thomas Edison Center gearbeitet und keiner von uns beiden dürfte jetzt hier sein.

Aber wir sind es.

Na schön. Nur ganz kurz.

Ich öffne die Frontplatte unseres größten Phonographen und setze die Nadel auf. Die Musik ist das, was man schmissig nennt. Wir hören eine lange Minute zu (gar nicht so einfach). Ich fühle mich lächerlicherweise dafür verantwortlich, als wäre ich die Künstlerin, die den Song aufgenommen hat, und Macs Urteil darüber würde unweigerlich auf mich zurückfallen. Sein Fuß scheint sich allerdings über den Beat zu freuen, denn er tappt in schnellem Rhythmus mit. Mac wirft einen kurzen Blick auf sein Handy und steckt es wieder weg. Als die Musik endlich endet, führe ich die Nadel in die Ausgangsstellung zurück und klappe die Frontplatte hoch.

»Es ist ein Megahit bei den über Neunzigjährigen«, sage ich, um mich von dem uncoolen Spektakel zu distanzieren, das er gerade über sich ergehen lassen musste.

Kommentarlos wendet er sich anderen Exponaten zu. Sein Gang – lässig, aber interessiert – erweckt absurderweise den Eindruck, als hätte Mac nie etwas anderes vorgehabt, als seinen Samstagabend damit zu verbringen, lange vernachlässigte Kenntnisse über Thomas Edison aufzufrischen. Ich verfolge seine Bewegungen, betrachte sein Profil (aus Sicherheitsgründen, versteht sich). Er hat eine markante Nase und sie steht ihm gut. Seine Lippen scheinen mit einem teuren Pinsel aufgemalt zu sein; um ehrlich zu sein, habe ich mehr als einmal davon geträumt, diese Farbe zu verschmieren.

»Vielleicht solltest du den Laden schließen«, sagt Mac. »Sieht übel aus da draußen.«

Er mustert mich von Kopf bis Fuß, als würde er mich erst jetzt in meiner ganzen merkwürdigen Erscheinung wahrnehmen. Das waschmaschinengeschrumpfte rote Sweatshirt, in das ich mich schon den ganzen Tag mümmle, ist mein Favorit für Herumgammeln und Faulsein, aber als Arbeitskleidung macht es nicht gerade viel her. Ich mag wie eine offizielle Mitarbeiterin des Museums klingen, aber ich sehe definitiv nicht so aus.

»Ich werde abgeholt«, sage ich. »Kann sich nur noch um Minuten handeln.« Eine glatte Lüge.

»Wahrscheinlich ruft der Gouverneur den Ausnahmezustand aus.« Er schüttelt den Kopf. »Die bauschen immer alles auf. Die Leute lieben Dramen.«

Leute. Wie in: *andere Menschen*. Nicht er. Mac Durant steht nicht auf Dramen. Das ist die Botschaft, die er rüberbringen will. Dabei ist er derjenige, der hier das Drama macht. Ich hatte vor, mich eine Weile im Museum zu verstecken, aber wegen Mac fühlt sich mein sicherer Ort nicht mehr sicher an. Ich sollte gehen. Jetzt sofort.

Ich will nicht nach Hause, aber was bleibt mir anderes übrig? Ich habe kein Geld, kein Handy. Keiner meiner Freunde wohnt in der Nähe. Unter diesen Umständen würde ich am ehesten zu Neel wollen, aber er und ich haben uns gestritten.

Nach Hause zurückzukehren, bedeutet nicht, dass ich mit

meiner Mutter reden muss. Ich kann direkt in mein Zimmer huschen und mich unter der Decke verkriechen. Aber zuvor muss ich Mac zum Gehen bewegen.

Ich räuspere mich. »Bestimmt hast du heute noch was vor oder so.«

Mac antwortet nicht, er ist ganz in die Betrachtung der Museumswand vertieft.

Ich werde das Licht ausschalten, vielleicht kapiert er es dann. Es ist eine extreme und möglicherweise missverständliche Maßnahme, aber jetzt ist nicht die Zeit für taktvolle Zurückhaltung. Ich überwinde meinen inneren Widerstand und bewege mich unauffällig Richtung Lichtschalter. Als ich den Schalter fast erreicht habe, stellt Mac sich mir unabsichtlich in den Weg, und ich bin gezwungen, den Rückzug anzutreten.

»Nimmst du immer noch den Bus?«, fragt Mac. Er muss sich fast um die eigene Achse drehen, um mich anzuschauen.

»Ja«, sage ich, überrascht, dass er sich daran erinnert. »Leider.«

Mac ist seit der Mittelstufe nicht mehr mit dem Bus gefahren, und damals hat er fast jeden Morgen die Fahrt mit Schlafen verbracht. Das ist ein Thema, über das ich liebend gerne mehr von ihm hören würde – die Vergangenheit, *unsere* Vergangenheit, auch wenn es da praktisch nichts zu erzählen gibt –, aber er geht nicht weiter darauf ein.

Es ist an der Zeit, auf den altbewährten Wink mit dem Zaunpfahl zurückzugreifen: lautes Gähnen. Während Mac sich weiter umsieht, starte ich meinen ersten Versuch. Das Ergebnis ist ein kaum hörbares Hauchen. Bei meinem zweiten Versuch lege ich mich ins Zeug. Diesmal ist das Gähnen so laut, dass ich mich anhöre wie ein ältlicher Zauberer, der einen Nierenstein ausscheidet.

»Mann«, sage ich, schraube jedoch die Dringlichkeit in meiner Stimme etwas runter. »Ich bin supermüde.«

Mac reagiert nicht darauf. Stattdessen schaut er zum millionsten Mal auf sein Handy und steckt es wieder in die Tasche. Umso absurder ist seine nächste Frage.

»Kann ich das Telefon noch einmal benutzen?«

Warum benutzt du nicht dein eigenes?, ist die nahe liegende Frage, die ich natürlich nicht stelle.

»Klar«, sage ich.

Er geht zurück in den Hauptraum. Ich zähle bis zehn, dann folge ich ihm, bleibe aber im Türdurchgang stehen und drücke mich gegen die Wand. Langsam lehne ich mich zur Seite, bis eines meiner neugierigen Augen einen Fingerbreit hinter dem Türrahmen hervorlugt.

Mac steht regungslos da, die Hand auf dem Hörer. Er denkt nach. Dann nimmt er den Hörer ab, wählt, lauscht. Er legt auf und wartet. Dreht sich zum Fenster. Kaum was zu sehen da draußen.

Er wendet sich um, und ich weiß, ich sollte mich schleunigst bewegen, aber da hat er sich schon umgedreht, und ja, eine Hälfte meines Gesichts ist deutlich zu sehen, was viel peinlicher ist als ein ganzes Gesicht.

»Hi«, sagt Mac.

Ich trete hinter dem Türrahmen hervor und zeige mein ganzes Gesicht. »Hi.«

Mac setzt sich hinter der Theke auf einen Hocker. Er

stützt die Ellbogen auf die Glasabdeckung und vergräbt den Kopf in den Händen.

Es gibt nur einen guten Grund, warum Mac nicht sein eigenes, voll funktionsfähiges Handy zum Telefonieren benutzt: Er will nicht, dass die Person, die er anruft, weiß, dass er es ist. Das erklärt den ersten Anruf bei der Notrufzentrale. Aber was ist mit *diesem* Anruf? Wen hat Mac Durant diesmal angerufen?

Mac blickt zur Decke. Sein Oberkörper streckt sich und er legt den Kopf in den Nacken. Ein leises Ächzen, dann neigt er den Kopf und schmiegt ihn in seine Handfläche wie in ein Kissen. Hingerissen verfolge ich jede Bewegung.

Gedankenverloren fragt er: »Sind deine Eltern noch zusammen?«

Dic Frage ist willkürlich, kommt aber genau zur richtigen Zeit. Ich schüttle den Kopf. *Nein, sind sie nicht.*

»Glück gehabt«, sagt Mac.

Glück gehabt? Nein, das finde ich nicht. Im Gegenteil. Wenn Mac wüsste, was ich heute durchgemacht habe, weil meine Kernfamilie eine Kernschmelze hatte.

Er richtet sich auf und blickt durchs Fenster. Draußen liegt dichter Schnee. Die Flocken halten sich auf ihrem Weg nach unten an den Händen. Sie bilden einen weißen Wall, durch den man nicht hindurchsehen kann.

Macs Blick wandert die Wand entlang und verharrt einen Moment an der Eingangstür. »Ziemlich spät dran«, sagt er.

»Wer?«

»Dein Abholservice.«

Ach ja, die imaginäre Person, die mich abholt. »Muss am Wetter liegen«, antworte ich. Das klingt plausibel.

Er steht auf und kommt hinter der Theke hervor. Mit jedem Schritt scheint er größer zu werden, die bandagierte Hand hängt schlaff herab. Ich drücke mich mit dem Rücken an die Wand. Seine Jacke raschelt, erst laut, dann leiser, als er an mir vorbeigeht und wieder etwas Abstand zwischen uns bringt. Er steuert die Tür an. Na endlich. Elvis verlässt das Gebäude.

Nein. – Er geht an der Tür vorbei.

Es grenzt an Folter. Ich habe mein Zuhause als einsamster Mensch der Welt verlassen, und ausgerechnet jetzt habe ich Gesellschaft bekommen, was aufregend, aber auch beängstigend und verwirrend ist. Ganz abgesehen davon ist das Timing mies.

»Ich muss abschließen«, sage ich und nähere mich dem Ende meiner Konversations-Rettungsleine. »Gibt es sonst noch was, womit ich dir helfen kann oder …«

Er blickt auf sein Handy. Schon wieder. Wartet er etwa auf jemanden? Was zum Teufel ist hier los? Ich finde, es reicht.

»Warum bist du noch hier?«, frage ich ihn direkt.

Er schaut von seinem Handy auf. »Ich? Warum bist *du* noch hier?«

Machst du Witze? Hallo?! »Ich arbeite hier, was sonst?«

»Du hast niemanden angerufen, damit er dich abholt. Keine Textnachricht. Nichts.«

»Das liegt daran, dass ich … mein Handy zu Hause vergessen habe.«

Er grinst. »Ach ja? Da ist das Telefon.«

Meine Kehle wird eng. Mac kommt näher, dringt in meine persönliche Distanzzone ein. »Ich will ja nicht fies sein, aber ich glaube nicht, dass dich jemand abholen kommt.«

Ich greife nach der Wand, für den Fall, dass ich Hilfe beim Aufrechtstehen brauche. »Wie kommst du darauf?«

Er deutet auf die Tür. Das Schild mit den Öffnungszeiten. Mac muss es gesehen haben, als er vorhin am Fenster stand.

»Das Museum schließt um vier«, sagt er. »Jetzt ist es nach sieben.«

In meiner lächerlichen, frei erfundenen Story habe ich seit drei Stunden Feierabend und sitze seitdem geduldig hier herum und warte. Ohne auf die Idee zu kommen, jemanden anzurufen. Ohne auch nur ein einziges Mal aus dem Fenster zu spähen und nach einem Auto Ausschau zu halten. Angezogen wie eine professionelle Couch-Potato. Vor Kurzem saß ich im Hinterzimmer zusammengekauert auf dem Boden. Mac hat das alles registriert. Und ich dachte, *ich* wäre gut im Beobachten.

»Und?«, sage ich.

Ich weiß immer noch nicht, was ihn das alles überhaupt angeht und worüber wir hier eigentlich reden.

»*Und* …«, sagt Mac und fängt an, langsam im Kreis herumzugehen. »Sagst du mir, warum du wirklich hier bist?«

Ich senke den Kopf. Seit Monaten, besser gesagt seit Jahren, versuche ich, mich zusammenzureißen, aber nach den Ereignissen des heutigen Tages bin ich kurz davor, auch noch das letzte bisschen Fassung zu verlieren.

»Ich will nicht nach Hause«, gebe ich leise zu.

Er seufzt. »Ich auch nicht.«

Ich beobachte ihn. Seine gleichmäßigen Runden sehen jetzt wie nervöses Herumtigern aus. Mit einem Mal geht mir auf, was mir von Anfang an hätte klar sein müssen: Aus irgendeinem Grund kann dieser Typ nicht still sitzen.

»Also?« Mac wirft die Arme in die Luft, als würde er sich ergeben wollen. »Keiner von uns beiden will nach Hause gehen.«

Seine goldenen Augen blicken durch den Raum hinweg direkt in meine.

»Dann lass uns hierbleiben«, sagt er.

Jene Nacht
19:31 Uhr

Mit der dramatischen Geste eines Superhelden reißt Mac seine Jacke auf und hängt sie an einen nicht existierenden Haken an der Wand. Sie fällt zu Boden, was ihn aber nicht weiter zu stören scheint.

»Gibt es hier irgendwelche Snacks?«, fragt er. »Einen Automaten oder so?«

Ich schüttle den Kopf. Mac brummt enttäuscht.

Ich habe viel Zeit damit verbracht, Mac Durant zu beobachten: in der Schule, im Bus, online. Er strahlt eine unglaubliche Intensität aus, eine unerschöpfliche spielerische Leichtigkeit, aber jetzt hat seine Energie beinahe etwas Manisches. Er wippt auf den Fersen, bereit für die nächsten Runden in seinem kleinen Hamsterkäfig.

Ich erkenne sein Shirt wieder. Es ist schwarz und auf der Brust steht *Sneaker World*. Mac bemerkt meinen Blick. Er liest die Aufschrift auf seiner Brust, als würde er sie gerade zum ersten Mal sehen.

»Ich bin direkt von der Arbeit gekommen«, sagt er. »Ich habe dich schon mal im Laden gesehen, oder?«

»Ähm. Ja. Kann sein.«

Ich habe ihn definitiv dort gesehen. Heute Nachmittag, als Mom und ich einen Abstecher ins Einkaufszentrum gemacht haben, bin ich ziemlich sicher direkt an dem Geschäft vorbeigegangen. Aber ich fasse es kaum, dass er sich tatsächlich daran erinnert, *mich* dort gesehen zu haben. Das sind jetzt schon zweit Gelegenheiten, bei denen er meine Anwesenheit bemerkt hat.

Seine Augen suchen nach etwas, an dem sie sich festhalten können, und landen wieder bei mir. »Wie wär's, wenn du mir eine Tour gibst?«

»Ja, klar. Das macht dann fünf Dollar.«

Er greift nach seinem Geldbeutel. »Kannst du einen Zwanziger wechseln?«

»Das war ein Witz.« Ich dachte, das sei klar.

Er zögert und steckt dann schulterzuckend das Geld weg.

Dass ich seinem Plan, mit ihm hier im Museum zu bleiben, noch gar nicht zugestimmt habe, scheint ihm entgangen zu sein. »Tut mir leid, aber ich verstehe nicht ganz, was das werden soll. Das alles ist doch total …«

Er sieht mich an und wartet darauf, dass ich ihm erkläre, was genau ich mit *das alles* meine. Aber das tue ich nicht. Ich kann es nicht.

»Glaub mir«, sagt Mac, als er merkt, dass von meiner Seite nichts mehr kommt. »Ich habe mir meinen Abend auch anders vorgestellt.«

Was das angeht, sind wir uns einig. Wenigstens gibt er zu, wie bizarr die Situation ist. Und war das gerade etwa eine Beleidigung? Schwer zu sagen. Ich überlege, was er heute Abend machen würde, wenn er nicht mit mir hier im Museum wäre. Yoga-Posen vor dem Spiegel. Ein Sixpack mit den Kumpels. Sexting mit irgendwelchen Mädchen. Keine Ahnung. Soweit ich weiß, hat er keine Freundin. Jedenfalls nicht offiziell.

»Sicher, dass es hier nichts zu essen gibt?« Er beugt sich über die Theke und schnüffelt wie ein Raubtier auf Beutezug. Kann sein, dass zwischen den Souvenirartikeln noch Pfefferminzbonbons zu finden sind, mehr aber auch nicht.

»Bin gleich wieder da«, sage ich.

Seinem freudigen Gesichtsausdruck nach zu urteilen, glaubt er, ich würde von irgendwoher etwas zu essen holen. Tatsächlich gehe ich zur Toilette. Ich brauche eine kurze Denkpause.

Im Toilettenraum inspiziere ich meine Augen und suche nach verdächtigen Tränenspuren. Ich hoffe, meine Mutter ist zu Hause und macht sich Sorgen um mich. Läuft hin und her, kaut auf ihren Nägeln und telefoniert alle Leute ab, die sie kennt. Für das, was sie getan hat, verdient sie die Qualen, die sie jetzt hoffentlich durchleidet.

Mein Entschluss steht fest. Ich werde auf keinen Fall jetzt schon nach Hause gehen. Ich lasse meine Mutter schmoren. Und das bedeutet, ich bleibe mit Mac hier.

Moment. Sag das noch mal: Ich bleibe mit Mac Durant hier.

Der Mac Durant, der in der sechsten Klasse die drittmeisten Stimmen bei der Wahl zum Klassensprecher erhalten hat, obwohl er gar nicht kandidiert hatte. In der Achten hat ihn Brian Slatin, der erste offen schwule Junge, den ich kenne, gefragt, ob er mit ihm zum Frühlingsball geht. Mac hat *Ja* gesagt, was die Mädchen in Verzweiflung und die

Jungs in Verwirrung stürzte. Alle, die dachten, es sei nur eine billige Aktion, um Aufmerksamkeit zu bekommen (als hätte Mac das nötig), wurden eines Besseren belehrt, als Mac im ersten High-School-Jahr der LGBTQIA-League beitrat.

Er ist hetero, kein Zweifel. Er hatte was mit einigen der hübschesten Mädchen der Schule, darunter die (zumindest für mich) berüchtigte Finley Wooten. Seine längste Beziehung – fast drei Monate – hatte er mit Claire Wong, die ein Jahr über uns ist. Sie soll geweint haben, als er im letzten Herbst mit rasiertem Kopf in die Schule kam. Mac ist der Einzige, den Isla, Brooke und ich in keiner unserer vielen Spielrunden von *Küssen, Heiraten, Töten* geopfert haben. Niemand würde ihn so ohne Weiteres hergeben wollen.

Er ist mit so ziemlich jedem befreundet. Die Lehrer haben immer diesen Ausdruck in den Augen, wenn sie mit ihm reden – als ob sie diejenigen wären, die zu *ihm* aufschauen. Bei den Trainern ist es nicht anders. Mac ist so talentiert, dass er im Leistungskader für zukünftige Profifußballer spielt statt in der Schulmannschaft.

Er sprintet durch die Schulkorridore wie eine Gazelle, ohne je stehen zu bleiben, sodass es ein echtes Highlight ist, ihn für mehr als einen flüchtigen Augenblick zu Gesicht zu bekommen. Einmal bin ich mit meiner Mom an seinem Haus vorbeigefahren und habe ihn erspäht, wie er mit freiem Oberkörper den Rasen mähte. Seitdem verfluche ich mich dafür, dass ich zu langsam gewesen war, um ein Foto zu machen. Es heißt, er würde regelmäßig im Y.M.C.A. seine Runden drehen, aber ich werde garantiert keinen Badeanzug anziehen, nur um einen Blick auf einen gut aussehenden Typen zu erhaschen. (Okay, für Timothée Chalamet könnte ich *vielleicht* eine Ausnahme machen.)

Es gibt muskulösere Sportler, provokantere Persönlichkeiten, beeindruckendere Super Brains, charmantere Herzensbrecher, aber keiner von ihnen verkörpert diese faszinierende Mischung mit It-Faktor, diese Kombination aus perfekt und edgy, aus gewissenhaft und sorglos. Ehrlich gesagt finde ich es nicht fair, dass eine einzige Person in der Geburtslotterie so viel abbekommen hat. Die Leute, die ihn gut kennen, nennen ihn bei seinem Nachnamen oder manchmal einfach *Doc* (in Anspielung auf seine Initialen M.D.). Für mich ist er immer nur Mac Durant gewesen.

Mit ihm hier festzusitzen ist keine Strafe. Es ist ein Wunder. Ein *Lifechanger*. Wie oft habe ich davon geträumt, dass ein Hottie in mein Leben tritt, um mich aus endloser Einsamkeit und Langeweile zu retten? Nun ist es passiert. Nach all der Zeit. Endlich. Er ist hier. Aus einem unerklärlichen Grund ist er hier. Ausgerechnet bei mir. Also mach was draus. Hör ausnahmsweise einmal auf, alles zu zergrübeln, und lass es einfach geschehen.

Ich streiche meine Haare glatt und verwuschele sie dann wieder, dass es glaubhaft nicht gewollt wirkt. Dann gehe ich zurück zu meinem Wunschtraum/Albtraum.

Mac ist im vorderen Raum und schaut sich eines unserer beliebtesten Fotos an. Es zeigt den ursprünglichen Stahlturm, der ganz anders aussah als sein Art-déco-Nachfolger, den es heute noch gibt.

»*Das Ewige Licht*«, liest Mac von dem Plakat an der Wand vor. »Stimmt das?«

Die Geschichte des Ewigen Lichts wird nicht nur prominent am Eingang des Museums präsentiert, sondern auch jedem, der den Turm besichtigt, wortreich geschildert. Die Geschichte geht so: Der ursprüngliche Stahlturm wurde 1929 errichtet, anlässlich des fünfzigjährigen Jubiläums der Entwicklung von Thomas Edisons Glühbirne. Am Fuß des Turms wurde eine spezielle Glühbirne ausgestellt, die Edison »das Ewige Licht« nannte, weil er überzeugt davon war, dass sie nie verlöschen würde. Zwei Jahre später schlug ein Blitz in den Turm ein und brachte ihn zum Einsturz. Wie durch ein Wunder blieb die Glühbirne heil und brannte weiter. Aber was noch erstaunlicher ist: Seither hat sie keinen Tag zu leuchten aufgehört. Sie leuchtet bis heute.

»Ach, nur ein weiterer Mythos«, sage ich und untergrabe damit die Geschichte, die ich Tausenden von Besuchern erzählt habe.

Er sieht mich verwirrt an.

»Ich war natürlich nicht dabei. Aber eine Glühbirne, die fast hundert Jahre leuchtet, wie soll das gehen?«

Er lächelt. »Wenn du Edison so sehr verabscheust, warum arbeitest du dann hier?«

Das hat man davon, wenn man ehrlich ist. Jetzt verlangt er eine Erklärung von mir.

»Edison hat sich gern als großes Genie verkauft, aber in Wahrheit waren die meisten seiner Erfindungen totale Flops und er selbst ein mieser Geschäftsmann. Eine echte Niete. Seinen Firmen ging ständig das Geld aus. Ich mag es nicht, wenn Leute sich als etwas ausgeben, was sie nicht sind.«

Er nickt, so wie man es tut, wenn man etwas nicht versteht und kapituliert.

Aber er kapituliert nicht. Dieser Elvis kennt keine Müdigkeit.

»Läuft das immer so bei dir?«, fragt er. »Redest du alles schlecht bei deinen Führungen? Da scheint mir ja eine Killertour entgangen zu sein.«

Dieser Typ. »Ich rede gar nichts schlecht. Hier gibt es wirklich tolle Sachen. Es ist nur, die Story, die wir erzählen, dieses Bild, das wir vermitteln … nicht alles davon ist …«

»Wahr …«, beendet er den Satz für mich.

Wir tauschen einen Blick aus. Er scheint verstanden zu haben, aber was genau, weiß ich nicht.

»Hast du mich gerade dazu gebracht, einen falschen Notruf abzusetzen?«, frage ich ihn. »Ich bin mir ziemlich sicher, dass man dafür belangt werden kann.«

Er atmet so tief aus, als wäre es das erste Mal heute Abend. »Ich kenne den Mann. Den in der Garage. Ich wollte nicht, dass er erfährt, wer angerufen hat. Deshalb habe ich dich gebeten, das zu übernehmen. Es war nicht fair, dich damit zu überrumpeln. Tut mir leid.«

Oh, eine Entschuldigung.

Darum geht es also. Meine verkrampften Muskeln entspannen sich.

»Schon okay«, sage ich.

Aber ist es das wirklich? Die Puzzleteile passen immer noch nicht zusammen. Dass Mac den Mann kennt, ist plausibel. Er hat mir, ohne zu zögern, seine Adresse genannt. Er wohnt in derselben Straße. Aber warum wäre es denn so schlimm, wenn der Typ herausfände, dass Mac Hilfe geholt hat? Außerdem erklärt das immer noch nicht seine verletzte Hand. Ich hätte Antworten verlangen sollen. Jetzt ist es zu spät, um zu fragen.

Er zeigt auf einen anderen Phonographen. »Wie hört sich der da an?«

Der Apparat, auf den er deutet, ist der Publikumsrenner. Er hat einen großen, verzierten Schalltrichter. Wenn die Leute sich ein altmodisches Abspielgerät vorstellen, denken sie meist an so etwas.

Die Museumsführerin in mir kann sich nicht zurückhalten. Ich will den miesen Eindruck, den er von mir hat, korrigieren. Er hätte nur mal sehen sollen, wie viel Trinkgeld ich im Sommer bekommen habe.

»Weißt du, warum man *put a sock in it* sagt, wenn man will, dass jemand die Klappe hält?« Während ich rede, bereite ich den Phonographen vor. »Die Leute wollten gerne etwas lautere Abspielgeräte, also hat die Firma Edison dieses Modell produziert. Das Problem war nur, es war *viel* zu laut.«

Ich lasse die Platte laufen, um zu demonstrieren, was ich meine, und spreche etwas lauter. Ich fürchte, dass mein wiedergefundenes Selbstvertrauen ungerechtfertigt ist und ich seine Neugier falsch gedeutet habe, aber es ist zu spät. Ich habe auf Autopilot geschaltet und rezitiere ein auswendig gelerntes Skript.

»Die Gastgeberinnen von Dinnerpartys wollten nicht,

dass ihre Gäste regelrecht plärren mussten, um sich zu verständigen. Sie wollten Hintergrundmusik. Aber die frühen Geräte besaßen keinen Lautstärkeregler. Wie also haben die Frauen das Problem gelöst?«

Ich greife hinter den Phonographen und hole meine Requisite hervor.

»Sie haben eine Socke hineingestopft«, sage ich und fülle das Schallloch mit einem zusammengerollten Paar Strümpfe. Sofort ist die Musik nur halb so laut.

Das normale Publikum quittiert meine Ausführungen an dieser Stelle mit Lachen, Applaus und einem erstaunten *Ahh*. Aber Mac ist nicht mein typisches Publikum. Er tut nichts dergleichen.

Ich mache die Musik aus.

Mac starrt noch eine Weile den Phonographen an. »Wir haben wahrscheinlich tausend Platten bei uns zu Hause.«

Dass er diese persönliche Information preisgibt, ist schon irritierend genug, aber in seiner Stimme liegt etwas, das ich als Traurigkeit bezeichnen würde, wenn die Vorstellung, einer wie Mac Durant könnte je traurig sein, nicht so absurd wäre.

Er dreht sich zu mir um. »Du hast eine schöne Stimme.«

Jedes Mal, wenn er spricht, formt sich das Universum neu. In welcher Welt bin ich jetzt wieder gelandet?

»Sag noch mal was«, fordert er mich auf.

Mir fällt kein einziges gutes Wort ein, das ich sagen könnte. »Cool … Pizza … Baby …«

Mac lacht. »Du klingst wie diese Schauspielerin«, sagt er. »Die blonde.«

Das grenzt die Auswahl natürlich ein.

»Die aus den Superhelden-Filmen«, sagt Mac. »Aber da sind ihre Haare pink oder so.«

Ich weiß die Antwort, auch wenn es unmöglich die richtige sein kann. »Scarlett Johansson?«

»Ja, genau die!«

Er tut so, als hätte ich gerade eine obskure Berühmtheit aus den Zwanzigern identifiziert (was ich könnte, immerhin bin ich das Museumsmädchen) und nicht einen der aktuellen Superstars dieses Planeten. Scar-Jo spielt Black Widow, deren Haare genau genommen rot sind (zumindest die meiste Zeit; Neel könnte jetzt genau erklären, warum die Farbe in den *Avengers*-Filmen wechselt). Aber wir reden hier nicht über Haare.

»Sie gefällt mir wirklich«, sagt Mac und meint damit meine Stimme.

Am liebsten würde ich jetzt nacheinander Silben auf ihn abfeuern, aber ich bin zu geschockt, um auch nur meine Lippen zu bewegen. Komplimente bin ich nicht gewohnt, es sei denn, sie kommen von Neel. Außerdem habe ich den Klang meiner eigenen Stimme noch nie gemocht. Sie ist tiefer als die der meisten Mädchen. Ich höre mich immer gelangweilt und lethargisch an, wie jemand, der aus einem zehnjährigen Koma erwacht und feststellt, dass er sich nicht sonderlich freut, wieder am Leben zu sein.

»Ich glaube, ich habe dich in der ganzen Zeit, die wir uns kennen, nie mehr als zwei Worte sagen hören«, stellt Mac fest.

Die ganze Zeit, die wir uns kennen?

»Danke«, sage ich und fühle mich jetzt erst recht unbehaglich. »Ich bin eine von den Stillen, schätze ich.«

Aber das ist natürlich nicht alles, und Mac scheint es zu spüren, denn man sieht ihm förmlich an, wie seine Gedanken etwas umkreisen.

Ich wechsle das Thema. »Wenn du willst, kann ich dir die offizielle Tour geben«, höre ich mich sagen und teste meine *schöne* Stimme.

»Okay.« Mac nickt, aber er sieht aus, als wäre es ihm egal. »Hör mal …«

Ich höre. Das tue ich wirklich.

»Ich bin am Verhungern. Ich bin noch nicht zum Abendessen gekommen.«

Wem sagst du das. Ich bin überhaupt nur hier, weil ich das Essen ausgelassen habe.

»Lass uns was holen«, schlägt Mac vor.

»Du meinst, da draußen?«

Die Welt jenseits der Fenster besteht nur aus verschwommenem Weiß. Es ist, als würde man durch das Bullauge einer laufenden Waschmaschine gucken.

»Lass uns gehen.« Mac greift nach seiner Jacke. »Bevor das Wetter noch schlechter wird.«

Okay, also dann.

Früher am Tag
15:23 Uhr

Charlie klimperte im Wohnzimmer auf seinem Keyboard, das er auf stumm geschaltet hatte, sodass es die Töne nur auf seinen Kopfhörer übertrug. Auf dem Ständer vor ihm lagen Notenblätter mit Stücken, die er heute Abend bei einer Hochzeit spielen wollte. Ich konnte sein Gesicht nicht sehen, denn er stand mit dem Rücken zu mir, aber ich hätte wetten können, dass er nicht auf die Notenblätter blickte. Meistens spielte er vor Hunderten von imaginären Zuschauern, mit geschlossenen Augen, einem dämlichen Grinsen im Gesicht, und wippte dabei mit dem Kopf.

Ich lag mit meinem Handy auf der Couch hinter ihm. Bevor Charlie bei uns einzog, war das Wohnzimmer neutrales Territorium gewesen. Jetzt, wo sein Keyboard hier stand – auch wenn es an die Wand gerückt war und obwohl er meistens im Lautlos-Modus spielte –, hatte ich das Gefühl, als würde ich in *seinen* Raum eindringen. Ich hätte hoch in mein Zimmer gehen können, aber manchmal brauchte ich einen Tapetenwechsel.

Ich scrollte durch diverse Social-Media-Kanäle, während ich auf eine Nachricht von Neel wartete. Seit unserem Gespräch im Einkaufszentrum waren erst ein paar Stunden vergangen, aber es war eine dieser hitzigen Diskussionen gewesen, die man nur durch ein neues, frisches Gespräch ungeschehen machen kann.

Die Haustür flog auf und ein Schwall eisiger Luft schwappte ins Haus. Charlie warf einen kurzen Blick über die Schulter. Mom ließ zwei Einkaufstüten fallen, um dann sofort zu verschwinden und mit zwei weiteren Tüten zurückzukehren und die Tür hinter sich zuzuschlagen.

»Es war das reinste Irrenhaus«, sagte sie und seufzte wie eine abgekämpfte Eule. »Ganze Regale waren völlig leer geräumt.«

»Was gibt's zum Abendessen?«, fragte ich.

»Heute«, sagte sie und legte möglichst viel Enthusiasmus in ihre Stimme, »mache ich uns was ganz Besonderes.«

Ich ließ mein Handy sinken. »Was soll das heißen, du *machst* es?«

»Ich koche es.«

»Warum nicht Charlie?«

Wie aufs Stichwort wurde Charlies lautloses Geklimper energischer. Offenbar spielte er gerade ein Solo in seinem imaginären Konzert.

»Komm mit in die Küche«, sagte Mom. Sie verschwand mit einem Teil der Einkäufe und zwang mich dazu, von meinem bequemen Platz auf dem Sofa aufzustehen. »Bring bitte die anderen Tüten mit«, rief sie.

Ich griff nach den Einkaufstaschen und trat dabei in Moms Schneematschfußspuren. Meine Socke war nass – und meine Laune war endgültig im Keller.

»Charlie hat einen Auftritt, also bin ich mit Kochen dran«, sagte Mom, als ich zu ihr in die Küche kam. »Ich habe dir heute Morgen doch gesagt, dass wir etwas Besonderes machen.«

»Wir könnten uns etwas bestellen.«

»Warum?«

»Weil wir das immer so machen.«

»Du glaubst wohl, ich kann nicht kochen?«, sagte Mum und lachte wie über einen Witz.

»Doch, das kannst du. Du machst es nur nie.«

»Tja, heute Abend schon.«

Irgendetwas war hier los, und ich wusste jetzt schon, dass es mir nicht gefallen würde. Ich setzte die Tüten unsanfter auf dem Boden ab, als ich es wollte.

»Sweetie, was gibt es Besseres an so einem Tag als Hühnersuppe?«

Also das war ihre tolle Überraschung. Mom lächelte mich mit großen, erwartungsvollen Augen an. Ich hätte ihre alberne Frage beantworten können, wenn sie denn eine Antwort gewollt hätte, aber mir fehlte die Energie dafür. Ich drehte mich um und ging zur Treppe.

In meinem Zimmer wechselte ich meine nasse Socke, ließ die trockene aber an. Es spielte keine Rolle, ob die beiden zusammenpassten oder nicht. Ich würde heute Abend niemanden mehr sehen, außer vielleicht einen Essenslieferanten, wenn ich Glück hatte.

Ich schrieb Isla und Brooke in unserem Gruppenchat, und wir fragten uns, warum es an Schultagen nie so viel schneite. Brooke saß den Sturm bei ihrem Dad aus (es war Vater-Wochenende), und sie schrieb mir nebenbei das Neueste über ihre Beziehung zu Anton Metza, die sie aus irgendeinem Grund noch vor Isla geheim halten wollte. Ich kannte die beiden viel länger als Neel, aber in vielerlei Hinsicht war meine Freundschaft mit ihm unkomplizierter. Sie war ehrlicher und *meistens* weniger dramatisch.

Im Einkaufszentrum war Neel aus heiterem Himmel explodiert und hatte mir vorgeworfen, ich sei völlig verrückt. Wie kommt es, dass man als Mädchen sofort für verrückt erklärt wird, wenn man mit Nachdruck die eigene Meinung vertritt?

Von allen anderen hätte ich so einen Bullshit erwartet, aber nicht von meinem besten Freund.

Ich brach das Schweigen mit einer Nachricht an ihn: *Bist du immer noch bei Ezra?*

Ezra ist Neels *anderer* Freund. Sein kleiner Raucherbuddy.

Neel schrieb zurück: *Immer noch beim Nachtschatten?*

Mir so was zu texten, war einfach nicht okay.

Neel konnte sich ziemlich in Dinge hineinsteigern, im Guten wie im Schlechten. Im Guten, wenn man ihm eine brillante Idee für die Erfindermesse präsentierte. Im Schlechten, wenn … na ja, wie gerade eben.

Neel und ich hatten uns in der achten Klasse in einer Gruppe namens *Neuanfänge* kennengelernt, und seitdem war er mein persönlicher Guru für alle Aspekte des Lebens. Guru nicht im Sinne von Meister (und auch nicht, weil er Inder ist) – nein, er war eher eine Art überqualifizierter Assistent. In unserer Freundschaft bin ich diejenige, die das Sagen hat. Ich weiß seinen Input zu schätzen, aber letztendlich treffe ich die Entscheidungen.

Ich dachte an all das, was ich ihm zurückschreiben könnte, aber es hätte ohnehin keinen Unterschied gemacht. Stattdessen klappte ich meinen Computer auf und las die neuen Nachrichten, die hereingekommen waren. Ich merkte gar nicht, wie die Zeit verging.

Bevor Charlie zu seinem Auftritt fuhr, steckte er den Kopf zur Tür herein und drängte mich auf seine subtile Art, wieder nach unten zu gehen und mit Mom zu reden. Das tat ich. Ein schwerer Fehler. Hätte ich gewusst, was mich unten erwartete, hätte ich mein Zimmer nie verlassen.

Du bist nicht immer so still gewesen. Als du jünger warst, bist du auf dem Spielplatz auf die Kinder zugegangen und hast dich vorgestellt. Du hast dich nicht versteckt. Und auch nicht geschämt.

Deine Mom schwört, dass du selbstbewusst und willensstark warst und keine Angst hattest, deine Meinung zu sagen. Bei einem Elternabend im Kindergarten berichtete die Erzieherin, dass du manchmal zu viel plapperst, insbesondere wenn du mit Isla zusammen bist. Es blieb ihr nichts anderes übrig, als euch zu trennen.

Dann, ein Stillwerden. Es passiert, als du acht oder neun bist. Plötzlich ist der kleine Unterschied zwischen ihnen und dir alles, worauf sich ihre Aufmerksamkeit richtet. Aber deine Hand ist nur ein Teil der Geschichte. Sie ist nichts im Vergleich zu einem gebrochenen Herzen. Und als dein Dad weg ist, ist eh alles gelaufen, denn du wirst praktisch stumm. Du bist dreizehn, also könnte man es als typischen Teengirl-Bullshit ansehen. Wenn du sprichst, dann ist dein Tonfall bissig. Jede Bemerkung hat eine Spitze. Entweder das oder sie ist ein Witz. Aber meistens bist du still. Du schweigst tagelang. Deine Mutter merkt, wie du dich veränderst.

Sprich mit mir, sagt sie.

Aber du weißt nicht, wie.

Sprich mit mir.

Wo soll man da anfangen?

Sprich mit mir.

Dein Mund will sich nicht öffnen.

Es ist einfacher, in den sozialen Medien zu sprechen, aber auch dort brauchst du Zeit, um deine Stimme zu finden. Du testest verschiedene Profile, um zu sehen, welches am besten zu dir passt.

Trendy Tegan: Dein lebenslustiges, superoptimistisches Alter Ego. Kann sich für alles begeistern, von Videospielen bis zu Würmern auf dem Gehsteig. Posts mit inspirierenden Einzeilern wie: »Tu heute etwas, wofür dir dein zukünftiges Ich dankbar sein wird.«

Weekend Tour Guide: Alles, was mit der Arbeit zu tun hat. Fun Facts über Thomas Edison. Dinge, auf die dein Vater stolz sein kann. Außerdem der Versuch, Leute ins Museum zu locken. Wenn sie dich in Aktion erleben, sehen sie dich vielleicht mit anderen Augen. Es kommt nie jemand aus der Schule. Deine Freundinnen zählen nicht.

Sriracha Girl: Bei diesem Account lässt du deinen Namen weg. Das Thema: Essen, das in Sriracha-Soße ertränkt ist. Brezeln und Sriracha. Weintrauben und Sriracha. Kaffee und Sriracha. Nur für den Effekt, nicht zum Verzehr. Aber niemand interessiert sich für den Effekt. Was war eigentlich der Sinn des Ganzen?

We All Gonna Die: Schmelzende Gletscher! Zerstörte Lebensräume! Vom Aussterben bedrohte Arten! Jeden Tag ist Weltuntergang. Wieder kein Hinweis auf Tegan Everly. Nicht einmal deine engsten Freunde wissen von diesem Account. Dein Foto des letzten lebenden Breitmaulnashorns bekommt neunzehn Likes, geht für deine Verhältnisse also praktisch viral. Währenddessen bekommt deine Mutter Likes im mittleren Hunderterbereich für ihre Posts, mit denen sie allen zeigen will, dass es möglich ist, eine neue Liebe zu finden. Schön für sie.

Neel findet, dass du die Social-Media-Sache völlig falsch angehst. *Was macht dich einzigartig?*

Es fällt dir schwer, eine Antwort zu finden.

Deine Hand, sagt er. *Versteck sie nicht. Zeig sie allen.*

Du hasst ihn dafür.

Tatsache ist, dass du ohnehin schon berühmt bist. Allerdings aus idiotischen Gründen. Tegan Everly ist das Mädchen mit der Hand. Das weiß jeder. Aber wer möchte schon auf etwas so Belangloses reduziert werden? Deine Hand macht nur einen kleinen Teil von dir aus. Warum solltest du das Augenmerk ausgerechnet darauf richten? Viele Menschen stellen ihre Gliedmaßen auf unterschiedliche Weise zur Schau: YouTuber, Podcaster, Autoren, Athleten. So sehr du diese Leute auch bewunderst, hat sich dir nie erschlossen, wie und warum sie so etwas überhaupt machen.

Neel meint es nur gut. Aber nein, du wirst deine Hand nicht zur Schau stellen. Du wirst dich nicht für Inspirations-Pornos hergeben.

Wenn dein bester Freund es nicht versteht, dann versteht es niemand. Du versuchst, mit Neel zu reden, mit Isla und Brooke, mit deiner Mom und den Spezialisten, zu denen du geschickt wirst. Aber du weißt nicht, wie du sagen sollst, was du wirklich fühlst. Der Einzige, mit dem du reden kannst, ist dein Dad. Du kannst ihm schreiben und ihm offen sagen, wie es dir geht. Und egal, was es ist, er wird dir nie sagen, dass du Unrecht hast. Er hört einfach zu, und wenn er dir zurückschreibt, sagt er dir nur das, was du gerade brauchst.

Dad,

ich habe für den Sommer einen Ferienjob im Edison Center. Ich bin ziemlich sicher, dass Maggie mich nur deinetwegen eingestellt hat. Du hast den Laden praktisch am Laufen gehalten, also schuldet sie dir wohl was. Ich bin völlig unterqualifiziert, aber ich lerne dazu. Ich passe immer gut auf, wie du es mir beigebracht hast. Das Museum ist noch genau so, wie du es in Erinnerung hast – langweilig.
Nur ein Scherz.

Hab dich lieb,
Tegan

Tegan,

das ist mein Mädchen! Wie gerne habe ich dich dorthin geschleift. Unser kleines Smithsonian. Nicht zu glauben, dass ein einzelner Mann so viel erreichen konnte.
Es macht mich traurig, dass nicht mehr Leute sich die Zeit nehmen, es zu besuchen.
Dabei ist es direkt vor ihrer Nase!
Sei nicht immer so hart zu dir selbst.
Ich bin sicher, du machst das großartig.

Alles Liebe
Dad

Dad,

es hat echt was, so viel Zeit im Museum zu verbringen. Ich schätze, es erinnert mich an dich. An all die Male, die du mich dorthin mitgenommen hast. Es ist schön, so einen Ort zu haben. Besonders, wenn zu Hause nicht mehr genug Platz ist. Manchmal muss ich einfach raus.

Hab dich lieb,
Tegan

Tegan,

glaub mir, ich verstehe dich. Weißt du noch, wie ich immer diese langen Spaziergänge gemacht habe und Mum wütend wurde, weil sie mich für irgendetwas brauchte und ich mein Handy nie dabeihatte? Vielleicht hast du das damals nicht verstanden, aber das habe ich nur gemacht, weil ich Freiraum brauchte. Wir alle brauchen das. Und jeder findet ihn woanders.

Alles Liebe
Dad

Jene Nacht
20:02 Uhr

Die Schneedecke ist schon ein paar Zentimeter hoch. Man könnte meinen, es hätte seit Jahren nicht mehr geschneit und jetzt würden die aufgestauten Massen alle auf einmal runterkommen. Die kalte Luft ist frisch und der Wind schneidend, aber ich spüre die Elemente kaum. Ich tue, was ich mir vorgenommen habe: Ich lasse mich treiben. Ich schaue, wohin die Nacht mich führt.

Jetzt gerade führt sie mich zu einem spontanen Spaziergang durch die Dunkelheit mit dem unvergleichlichen Mac Durant. Isla und Brooke werden es mir nicht glauben. Ich kann es selbst kaum glauben. Okay, ich habe mich in der Vergangenheit kritisch über Mac und Leute wie ihn geäußert, aber mit gutem Grund. Außerdem will ich darüber im Moment nicht nachdenken. Ich will einfach nur das Hier und Jetzt erleben.

Als wir das Museum verlassen, zeigt Mac auf den Edison Memorial Tower. Allein die Höhe von über einhundertdreißig Fuß ist beeindruckend, aber es ist das strahlende Licht an der Spitze, das Macs Blick durch das Schneegestöber hindurch anzuziehen scheint.

»Die größte Glühbirne der Welt«, erkläre ich ihm. »Hier in New Jersey. Sie ist fast doppelt so hoch wie der größte

Basketballspieler. Und im Inneren des Turms, ganz unten, befindet sich das Ewige Licht.«

Mac gibt keinen Kommentar ab, als wir daran vorbeigehen. Jetzt, wo wir aus dem Museum raus sind, sind Vorträge über historische Details vielleicht nicht mehr gefragt. Ich beschließe, kein Wort mehr zu sagen, bevor er es nicht tut.

Minuten später sind wir auf der Route 27 und ich bin ins Schwitzen geraten. Ich kenne niemanden, der so schnell geht wie Mac, er scheint gar nicht zu merken, wie sehr ich mich anstrengen muss, um mit ihm Schritt zu halten. Trotzdem tut das Laufen gut. Mein Vater hatte recht: Es ist eine geeignete Methode, um den Kopf freizubekommen.

Hier gibt es keinen Fußgängerweg, also bewegen wir uns am Rand der bereits gestreuten Straße entlang. Ab und zu weicht uns ein Auto aus. Dann erfasst das Licht der Scheinwerfer kurz zwei Verrückte auf der Straße. Einer von ihnen ist ohne Jacke unterwegs.

Das ist dann wohl Mac. Er trotzt der Kälte in seinem langärmeligen Arbeitsshirt. Als ihm auffiel, dass ich keine Jacke habe, bestand er darauf, mir seine zu geben. Okay, im Klartext: Vielleicht ist es nicht so sehr die Jacke selbst oder unser Tempo, die mich warmhalten, sondern vor allem der Kick, ein Kleidungsstück von Mac an meinem Körper zu tragen.

Ich taste die Jackentasche ab. Er hat sein Handy rausgenommen, aber es sind noch andere Schätze da. Ein rechteckiges Kartonkärtchen, vielleicht eine Treuekarte für seinen Lieblings-Burgerladen. Ein hartes Bonbon, vielleicht auch nur ein sehr alter Kaugummi. Ein Schlüsselbund. Und natürlich kommt keine Jackentasche ohne die übliche Ansammlung diverser Fusseln aus.

Ich spiele mit Macs Flusen, während ich neben ihm herlaufe. Kann sein, dass sein Körper die Kälte nicht spürt, aber seine Gedanken scheinen darum zu kreisen.

»Schneewittchen. Jon Snow. Dieser Dude aus *Tribute von Panem*, Präsident Snow.«

Er rattert die Namen ohne Vorwarnung herunter. Dann dreht er sich zu mir und schaut mich an.

»Edward Snowden?«, sage ich, obwohl ich mir nicht sicher bin, ob ich die Spielregeln verstehe.

»Sehr gut«, sagt Mac.

Anscheinend bin ich ein Naturtalent. Mir fällt sofort ein zweiter Name ein: Simon Snow aus dem Roman *Fangirl* und den Folgebänden, eine Figur, von der ich mir ziemlich sicher bin, dass Mac noch nie von ihr gehört hat. Aber da bremst er mich auch schon mit einer neuen Frage aus.

»Glaubst du, es stimmt, was man über Schneeflocken sagt? Dass es keine zwei identischen gibt?«

»Ich denke schon.« Es ist schwer, mit ihm Schritt zu halten, in mehr als einer Hinsicht. Seit er ins Museum geplatzt ist, habe ich Mühe, ihm zu folgen. Ich schlucke meinen Stolz hinunter und frage: »Können wir etwas langsamer gehen?«

Er blickt zu mir rüber und sieht, dass ich außer Atem bin. »Tut mir leid«, sagt er in einem Tonfall, der nahelegt, dass er nicht zum ersten Mal gebeten wird, die Bremse reinzuhauen.

Er passt seine Schritte an, aber sein Redetempo drosselt er nicht. »Ich meine nur, eigentlich müssten wir jede einzelne Schneeflocke untersuchen, um es mit Sicherheit sagen zu können. Glaubst du wirklich, dass unter den Millionen Schneeflocken, die jetzt gerade vom Himmel fallen, nur allein in dieser einen Stadt, keine zwei gleich sind?«

Hartnäckig starrt er in den wirbelnden Himmel. Es ist ein Gespräch, wie ich es normalerweise mit Neel führen würde, und das schockt mich, denn auf der Skala menschlicher Persönlichkeiten befinden sich Mac und Neel vermutlich an diametral entgegengesetzten Enden. Wenn sie beide für *Space X* arbeiten würden, wäre Neel derjenige, der unten in der Bodenstation Zahlen hin und her schiebt, während Mac als Astronaut die Rakete zwischen den Sternen hindurchlenkt.

Ich gebe Mac die Antwort, die Neel mir auf diese Frage geben würde. »Es sind zu viele Variablen. Das ist so ähnlich, wie wenn Leute behaupten, in einem unendlichen Universum gebe es irgendwo eine andere Erde, die genauso ist wie unsere. Nehmen wir an, es gibt sie tatsächlich und auf der anderen Erde machen wir beide gerade das Gleiche, wir gehen im Schnee zu einem Laden. Selbst wenn dieser Planet zu neunundneunzig Komma neun neun Prozent mit unserem identisch ist – glaubst du wirklich, mein anderes Ich und dein anderes Ich würden in diesem Moment genau diese Unterhaltung führen?«

»Warum denn nicht?«, fragt Mac ungerührt.

Er schafft es, gleichzeitig ahnungslos und erleuchtet zu klingen, und ich habe keinen Schimmer, wie er das macht.

»Weil wir über alles Mögliche reden könnten. Wir könnten über Klettern oder Pistazien oder Varieté reden.«

»Wir könnten über Briefkästen reden.«

»Ähm, ja«, sage ich.

»Oder darüber, warum du bei einem Schneesturm ohne Jacke aus dem Haus gehst.«

Ich drehe mich zu ihm.

»Ich meine, ich weiß, dass du taff bist«, sagt Mac, »aber trotzdem.«

Ich bleibe auf der Straße stehen und lasse seine Fussel los. »Was zum Teufel soll das heißen? Inwiefern bin ich *taff*?«

Er zögert, sein Lächeln verblasst. »Na ja, so wie du dich im Moment verhältst?«

Ich verdrehe die Augen und gehe weiter.

Mac holt mich mit ein paar schnellen Schritten ein. Reifen zischen über die nasse Straße, als ein einsames Auto vorbeirollt. Sobald es weg ist, überqueren wir die Straße und gehen auf dem gegenüberliegenden Fußweg weiter. Hier ist der Schnee unberührt. Das einzige Geräusch kommt von unseren Schuhen, die den Schnee platt drücken, und von meiner (Macs) raschelnder Jacke. Die Gedanken fahren in meinem Kopf Karussell. Mir war von Anfang an klar, dass es riskant sein könnte, den Abend mit Mac zu verbringen. Aber genau dieses Risiko hat auch den Reiz ausgemacht. Dennoch fühle ich mich, als hätte ich aus dem Nichts heraus einen Schlag versetzt bekommen.

»Sagen das die Leute über mich?«, platze ich heraus.

»Nein«, erwidert Mac und versucht, es herunterzuspielen. »Es ist nur mein Gefühl, das ist alles.«

So leicht lasse ich ihn nicht davonkommen. Ich brauche mehr. »Was für ein Gefühl?«

Als er schließlich antwortet, spricht er behutsam. »Dass du dich nicht mit anderen abgeben willst. Du weißt schon, mit anderen Menschen.«

Es ist genau umgekehrt. Die Leute wollen sich nicht mit mir abgeben.

So wurde ich schon öfter beschrieben: *schroff, zurückhaltend, unnahbar*. Von Eltern und Freunden. Ein Ergotherapeut nannte mich einmal »dickköpfig« und wollte es als Kompliment verstanden wissen, aber es klang nicht so. Es ist nicht so, als *wollte* ich mich von anderen Menschen fernhalten. Ich bin nur vorsichtig damit, wen ich nah an mich heranlasse und wer das wert ist. Mac hat die Tatsachen verdreht, denn eigentlich ist es genau andersherum; meistens wollen die anderen sich nicht mit *mir* abgeben.

Und dann ist da Mac. Er ist so begierig darauf, die Welt zu erobern, dass er sich nicht bremsen kann. Es gibt nichts, was ihm etwas anhaben könnte. Es ist faszinierend, das zu beobachten, sogar inspirierend, aber es führt mir auch vor Augen, dass wir beide auf völlig verschiedenen Versionen dieses Planeten leben. Und die Galaxie, die uns trennt, ist viel zu groß, als dass wir uns irgendwo in der Mitte treffen könnten.

»Ich meine es ernst«, sagt Mac, immer noch mit entschuldigendem Blick. »Ich habe nie jemanden über dich lästern hören. Es gibt kein *Nachtschatten*-Gerücht über dich oder so.«

Ich würde jetzt gerne sein Gesicht sehen, aber ich zwinge mich, nach vorne zu schauen. Wenn es ein *Nachtschatten*-Gerücht über mich gäbe, wüsste ich definitiv davon.

»Schon gut«, sage ich schulterzuckend. »Lass uns einfach weitergehen.«

Eine halbe Ewigkeit lang herrscht peinliche Stille, bis in der Ferne Neonlichter auftauchen. Die nächstgelegene Einkaufsmöglichkeit ist der *EZ Mart*, und genau dahin gehen wir.

Im Inneren des Ladens ist es zum Glück wärmer. Mac schüttelt sich die Schneeschuppen vom Kopf. Ich bin noch nicht bereit, meine Kapuze abzunehmen. Mit der Wärme kommt die Erkenntnis, dass ich pinkeln muss – und zwar dringend. Ich steuere sofort die Toilette an, aber sie ist abgeschlossen und an der Tür hängt ein Schild.

Mac bemerkt meine Bedrängnis, als ich zurückkehre. »Was ist los?«

»Die Toilette ist zugesperrt. Und ich muss ganz dringend.« Ich bin sauer auf mich, dass ich nicht schon im Museum auf die Toilette gegangen bin – als ich buchstäblich vor der Kabine stand.

Wir gehen zwischen den Regalreihen entlang. Das Sortiment besteht aus einer wahllosen Ansammlung von Produkten. Pömpel. Hundehalsbänder. Schwangerschaftstests. Fahrradschlösser.

Die Auswahl an Lebensmitteln ist genauso disparat (und begrenzt). Ich entscheide mich für Comfort Food: Brezeln, Lakritze, *Oreo*s. Außerdem Doritos mit Sriracha-Geschmack. Ich bin hungriger, als ich dachte. Mac wählt zwei Energieriegel, Beef Jerky und eine viel zu grüne Banane.

Im Kühlregal gibt es kaum noch Wasserflaschen. Die Sturm-Prepper haben alles aufgekauft. Es ist beinahe gespenstisch. Ein Frappuccino in der Flasche ruft nach mir und ich antworte ihm.

Ich habe beide Hände voll, als ich an der Kasse wieder auf Mac treffe. Und schon wartet die nächste Demütigung auf mich. »Mir fällt gerade ein, dass ich kein Geld habe.«

»Du hättest das Geld für die Führung annehmen sollen«, zieht Mac mich auf. »Keine Sorge. Das geht auf mich.« Seine Sachen liegen schon an der Kasse, aber er scheint noch nicht fertig zu sein. »Mir fehlt noch was«, sagt er und verschwindet.

Ich lege meine Snacks auf den Tresen neben seine. Dann zähle ich meine Sachen, um sicherzugehen, dass ich nicht mehr mitgenommen habe als er. Der Verkäufer mustert mich, wie ich mit meiner hochgeschlagenen Kapuze vor ihm stehe. Wahrscheinlich überlegt er, ob er noch warten oder schon mal anfangen soll. Es gibt keinen Grund zur Eile. Wir sind die einzigen Kunden.

Ich wende mich von der Kasse ab. Scheinwerferlicht fällt in den Laden. Als das Licht erlischt, sehe ich draußen das Auto, das heute tagsüber in unserer Einfahrt geparkt hat.

Ich lasse mich auf den Boden fallen wie ein Soldat im Einsatz, was den aufmerksamen Verkäufer zu verstören scheint. Für einen Moment habe ich vergessen, dass ich bereits in Macs übergroßem Parka versteckt bin. Ich gehe hinter einem Regal mit Gummibärchen und Schoko-Nüssen in Deckung, bis ich das Bimmeln der Ladentür höre. Als ich einen großen, glänzenden Hemdkragen am Regal vorbeischweben sehe, husche ich zur Tür hinaus, bevor sie wieder zufällt.

Draußen werfe ich noch einen letzten Blick zurück, dann renne ich los.

Jene Nacht
20:31 Uhr

Ich kauere hinter den Büschen am Strassenrand, als ich plötzlich jemanden mit zwei Plastiktüten an mir vorbeistürmen sehe.

»Mac!«, rufe ich.

Er kommt zurück und seine Augen weiten sich. »Was machst du da?«

Gute Frage. Ich war Richtung Museum gerannt (genauer gesagt geschliddert), aber dann war mir klar geworden, dass ich mich nicht von ihm verabschiedet hatte und wie unhöflich und verdächtig das wirken musste, also hatte ich mich kurzerhand im Gebüsch versteckt. Aus dem ich mich nun nicht mehr befreien kann.

»Hilf mir auf«, sage ich.

Er streckt seine Hand aus, zielt dabei jedoch auf meine linke Seite, sodass ich mich wie eine Bowlingkugel drehen muss, bevor ich sie mit meiner anderen Hand ergreifen kann. Selbst in diesem Moment lässt der Kitzel unserer Berührung mich erschauern, aber vor allem komme ich mir vor wie ein hilfloses, aufgeblähtes Stück Ballast.

Schließlich richte ich mich auf und erkläre ihm, dass wir uns das Reden lieber für später aufheben sollten.

Wir stapfen an einer Reihe von Firmengebäuden vorbei und erreichen den Bahnhof. An einer vereisten Bank machen wir Halt. Die Bank ist mit einer Markise überdacht, die uns vorübergehend Schutz vor dem Wetter bietet.

Sobald wir sitzen, spricht Mac mit sanftem Ernst das Offensichtliche an. »Ist jemand hinter dir her?«

Die unerwartete Besorgnis in seiner Stimme nimmt mir etwas von der Verlegenheit, die ich empfinde, weil ich Hals über Kopf weggelaufen bin. Ich halte den Atem an. »Vielleicht.«

Wir sind beide erschöpft, aber Macs Müdigkeit scheint nichts mit dem zurückgelegten Spurt zu tun zu haben. »Ich wusste nicht, wo du hingegangen bist, also habe ich den Angestellten gefragt, ob er das Mädchen gesehen hat, mit dem ich hereingekommen bin. Ein Typ hinter mir, den ich zuvor nicht bemerkt hatte, fragte sofort: ›Welches Mädchen?‹«

»Was hast du geantwortet?«

»Ich habe gelogen. Keine Ahnung, warum. Der Typ war richtig groß und ...«

»Schwarz?«

»Nein. Na ja, schon, aber das ist nicht – «

»Klar«, sage ich und genieße es ein bisschen, Mr No-Big-Deal so verlegen zu sehen. »Egal, sprich weiter. Was hast du zu ihm gesagt?«

»Ich habe ihm spontan einen Namen genannt. Samantha. So heißt meine Cousine.«

»Und was dann?«

»Ich habe bezahlt, bin gegangen und jetzt bin ich hier bei dir«, beendet Mac seine Geschichte.

Charlie müsste heute Abend bei einem Gig in Princeton

sein. Bei gutem Wetter ist das eine fünfundvierzigminütige Fahrt. Er ist vor über vier Stunden aufgebrochen. Ich habe ihn losfahren sehen. Ich habe mich von ihm verabschiedet. Er würde seine Band niemals auf einer Hochzeit im Stich lassen. Die anderen Musiker sind wie eine Familie für ihn. Mom muss ihn noch vor seinem Auftritt erreicht und ihm gesagt haben, was passiert ist. Wahrscheinlich klang sie so verzweifelt, dass ihm nichts anderes übrig blieb, als sofort nach Hause zu düsen. Ich fühle mich schlecht bei dem Gedanken, dass der arme Charlie meinetwegen in diesem Sturm unterwegs ist, und zugleich verspüre ich Genugtuung, weil ich es meiner Mutter heimgezahlt habe.

»Hör zu«, sagt Mac mit einer überraschend selbstverständlichen Behutsamkeit. »Ich will mich ja nicht in deine Angelegenheiten einmischen …«

»Aber …«

»Aber wenn du in einer schwierigen Situation bist …«

»Du meinst, weil ein großer schwarzer Typ mich verfolgt?«

»Nicht lustig.«

Nein, ist es nicht. Und zwar aus Gründen, die Mac nicht kennt. Aber ich konnte der Versuchung, ihn zu necken, einfach nicht widerstehen. Denn irgendwie ist es tatsächlich witzig (und ein Spaß), dass Mac zur Abwechslung einmal derjenige ist, der aufs Glatteis gerät. Es ist lustig, ihn dabei zu beobachten, wie er seine Worte sorgfältig wählt – etwas, das normalerweise nur ich mache, und zwar jede einzelne Minute jeden einzelnen Tages. Endlich hat auch er seine Komfortzone verlassen.

Aber ich kann nicht allzu hart zu ihm sein. Denn aus irgendeinem Grund ist er immer noch hier bei mir.

»Danke«, sage ich.

»Wofür?«, fragt Mac erstaunt.

»Dass du mich nicht verraten hast. Und dass du mir hinterhergekommen bist.«

Zu Beginn des Abends habe ich mich schrecklich verloren gefühlt, jetzt ist es nicht mehr ganz so schlimm.

»Wir haben was geplant«, sagt Mac, als würde ihm das etwas bedeuten, und das wiederum gibt mir das Gefühl, dass es auch mir etwas bedeuten darf. »Außerdem kann ich diese Snacks nicht alle alleine essen.«

Ich schaue auf die Einkaufstüten zu seinen Füßen. »Wirklich? Ich habe den Eindruck, du könntest sie problemlos wegfuttern.«

»Klar könnte ich das.« Ich sehe bei ihm den Anflug eines Lächelns und das beruhigt mich.

Ein Zug nähert sich mit lautem Getute unserer winzigen Pendlerstation. Wie viel Schnee ist nötig, damit keine Züge mehr fahren? Wie viel Schnee muss liegen, damit eine Hochzeit abgesagt wird?

Der Zug wird langsamer, seine Räder quietschen. Eine Flut von Menschen ergießt sich auf den Bahnsteig, aber nur eine einzige Frau wartet darauf, einzusteigen. Ich stelle mir vor, dass ich diese Frau bin, irgendwann später, wenn ich älter bin. Ich mache mich auf den Weg nach Hause. Wohne ich in einem Haus? In einer Wohnung? Was für einen Job habe ich? Welche Art von Leben? Es ist schwer, meine Zukunft klar vor mir zu sehen.

»Wenn du nicht hier in Edison leben würdest, wo würdest du dann leben wollen?«, frage ich Mac. »Denkst du jemals darüber nach?«

»England oder Spanien.« Die Antwort kommt wie aus der Pistole geschossen. »Dort gibt es die besten Fußballvereine der Welt. Soccer, weißt du? Sorry, ich klinge wie ein Vollidiot.«

Nein, tut er nicht. Nicht wirklich. »Das ist dein Ding, stimmt's? Fußball.«

»Manchmal kann ich an nichts anderes denken.« Die Vorstellung scheint ihn regelrecht zu quälen.

»Die Leute sagen, du bist gut.«

»Wer sagt das?«

»Jeder.«

Er sieht mich zweifelnd an.

»Überrascht dich das?«, frage ich ihn.

»Ich weiß genau, dass nicht *jeder* das sagt.« Ich warte auf eine Erklärung, aber er fügt nur hinzu: »Im Moment ist alles in der Schwebe. Zum ersten Mal habe ich kein Team, für das ich spielen kann.«

Seine Miene ist ausdruckslos, aber ich höre das Unbehagen in seiner Stimme. Am Rand der Markise weht ein Vorhang aus zwillingslosen Schneeflocken.

»Warum spielst du nicht für unsere Schule?«, frage ich.

»Das wäre Zeitverschwendung. Jeder, der es ernst meint, spielt Vereinsfußball.«

Okay, jetzt klingt er vielleicht doch arrogant. Das ist der Mac, den ich von fern kenne. Ein Mensch, der keinerlei Zweifel an seinem eigenen Wert hat. Das muss schön sein.

Aber gerade als ich denke, ich hätte ihn durchschaut, windet er sich aus der Schublade, in die ich ihn gesteckt habe.

»Europa ist nur ein Wunschtraum«, sagt er. »Ich wäre schon froh, wenn ich bei einem College in der zweiten Liga auf der Bank sitzen dürfte. Ich will nur irgendwo ein Stipendium bekommen. Wahrscheinlich werde ich an der Rutgers landen, was in Ordnung ist, aber …«

»Aber was?«

»Ich bezweifle, dass ich es schaffe, mich bei einem Probetraining für ihr reguläres Team zu qualifizieren, außerdem ist die Rutgers mir nicht weit genug weg.«

Nur zwanzig Minuten mit dem Auto von Edison entfernt. Wenn ich mir überlege, wie meine Noten sich in den letzten Jahren verschlechtert haben, kann ich froh sein, wenn ich es überhaupt auf die Rutgers schaffe. Dabei stand einmal fest, dass ich hingehen würde – damals, als mein Vater dort unterrichtete und mir deshalb die Studiengebühren erlassen worden wären.

Ich kann es gar nicht erwarten, endlich irgendwo neu anzufangen, aber ich frage mich, warum ausgerechnet Mac all das aufgeben will, was er hier hat. Ich meine, Edison ist langweilig und so, und als Weißer in einer amerikanischen Stadt zu leben, von der Neel sagt, sie sei für jeden Inder auf der anderen Seite der Welt ein begehrtes Ziel, ist eine echte Herausforderung (ja, ja, arme weiße Menschen). Aber Mac ist praktisch König dieser Stadt. Oder zumindest einer der Könige.

»Auf welches College würdest du gehen wollen, wenn du es dir aussuchen könntest?«, frage ich ihn.

»Ich weiß nicht. Vielleicht die Penn State. Mein Bruder ist dort.«

James Durant. Er war letztes Jahr in der Abschlussklasse, und soweit ich weiß, ist er ganz anders als Mac. Total ernst, lächelt nie. Und er ist auch nicht so attraktiv wie sein Bruder. Vielleicht erklärt das, warum Mac so ist, wie er ist.

»Dazu müsste ich aber erst meine Noten verbessern«, sagt Mac ohne seinen gewohnten, überschäumenden Optimismus. Sein Mangel an Begeisterung vermittelt mir das Gefühl, als wäre es irgendwie meine Schuld.

»Edison war nie auf dem College«, sage ich. »Noch nicht einmal auf der High School. Hat ihm aber nicht geschadet. Mein Vater hat es mir erzählt – und gleich darauf bereut, es mir erzählt zu haben. Ich sage nur College-Professor, was kann man da schon anderes erwarten?«

Mac antwortet nicht. Je länger er schweigt, desto unsicherer werde ich.

Ich blicke geradeaus über die Gleise, vor allem, weil ich unter der Kapuze weder nach links noch rechts schauen kann, ohne mich zur Seite zu drehen. Jetzt, wo die Angst und das Adrenalin in meinem Körper verebbt sind, merke ich, dass ich immer noch pinkeln muss.

»Wir sollten weitergehen«, sagt Mac.

Ich drehe mich zu ihm und sehe, dass er zittert.

»Du kannst deine Jacke wiederhaben«, sage ich.

Er greift in eine Einkaufstasche und holt einen durchsichtigen Plastikbeutel heraus. Er öffnet ihn und schleudert das Plastik aus. Es ist ein Poncho. Er streift ihn über den Kopf und schlägt die Kapuze hoch.

»Ich bin bestens versorgt«, sagt er.

Er sieht lächerlich aus und das gefällt mir.

Jetzt, wo Mac wasserdicht ist, fragt er mich: »Macht es dir etwas aus, wenn wir den langen Weg zurück nehmen?«

Jene Nacht
21:22 Uhr

Der lange Weg zurück führt uns die Morton Road hinauf. Erst jetzt, als ich mich in meinen Turnschuhen mit glatter Sohle den verschneiten Hang hinaufquäle, wird mir bewusst, wie steil diese Straße ist.

Mehrmals streckt Mac die Hand aus, um mir zu helfen, aber er ist auf meiner falschen Seite, deshalb bin ich gehemmt. Es ist lästig, dass meine Hand oft wie ein verwirrtes Chamäleon durch meine Gedanken geistert. Sich im Hintergrund hält, wenn ich unter Freunden bin, und sich in den Vordergrund drängt, wenn ich Fremden begegne. Wäre ich jetzt beispielsweise bei Neel, würde ich keinen Gedanken an meine Hand verschwenden. Aber ich bin mit Mac unterwegs.

Auf dem Hügel angelangt, bleibt er stehen und zeigt auf die andere Straßenseite. »Bist du da drüben schon mal Schlitten gefahren?«

Es ist unmöglich zu sehen, wohin er zeigt, so sehr ich mich auch bemühe, im Nebel etwas zu erkennen. »Nein. Wo?«

»Hinter dem Haus gibt es einen krassen Hang. Als Kinder sind mein Bruder und ich oft dorthin gegangen. Meistens waren es er und seine Freunde. Ich bin immer mitgestapft.«

Obwohl er das Bild von tobenden Jungs heraufbeschwört, fehlt die verspielte Unbekümmertheit, die er den größten Teil des Abends ausgestrahlt hat. Sie hat einer Schwere Platz gemacht. Als James letztes Jahr auf unserer Schule war, hatte ich nie den Eindruck, er und Mac seien besonders eng miteinander. Die meisten hätten sie nicht einmal für Brüder gehalten.

»Steht ihr euch nahe?«, frage ich ihn.

Mac dreht sich vom Haus weg. »Nicht besonders, nein. Aber wir kommen klar.«

Er nickt, wie um es sich selbst zu bestätigen, und geht los. Gleich darauf fällt ihm ein, dass ich auch noch da bin, und er bleibt stehen, um auf mich zu warten. Er lächelt entschuldigend, als ich ihn eingeholt habe.

»Ich war schon mal beim Snow-Tubing«, sage ich.

»Einmal?«, fragt Mac.

»Mindestens einmal.«

»Du stehst wohl nicht auf Wintersport?«

Ich wirble mit den Schuhen Schnee auf. »Nein. Ich bin extrem leidenschaftslos, was ausnahmslos alle Sportarten angeht.«

Mit übertriebenem Entsetzen schüttelt er den Kopf.

»Nichts für ungut«, füge ich hinzu.

»Ich bin nicht beleidigt. Du verstehst es nur nicht.«

»Wie bitte?«

»Bist du jemals bei einem Profispiel gewesen?«

Die Antwort ist Nein.

»Ich garantiere dir, wenn du auf der Tribüne sitzen und zusehen würdest, wüsstest du, wovon ich spreche. Ich behaupte nicht, dass du Fußball lieben würdest oder so. Aber du würdest begreifen, warum andere Leute es lieben. Du würdest Menschen sehen, die mitfiebern und denen das Spiel wirklich am Herzen liegt, und diese Leidenschaft ist einfach … machtvoll.«

Er sieht mich fragend an, um herauszufinden, ob ich das verstehe. Das tue ich. Er hätte es nicht besser erklären können.

So langsam ahne ich, dass vielleicht nicht jeder, der Sport treibt, ein Angeber-Typ ist. Da Mac nicht in der Schulmannschaft spielt, kann er auch nicht von einem der Hauptvorteile des Sportlerdaseins profitieren – dem Gesehenwerden. Es ist offenkundig, dass er gerne Sport anschaut, aber ich bin mir nicht sicher, wie wichtig es ihm ist, gesehen zu werden, während er selbst Sport treibt. Er scheint eine Art Sportpurist zu sein.

Wir biegen in eine Straße ein, die zurück in unsere Nachbarschaft führt. Ich kann immer noch nicht glauben, dass ich an einem Samstagabend neben Mac Durant herlaufe. Nur er und ich. Mir ist nicht ganz klar, warum er absichtlich den längeren Weg nimmt, obwohl er nicht warm genug angezogen ist, aber ich beschließe, es nicht zu hinterfragen. Diese Nacht hat bereits so viele unerwartete Haken geschlagen, dass ich mich wie benebelt fühle. Zugleich habe ich mich noch nie so wach gefühlt. *Ich habe heute Abend Pläne.* Pläne mit Mac.

Mac schaut eine Weile vor sich hin, dann fragt er unvermittelt: »Verrätst du mir, wer der Typ war?«

Auf einem Straßenschild steht: ACHTE AUF DIE

KINDER, und mich beschleicht das ungute Gefühl, dass wir die Kinder sind, die beobachtet werden.

»Charlie Most«, sage ich.

»Müsste ich ihn kennen?«

»Nur wenn du darauf stehst, Hochzeiten zu crashen.«

Er lässt die Einkaufstüten in den Schnee fallen und pustet sich warme Luft auf die Hände. Der Verband, den ich ihm angelegt habe, ist wie ein behelfsmäßiger Handschuh.

»Ich kann die Tüten nehmen, wenn du willst«, biete ich ihm an, denn mir ist klar, dass ich bei unserem Abenteuer keinen gleichwertigen Beitrag leiste. Andererseits ist diese Extratour von Anfang an seine Idee gewesen.

Er holt sein Handy heraus und starrt auf den hellen Bildschirm. Ich sehe, wie er überlegt – entweder er erwartet eine Nachricht oder er will eine schreiben. Aber an wen? An ein Mädchen? Einen Mann? Eine Mutter? Einen Vater? So viele Möglichkeiten. Eben noch bestand das Universum nur aus Mac und mir und jeder Menge Schnee. Sein Handy erinnert mich unerbittlich daran, dass es da draußen eine Welt voller Menschen gibt.

Mac steckt sein Handy zurück in die Tasche, ohne etwas damit zu machen. »Ich komm schon klar«, sagt er leise.

Er meint die Taschen. Er hebt sie hoch und setzt sich wieder in Bewegung.

Ich verlangsame meine Schritte, als ich merke, dass wir in die Anchorage Road einbiegen. Das ist die Straße, in der Mac wohnt. Dieselbe Straße, in der Mac den Mann in der Garage gesehen hat.

»Wo gehen wir hin?«

»Ich muss einen kurzen Stopp einlegen«, sagt Mac.

»Aber wo?«

»Hier.«

Wir haben vor einem hellbraunen Haus angehalten, das teilweise hinter einem ausladenden Baum verborgen ist. Ich bin schon hundertmal daran vorbeigefahren, habe mich immer gefragt, was hinter diesen Mauern vor sich geht, und war neugierig, welches Fenster wohl das von Mac ist.

Ich schlage die Kapuze zurück, plötzlich ist mir so heiß, dass ich anfange zu schwitzen. Macs Haus hat keine Nummer, aber das Haus rechts hat die Nummer 90 und das links die Nummer 86, also wird es wohl die Nummer 88 sein. Das ist die Adresse, die ich bei dem Notruf angegeben habe.

»Warum sind wir hier?«, frage ich.

»Ich wohne hier.«

»Aber du hast gesagt, du ...«

»Was? Was ist los?«

»Du wolltest nicht nach Hause gehen. Das hast du gesagt.«

»Tja, meine Füße haben wohl von selbst den Weg hierher gefunden«, erwidert Mac vage.

Er geht die Einfahrt hinauf.

»Warte. Wo willst du hin?«

»Rein«, sagt Mac. »Komm schon.«

Ich halte ihn an seinem Poncho fest. Ich hatte so ein Gefühl, als Mac mich den Notruf wählen ließ, aber ich habe es verdrängt, es wohlweislich unterdrückt. Ich wollte den Gedanken gar nicht erst zulassen, worum es bei dem Anruf gehen könnte – um *wen*.

»Wer war der Typ in der Garage?«, frage ich Mac. »Den du gesehen hast. Der versucht hat, sich etwas anzutun.«

Er legt den Kopf schief. »Ich sag's dir später.«

»Nein, ich muss es jetzt wissen.«

»Wenn wir zurück sind«, erwidert Mac und macht sich aus meinem Griff los. »Wir gehen kurz rein und gleich wieder raus.«

»Bitte. Du musst es mir sagen.«

»Das werde ich auch. Was ist denn los?«

Er kapiert es nicht. Ich kann nicht länger warten. Ich muss die Wahrheit hören. Denn da gibt es etwas, das Mac nicht weiß: Es könnte sein, dass diese Wahrheit etwas mit mir zu tun hat.

»Du hast mich überredet zu telefonieren«, sage ich. »Ich habe das für dich getan. Also sag mir, wer er ist. Mehr verlange ich nicht. Der Typ in der Garage, war das …«

»Mein Dad.«

In mir schrillt ein Alarm. Die Lautstärke ist ohrenbetäubend. Ich will mich vor Schmerz krümmen, aber ich kann nicht, ich weiß, ich kann nicht, ich muss absolut stillhalten, ich muss, um mich nicht zu verraten.

»Oh«, hauche ich.

Die Nacht hat bereits einige Überraschungen bereitgehalten, aber das ist die schlimmste von allen. Es ist der Beginn meines Albtraums – und das Ende der Lüge, in der ich gelebt habe.

Du bist still, das ist wahr. Vor allem in der Schule. In der Schule kennen sie Tegan nur als die Schweigsame.

Aber es gibt auch eine andere Tegan. Ein anderes Du. Ein Du mit einer lauten, kraftvollen Stimme. Jeder in der Schule kennt diese laute, kraftvolle Stimme. Aber niemand weiß, dass es deine ist. Keiner hat je herausgefunden, wem die Stimme gehört. Die Stimme hat kein Gesicht. Nur einen Namen: *Nachtschatten*.

Manche halten *Nachtschatten* für einen Superhelden. Andere sehen das nicht so. Für sie ist *Nachtschatten* ein Troll. Ein Bully. Ein fieser Typ.

Mac ist einer von diesen anderen. Du weißt das, ohne ihn fragen zu müssen. Du weißt es, weil er Wochen vor dieser Nacht das Pech hatte, zu deiner Zielscheibe zu werden.

Jene Nacht
21:43 Uhr

»Ist dein Dad … okay?«, frage ich, während ich meine Fersen in den Schnee der ungeräumten Einfahrt bohre.

Mac zuckt zusammen, als litte er unter Migräne und ich hätte ihn mit einem Scheinwerfer geblendet. »Ja, ich denke schon«, murmelt er, verärgert über seine eigene Antwort oder einfach nur missmutig, weil ich sie ihm abgerungen habe.

»Woher weißt du das?«

»Ich habe vorhin vom Museum aus zu Hause angerufen.«

»Aber ich habe nicht gehört, dass du mit jemandem gesprochen hast.«

»Als er rangegangen ist, habe ich aufgelegt.«

Die Leute tuscheln schon seit Jahren darüber, dass Macs Vater ein Alkoholproblem hat. Lange waren es nur Gerüchte – bis ein Video die Runde machte.

»Ist der Krankenwagen gekommen?«, frage ich.

»Woher soll ich das wissen?«, antwortet Mac und sieht mit jeder Minute erschöpfter aus. »Ich war doch mit dir zusammen. Ich habe ihm vorher eine Nachricht geschickt, aber er hat nicht geantwortet.«

»Was ist mit deiner Mutter?«

»Sie schläft heute bei meiner Tante.«

Da sind sie alle – seine Antworten. Ich weiß nicht, warum ich nicht schon früher gefragt habe. (Natürlich weiß ich es – ich hatte Angst davor, was er sagen könnte.)

»Hör zu«, fährt Mac fort. »Mir ist kalt und ich möchte wirklich nicht länger als nötig hierbleiben. Bitte, lass uns reingehen. Es dauert nur eine Sekunde. Danach erkläre ich dir alles. Versprochen.«

Für eine unschuldige, außenstehende Person mag sein Plan vernünftig klingen, aber ich bin weder das eine noch das andere. »Ich warte hier draußen.«

»Du benimmst dich, als wärst du völlig durchgeknallt. Komm einfach rein.«

Noch einer, der mich für verrückt hält. Ich schüttle den Kopf und rühre mich nicht vom Fleck.

Er sieht zum Haus hinauf. »Dad ist wahrscheinlich komplett weggetreten. Er wird nicht mal merken, dass wir im Haus sind.«

Soll ich mich jetzt besser fühlen?

»Außerdem«, sagt er und dreht sich um, »dachte ich, du müsstest pinkeln.«

»Nein, alles okay.« Eher würde ich mir in die Hose machen.

»Wie du meinst«, sagt Mac. »Ich lasse die Tür offen, falls du deine Meinung änderst. Die Toilette ist drinnen auf der rechten Seite.« Er macht eine Pause und holt tief Luft. »Bin gleich wieder da.«

Sein Poncho flattert hinter ihm wie ein Cape, als er die Auffahrt entlanggeht und die Veranda betritt. Er öffnet die Fliegengittertür, dann hält er inne. Tastet in seinen beiden Hosentaschen. Seine Schlüssel! Ich krame sie aus der Jackentasche und gehe zu ihm auf die Veranda.

»Hier«, sage ich leise.

Er seufzt erleichtert und schließt die Tür auf. Bevor er eintritt, gibt er mir noch eine Chance, meine Meinung zu ändern. Ich schüttle den Kopf. Er verdreht die Augen und verschwindet nach drinnen.

Ich würde gerne wissen, wie das Haus von Mac Durant von innen aussieht. Aber sich online mit dem chaotischen Leben von Menschen zu beschäftigen, ist die eine Sache, es mit eigenen Augen zu sehen, eine ganz andere. Es ist zu viel, zu real, zu schnell.

Ich warte auf der Veranda und schlinge die Arme um meinen Oberkörper, um mich zu wärmen. Womöglich ändert Mac spontan seine Meinung und entschließt sich, zu Hause zu bleiben und mich wie eine Idiotin zitternd hier draußen stehen zu lassen.

Scheinwerfer leuchten auf, als ein Auto die Anchorage hinunterschleicht. Ich frage mich, ob die gedrosselte Geschwindigkeit mit den glatten Straßen zu tun hat oder eher darauf hindeutet, dass der Fahrer nach jemandem Ausschau hält.

Das Auto kommt langsam näher. Meine Hand greift nach dem kalten Riegel der Fliegengittertür. Dahinter steht die Haustür weit offen. Ich versuche zu erkennen, was für ein Auto es ist, aber die hellen Lichter blenden. Als das Fahrzeug, das Charlies Auto sein könnte, mich fast erreicht hat, schlüpfe ich hastig ins Haus.

Am Ende des Gangs ist Licht, aber der Flur ist dunkel. Ich drehe mich nach rechts und stehe direkt vor der Toilette.

Ich gehe hinein und schließe hinter mir ab. Ich mache mir nicht die Mühe, das Licht anzuknipsen. Zuerst muss ich pinkeln. Nach einem schmerzhaften Moment tritt Erleichterung ein. Als ich fertig bin, bleibe ich sitzen, die Hose an den Knöcheln, in völliger Dunkelheit.

Ich lausche. Das Haus ist still. Ich habe Angst, dass jemand es hören könnte, wenn ich die Spülung drücke. Andererseits kann ich mein Pipi nicht in Mac Durants Toilette lassen. So etwas tut man nicht.

Ich wische mich ab und ziehe die Hose hoch. Dann entriegle ich die Tür und öffne sie einen Spaltbreit. Direkt gegenüber ist eine Treppe. Dahinter ein Wohnzimmer, das im Dunkeln liegt. Über mir: Schritte. Bevor ich eine Strategie entwickeln kann, poltern die Schritte die Treppe herunter. Rasch ziehe ich die Toilettentür zu, damit Mac mich nicht sieht.

Mein Plan geht nicht auf.

»Tegan«, sagt er durch die Tür.

»Nur eine Minute«, sage ich.

Ich drücke die Spülung, wasche mir die Hände und gehe zu ihm hinaus in den Flur. Sein durchsichtiger Poncho ist weg, stattdessen trägt er eine richtige Winterjacke. Seine Ersatzjacke. Dazu eine hastig aufgesetzte armygrüne Wollmütze.

Sein Lächeln ist triumphierend. Er wusste, dass ich irgendwann nachgeben und ins Haus kommen würde. Es ist mir ein bisschen peinlich, diese Schlacht verloren zu haben. Mac verwandelt jeden noch so trivialen Schlagabtausch in einen bedeutungsvollen Wettbewerb.

Er geht Richtung Küche. Ich lasse mir einen Moment Zeit und spähe die dunkle Treppe hinauf. Alles ruhig. Ich schätze, Mac hatte recht. Sein Vater schläft wohl schon.

Während ich ins Leere starre, verliere ich Mac fast aus den Augen. Er öffnet eine Tür und verschwindet. Ich beeile mich, ihn einzuholen, denn ich will an diesem mir unbekannten Ort nicht allein bleiben. Hinter der Tür führen Stufen in einen schwach beleuchteten Keller. Ich lausche noch einmal auf ein Geräusch von oben. Nichts. Dann folge ich Mac nach unten.

Am Fuß der Treppe ist von Mac nichts zu sehen. Der Keller ist nicht ausgebaut. Eine einsame Glühbirne an einem frei liegenden Holzbalken wirft Schatten auf die nackten Betonwände. Es gibt eine Waschmaschine und einen Trockner und Regale voll mit Sportgeräten. Hockeyschläger und zusammengeklappte Netze. Bälle in allen Größen und Farben, einige davon müssten aufgepumpt werden.

Mac schlüpft hinter einem aufgehängten Bettlaken hervor, das als eine Art improvisierte Trennwand dient. Er geht an mir vorbei zu einem hohen Schrank, nimmt eine gefaltete Decke heraus und verschwindet wieder hinter dem Laken. Ich erhasche einen Blick auf ein kleines Schränkchen mit Plattenspieler und eine Reihe von Regalen, die eine umfangreiche Vinylsammlung enthalten. Mac hat nicht übertrieben, als er sagte, seine Familie besäße viele Schallplatten.

Ich husche näher an das Laken heran, um einen besseren Blick zu haben. Ein gemusterter Teppich. Ein vollgestellter Couchtisch. Der abgetrennte Bereich ist wie eine kleine Wohnung.

Mac hat mir den Rücken zugewandt, die Decke hängt von seinen ausgestreckten Armen herab. Er drapiert sie behutsam über eine Couch. Unter der Decke lugt der Kopf eines Mannes hervor, dessen Augen geschlossen sind.

Ich trete den Rückzug an. Als ich an der obersten Treppenstufe angelangt bin, drehe ich mich um und sehe Mac direkt hinter mir. Gemeinsam gehen wir in die Küche. Er beachtet mich nicht weiter, sondern verfolgt zielstrebig das, was er vorhat, was auch immer das ist. Er geht davon aus, dass ich im Keller nichts gesehen habe. Eine ganze Menge von nichts.

Jetzt, im Licht der Küche, sehe ich sehr wohl etwas. Mac hält eine große Glasflasche in der Hand, in der sich eine klare Flüssigkeit befindet. Es schein irgendeine Art von Alkohol zu sein.

Mit seiner anderen Hand durchsucht er den geöffneten Kühlschrank und fördert einen einzelnen Chicken Finger zutage, den er mit den Zähnen brutal in zwei Hälften reißt. Er bietet mir etwas von den kalten Überresten an. Ich schüttle den Kopf, nein danke.

»Wirklich nicht?«, fragt Mac. »Von Flannigan's. Supergut.«

Wie kann er in so einem Moment essen? Ist das hier nicht der Tatort eines Verbrechens oder so? Soweit wir wissen, standen vor ein paar Stunden Sanitäter in diesem Raum und fragten sich, wer die anonyme Anruferin war, die sie alarmiert hat.

»Sollten wir nicht lieber gehen?«, frage ich ganz leise und bin selbst überrascht, dass Mac mich offenbar gehört hat.

Sein Mund ist zu sehr damit beschäftigt, den Chicken Finger zu verschlingen. Oder er verschafft sich Zeit, um herauszufinden, wie er mir die Nachricht beibringen soll: Unsere Pläne wurden gestrichen. Ich bin wieder auf mich allein gestellt.

»Es ist völlig in Ordnung, wenn du hierbleiben willst«, sage ich. »Das verstehe ich total. Ist schon gut. Ich finde selbst hinaus.«

»Verdammt«, knurrt Mac und versucht, zu Ende zu kauen. »Gib mir eine Sekunde. Ich komm ja schon.«

Anscheinend habe ich ihn verärgert, aber das halte ich gern aus, solange er mich nur nicht allein lassen will.

Er schließt die Kühlschranktür und sieht sich ein letztes Mal in der Küche um, während ich bereits auf den Ausgang zusteuere.

An der Haustür schlinge ich die Griffe unserer Supermarkttaschen um meine Handgelenke, stecke die Hände in meine Jackentaschen – Macs Jackentaschen – und stoße mit dem Ellbogen die Fliegengittertür auf. Ich werfe einen letzten Blick in Macs Haus, in der nahezu sicheren Gewissheit, dass ich nie wieder hierherkommen werde.

Mac schließt ab. Die Alkoholflasche ragt kühn aus seiner Jackentasche.

Schweigend gehen wir bis zum Ende der Auffahrt. Vor dem Bordstein bückt er sich und fängt an, in einem Schneehaufen zu wühlen. Als er die Kälte nicht mehr aushält, macht er eine kurze Pause, um sich die Hände warm zu pusten, dann macht er weiter.

»Was tust du da?«, frage ich.

Er hält mir etwas hin. Ich nehme den schneebedeckten Gegenstand. An der rauen Oberfläche und dem unerwartet schweren Gewicht erkenne ich, dass es ein Ziegelstein ist. Da sind noch weitere Ziegelsteine. Ein ganzer Haufen. Mac schnappt sich einen.

»Sollen wir ihn durchs Fenster werfen?«, fragt er.

Ich verstehe den Witz nicht.

»Es wird nichts passieren. Versprochen.«

Er lächelt, aber da ist keine Spur von Humor in seinem Blick, stattdessen nur Leere.

»Wir sollten gehen«, sage ich.

Meine Bitte dringt nicht zu ihm durch.

»Mac.«

Er dreht den Kopf abrupt in meine Richtung – auf dem Gesicht plötzliches Erkennen – und lässt den Ziegelstein fallen, als würde er einen sehr langen Kampf aufgeben.

Ich lege meinen Ziegelstein neben seinen. »Was ist das?«, frage ich und zeige auf den unförmigen Schneehaufen.

»Unser Briefkasten«, sagt Mac. »Zumindest war er das bis vor ein paar Stunden. Bevor mein Dad ihn mit dem Auto plattgemacht hat.«

Jene Nacht
22:31 Uhr

Ich stehe vor Macs Einfahrt und versuche, mir vorzustellen, wie es passiert sein könnte. Sein Vater hinter dem Steuer, in welcher Verfassung auch immer. Das Auto, das den gemauerten Briefkasten dem Erdboden gleichmacht. Die Ziegelsteine auf dem Gras, für alle sichtbar, bis der Schnee sie zudeckt. War sein Vater verletzt? Saß Mac im Auto? Was zum Teufel war da los? Plötzlich kommt es mir absurd vor, dass wir beide einfach von hier weggehen, als wäre nichts passiert.

»Solltest du nicht hierbleiben? Bei deinem Dad?«

»Nein. Definitiv nicht.« Mac macht einen Schritt vom Bordstein weg, als wolle ich ihn zwingen hierzubleiben. »Wenn du lieber nach Hause willst, ist das okay, aber –«

»Das habe ich nicht gesagt.«

Er rückt seine Mütze zurecht. »Cool. Dann lass uns zurück zum Museum gehen.«

Können wir nicht woandershin? So gern ich mehr Zeit mit ihm verbringen würde – aber mit ihm ins Edison Center zu gehen, setzt mich irgendwie unter Druck. Als wäre ich die Gastgeberin und müsste für Unterhaltung sorgen.

»Dort gibt es nicht viel zu tun«, sage ich. »Es ist wirklich klein und …«

»Wir haben noch nicht zu Abend gegessen«, unterbricht mich Mac, und sein Lächeln kehrt zurück, strahlend und echt. Er scheint wieder ganz der Alte zu sein, gewohnt zu sagen, wo es langgeht.

Ich schaue auf die Einkaufstaschen an meinen Handgelenken. Er nimmt mir eine Tüte ab, damit wir uns die Last teilen.

»Außerdem haben wir eine Menge zu besprechen«, fügt er hinzu.

»Ach ja?«

»Ich möchte mehr hören von dem berühmten Charlie ... wie heißt er noch gleich?«

»Most.«

»Richtig. Und über das *eine* Mal, als du beim Snow-Tubing warst.«

»Oh. Ha. Na ja, so spannend war das nun auch wieder nicht.«

»Ich bin sicher, es wird sich gut anhören.«

Seine Augen funkeln zuversichtlich. Kann es sein, dass er mich anders reden hört als ich mich selbst? Ziemlich weit hergeholt, der Gedanke.

»Also«, sagt Mac und blickt zum Haus, »können wir jetzt bitte von hier weggehen?«

Schweigend machen wir uns auf den Rückweg. Uns beiden ist zu kalt, um mehr als ein paar Worte zu murmeln. Mac kaut auf dem Beef Jerky herum, weil er nicht länger warten kann. Mein Körper bewegt sich zielstrebig, während mein Verstand in viele Einzelteile zersplittert. Ich bin meilenweit davon entfernt, all die Fragmente zu einem Ganzen zusammensetzen zu können.

Nach einem langen Kampf mit den Elementen erreichen wir wieder unseren Ausgangspunkt. Während unserer Abwesenheit ist die Raumtemperatur im Museum gestiegen, aber es ist immer noch nicht warm genug. Ich habe noch nie in meinem Leben so gefroren. Nach den kurzen Boxenstopps im Warmen ist die Kälte draußen umso unerbittlicher. Ich zapple herum, damit mein Blut nicht gefriert.

»Hinten ist es wärmer«, sage ich.

Ich lasse das Licht im vorderen Zimmer aus. *Paranoia.*

Bevor er mir folgt, nimmt Mac seine Wollmütze ab und stülpt sie über den Kopf der Edison-Büste. Alle, die im Museum arbeiten, sind es gewohnt, gedankenlose Besucher höflich zurechtzuweisen, wenn sie auf die Idee kommen, Dinge anzufassen, obwohl diese hinter einem Absperrseil und deutlich mit *NICHT BERÜHREN* gekennzeichnet sind. Aber im Augenblick arbeite ich nicht und allein die Absurdität eines Thomas Edison mit Mütze bereitet mir Vergnügen. Vielleicht bin ich schon im Delirium.

Im Hinterzimmer ist es wärmer, wenn auch nicht sehr viel. Mir fällt auf, dass Macs Verband sich gelockert hat, die Haftfestigkeit hat bei unserem Ausflug ins Freie gelitten. Mac reißt die Bandage ab und klebt sie dreist an die Wand.

»Gibt es in der Toilette einen Handtrockner?«, fragt er und fährt sich durch sein zerzaustes Mützenhaar. »Damit könnten wir unsere Kleidung trocknen.«

»Fäkalien«, sage ich.

»Ähm, nein danke.«

»Handtrockner sind voll mit Fäkalien.«

Er lacht.

»Ich meine es ernst«, sage ich. »Hab ich im Radio gehört. Die Dinger blasen massenweise Fäkalienpartikel in die Luft. Besser, du schüttelst deine Hände einfach aus.«

»Wow. Wieder was gelernt.« Er überlegt. »Wir könnten unsere Kleidung ausziehen und sie an der Luft trocknen lassen.«

In Filmen sagt ein Kerl so etwas, wenn er ein Mädchen überreden will, die Hüllen fallen zu lassen. Ist es das, was hier gerade abläuft? Mac schlägt etwas vor, das für ihn so normal zu sein scheint wie Schuhe abzustreifen. Mir fehlt diese nonchalante Leichtigkeit, was den eigenen Körper angeht. Auf diesem Gebiet sind mir meine Freundinnen weit voraus. Isla hat bereits Erfahrung mit befummeln und befummelt werden, und Brooke hatte schon Sex (was aber ein Geheimnis ist, das ich Isla nicht weitererzählen darf). Ich hingegen habe noch nie einem Jungen einen Zungenkuss gegeben, geschweige denn mich vor einem ausgezogen.

»Woraus sind deine Klamotten gemacht … Baumwolle?«, fragt Mac.

»Keine Ahnung.«

»Baumwolle wird auch Killerstoff genannt. Dieser Survival-Typ, dem ich auf Social Media folge, sagt, wenn du jemals in eisiges Wasser fällst, musst du dir sofort die Baumwollsachen vom Leib reißen.«

»Ich habe aber nicht vor, in eisiges Wasser zu fallen«, sage ich.

»Hast du eine bessere Idee?«

Meine Leggings (mit Baumwollanteil) haben über den frostkalten Knöcheln von der Nässe einen dunklen Rand.

Meine nicht dazu passenden Socken (100 % Baumwolle) fühlen sich feucht an in meinen nassen Canvas-Sneakern. (Warum habe ich nicht meine UGGs angezogen?) Macs Jacke hat mir gute Dienste geleistet und mein rotes Sweatshirt (ganz, ganz weiche Baumwolle) trocken gehalten. Nein, mir fällt nichts Besseres ein. Ich werde wohl einfach erfrieren müssen.

Wir rennen auf der Stelle, um die Kälte aus unseren Gliedern zu vertreiben.

»Zu schade, dass dieser Raum nicht groß genug für Selbstmorde ist«, sagt Mac.

Ich werfe ihm einen Blick zu.

»Das ist eine Übung beim Fußball. Du rennst zu einer Linie und wieder zurück, dann zu einer etwas weiter entfernten Linie und wieder zurück. So geht das immer weiter und weiter, erst nach vorn, dann wieder zurück zum Start, bis du mehr oder weniger so weit bist, dich umzubringen.«

Diese Art von Selbstmorden. Ein gruseliges Wortspiel, vor allem angesichts der Ereignisse dieser Nacht, aber Mac scheint sich der Doppeldeutigkeit nicht bewusst zu sein.

Ich dagegen stehe hier, völlig mit den Nerven am Ende, hinterfrage jede seiner Bemerkungen und zerbreche mir den Kopf, ob und wie sie auf Fehler von mir zurückzuführen sind, während Mac wie durch ein Wunder seine Leichtigkeit zurückgewonnen hat. Seine Stimmung hatte sich verdüstert, und er war immer ernster geworden, je näher wir seinem Haus gekommen waren, und immer alberner und besser gelaunt, je weiter wir uns von ihm entfernt hatten.

»Ich hab's«, sagt Mac und reckt triumphierend die Fäuste. »Liegestütze.«

Ich kann nicht genau sagen, warum dieser alles andere als einladende Vorschlag gleichzeitig so liebenswert wirkt. Vielleicht liegt es daran, wie gespannt Mac mich ansieht und erwartet, dass ich seine Begeisterung teile. Was ich nicht tue. Aber es ist die erste seiner Ideen, auf die ich zumindest eingehen kann.

Mac zieht seine Jacke aus. Ich schiebe nur meine Kapuze zurück und lasse mich auf die Knie fallen. Ich platziere die Hände auf den Boden, nehme die Liegestützposition ein, und als ich das tue, trifft es mich wie eine Tonne verschneiter Ziegelsteine: *Déjà-vu.*

Es war genau diese Aktivität – Liegestütze –, mit der alles begann. Die letztlich dazu geführt hat, dass ich mich wie mit einem Gedankenblitz à la Edison neu erfunden habe. Mein Alter Ego.

Wie unwahrscheinlich ist das bitte? Ich mache praktisch mein Leben lang keinen einzigen Liegestütz, aber wenn doch, löst er eine folgenschwere Kettenreaktion aus.

Mac interpretiert mein Zögern falsch. Sein Blick richtet sich auf meine Hände und die fehlende Symmetrie. Ich warte darauf, dass er Mitleid empfindet und mich vom Haken lassen wird, aber er macht genau das Gegenteil.

»Komm schon«, sagt er wie der Teamkapitän, der er wahrscheinlich ist (oder war). »Du schaffst das.«

Er hat keine Ahnung, was gerade in meinem Kopf vor sich geht, aber dafür kann er nichts. Er behandelt mich, als wäre ich ihm ebenbürtig.

Das ist genau das, was ich immer für mich einfordere.

Ich kann einen Liegestütz machen, allerdings nicht sehr gut. Ich versuche meinen ersten. Aber nicht mein körperlicher Defekt behindert mich, sondern die bauschige Jacke. Na ja. Lieber mache ich unbeholfen Liegestütze, als eine lebenswichtige Schutzschicht abzulegen.

Währenddessen stemmt Mac sich auf und ab, auf und ab, wieder und wieder.

»Angeber«, sage ich.

»Ich verdiene damit mein Geld.«

Mein Stolz – oder die Hoffnung, mir wenigstens einen letzten Rest davon bewahren zu können – treibt mich an. Ich schaffe zehn traurige Liegestütze, dann gebe ich auf.

»Ist dir jetzt wärmer?«, fragt Mac.

»Mir ist schlecht.«

Ich richte mich auf und warte, bis meine Atmung sich normalisiert.

Meine letzten Liegestütze sind erst ein paar Monate her, aber es kommt mir vor, als sei das in einem anderen Leben gewesen. In gewisser Weise stimmt das sogar. Kurz nachdem ich sie gemacht hatte, wurde ich als jemand Neues wiedergeboren.

Du bist in dem Café gegenüber der Schule, wo alle nachmittags abhängen. Normalerweise gehörst du nicht zu diesen Leuten. Aber heute sehnt sich dein träger Körper nach einem Kaffee und vielleicht auch nach einem Donut. Vor dir in der Schlange stehen deine Klassenkameradinnen Finley Wooten und Elena Gonzalez.

Ms Millard ist so eine Bitch, sagt Finley. *Sie wollte sie dazu zwingen, es vor den Augen der anderen zu tun.*

Genau, sagt Elena. *Armes Mädchen.*

»Armes Mädchen« – das bist du. Vorhin in der Turnhalle hat Ms Millard dich aufgerufen, damit du einen korrekten Liegestütz vorführst (ein naiver Versuch, dich zu ermutigen). Finley und Elena waren Augenzeugen. Aber jetzt bemerken sie nicht, dass du direkt hinter ihnen stehst.

Sie tut mir leid, sagt Elena.

Mir auch, sagt Finley. *Sie könnte richtig süß sein, wenn da nicht diese eine Sache wäre.*

Diese eine Sache.

Naja, ich finde sie trotzdem süß, sagt Elena.

Klar, aber du weißt, was ich meine.

Ja, nein, ich bin ganz deiner Meinung.

Wenn es jemals einen Zeitpunkt gab, sich Gehör zu verschaffen, dann jetzt. Das ist der Moment, auf den du gewartet hast, um nicht länger still zu sein. Du suchst nach der witzigsten *Für-wen-haltet-ihr-euch-eigentlich*-Antwort. Die Art von Antwort, bei der die Leute sofort innehalten mit dem, was sie gerade tun, und langsam und betont klatschen, weil du dich für das eingesetzt hast, was wirklich zählt, und für die Gerechtigkeit kämpfst, nach der jeder sich sehnt.

Dein Verstand schaltet sich aus. Deine Lippen sind versiegelt. Deinen Ohren zweifeln an dem, was sie gehört haben. Du kneifst. Du sagst nichts. Leise gehst du weg.

Aber ihre Worte gehen dir nicht aus dem Kopf.

Tage später postet Finley Wooten, das Mädchen, das denkt, du wärst vielleicht hübsch, wenn du nicht so hässlich wärst, ein Selfie. Seit dem Vorfall in der Cafeteria hast du Finley in der Schule und online gestalkt. Innerlich brodelnd, weil dir ihre Bemerkung nicht aus dem Kopf geht. Du grübelst darüber nach, was du hättest sagen *sollen*. (Über Elena machst du dir weniger Gedanken. Sie ist nur eine Mitläuferin.)

Auf ihrem Selfie zeigt sich Finley im Halbprofil, mit Dutt und bloßem Nacken. Da fällt dir etwas auf. Etwas, das du schon früher bemerkt hast.

Bevor dein Verstand dich daran hindern kann, handeln deine ungleichen Daumen wie auf Kommando und tippen einen Kommentar:

Ich bewundere deine Strategie, Fin. Wie du immer das Etikett an neuen Klamotten dranlässt, damit du sie nur einmal tragen und wieder zurückgeben kannst. Ein toller Trick, um den Eindruck zu vermitteln, dass dein Outfit sich nie wiederholt. Perfekt für jeden, der ein knappes Budget hat. Danke für die Inspiration!

Die Antwort darauf lässt nicht lange auf sich warten und ist unmissverständlich. Emojis von schockierten Gesichtern, Lachtränen, Hände über dem Mund. Reaktionen auf deine Reaktion:

Autsch!

OMG. Ist mir nie aufgefallen.

Du musst das Etikett besser verstecken, Girl!

Oh nein. Das bedeutet Krieg.

Plötzlich hat *We're All Gonna Die*, der Account, auf dem du deinen Kommentar gepostet hast, achtunddreißig neue Follower und jede Minute kommen mehr dazu. Was das bedeutet? Dass sie dich wahrnehmen. Deine Follower unterstützen dich. Sie stimmen dir zu. Indem sie deinem Account folgen, sagen auch sie all das, was du schreibst, ohne es selbst posten zu müssen. Sie selbst wollen sich nicht mit Finley Wooten anlegen. Eigentlich willst du das auch nicht. Du schließt schnell das WAGD-Konto, bevor jemand die Verfasserin hinter dem Kommentar identifizieren kann.

Finley löscht das Foto. Was für ein Kick! Teils Panik, teils Euphorie. Ist das gerade wirklich passiert? Deine Freunde stellen Vermutungen an, wer den WAGD-Account betrieben hat. Keiner von ihnen kommt darauf, dass du es bist, obwohl du ihnen alles über den Vorfall mit Finley im Café erzählt hast. Du willst die Lorbeeren dafür einheimsen, dass du Finley in die Schranken gewiesen hast, aber irgendetwas hält dich davon ab und du schweigst.

Vielleicht ist das dein Lebenszweck. Vielleicht ist das deine Superkraft. Was sagt Neel immer? *Augen Gottes*, sagt er. *Du bist wie die Augen Gottes*. Weil du Details erkennst, die Neel übersieht. Mom nennt dich *Falke*. Das hast du von Dad geerbt.

Als du neun warst, bist du zu einem von Dads Kursen gegangen. Am *Bring dein Kind zur Arbeit mit*-Tag. In einem großen Hörsaal. Es war langweilig, ihm zuzuhören, wie er endlos über Shakespeare redete.

Ein paar Studenten kamen zu spät zum Unterricht. Dein Dad schaute auf seine große silberne Uhr und unterrichtete weiter. Ein weiterer Student kam herein, und diesmal sagte dein Dad: *Willkommen, Mr Ratner.* Du hast dich gefragt, ob der Typ wichtig sein könnte. Warum sonst hätte dein Dad in extra begrüßen sollen? Denn kurz darauf kamen zwei weitere Studenten und dein Dad schaute nur kurz auf seine Uhr und sprach weiter.

Nach dem Unterricht ging er mit dir zum Mittagessen in die Mensa. Er aß einen Salat und du hattest Frühlingsrollen und gebratenen Reis. Du hast ihn gefragt, warum er diesen Studenten angesprochen hat und sonst niemanden.

Scharfe Ohren, sagte dein Dad.

Er erklärte, dass Andrew Ratner, ein Studienanfänger, ein aufgeweckter Junge sei, ein guter Student, und lediglich etwas mehr Aufmerksamkeit bräuchte. Zuerst hatte dein Dad sein Zuspätkommen ignoriert. Aber Andrew fand immer wieder neue Wege, sich bemerkbar zu machen: Er knackte mit den Fingerknöcheln, sprach mit den Sitznachbarn, döste ein. Es kam vor, dass dein Dad beim Betreten des Gebäudes an Andrew vorbeiging, und irgendwann fragte er sich, ob Andrew sich vielleicht absichtlich Zeit ließ, um dann zu spät zum Unterricht zu kommen. Das nächste Mal, als Andrew zu spät kam, sprach dein Dad ihn darauf an. Er tat das nicht gerne. Es lenkte die anderen Studenten nur ab.

Aber, sagte dein Dad zwischen zwei Bissen von seinem knackigen Salat, *nachdem ich Andrew eine Extra-Begrüßung zugestanden hatte, machte er keine Probleme mehr. Zumindest eine Zeit lang. Dann muss ich ihm erneut zeigen, dass ich ihn wahrnehme. Wir führen regelmäßig diesen kleinen Tanz auf, er und ich. Aber das ist okay. Jeder junge Mensch braucht etwas anderes. Bei Erwachsenen ist es genauso. Es gibt immer einen Weg, jemanden zu erreichen. Man muss nur herausfinden, welcher das ist.*

Was ist der Weg zu Mom?

Er lächelt. *Das ist ganz einfach. Rückenmassage. Der absolut beste Weg, um sie sanft zu stimmen.*

Und wie kommt man zu mir?

Zu dir? Du bist ein Zeig's mir-*Typ. Die geborene Zweiflerin. Du glaubst etwas erst, wenn du es siehst. Ich kann dir hundertmal sagen, dass ich dich liebe, und du zuckst mit den Schultern, rollst mit den Augen. Aber dann umarme ich dich, halte dich fest und du bist Wachs in meinen Händen. Du schmilzt einfach dahin.*

Du hast noch nie darüber nachgedacht, aber jetzt, wo er es sagt, wird dir klar, dass er recht hat.

Du sagst ihm, dass du genau weißt, auf welchem Weg du ihn erreichst. Es sind Bücher. Wenn du ihn um ein Spielzeug oder ein Tablet bittest, wird er immer Nein sagen. Aber wenn du ihn nach einem Buch fragst, lautet die Antwort immer Ja.

Er hört auf zu kauen. *Oh-oh*, sagt er. *Ich glaube, ich habe ein Monster erschaffen.*

Dad,

ich weiß nicht, wie du immer so geduldig mit allen sein kannst. Ich ertrage es nicht, wie manche Leute sind. Wie sie sich benehmen. Ich weiß nicht, wie ich darüber hinwegsehen kann. Manchmal habe ich das Gefühl, jeden Moment zu explodieren.

Ich hab dich lieb,
Tegan

Tegan,

explodiere nicht.

Alles Liebe,
Dad

Jene Nacht
16:46 Uhr

Als ich nach unten kam, hatte Charlie das Haus schon verlassen und die Küche sah aus wie ein Schlachtfeld. Schranktüren standen offen. Ein Kräuterglas lag umgekippt auf der Anrichte, das nicht zu identifizierende Gewürz war überall verstreut. Der Wasserhahn lief, während Mom den Kühlschrank inspizierte. Bei Charlie sieht es kinderleicht aus, wenn er kocht, was so gut wie jeden Abend der Fall ist. Er macht Mom und mir etwas zu essen, bevor er zu seiner Schicht aufbricht. Wenn er nicht gerade bei Hochzeiten auftritt, arbeitet er nachts bei der Stadtreinigung.

Ich drehte den Wasserhahn zu. Mom blickte auf. »Oh, hi«, sagte sie ein wenig verlegen. »Es ist schon ziemlich lange her, dass ich so etwas gemacht habe.«

Das stimmte.

Über dem Waschbecken hing eine Kletterpflanze. Die Erde im Topf fühlte sich trocken an. Ich füllte die Gießkanne mit Wasser, goss das Efeugewächs und auch die anderen Pflanzen. Es sind fünf, und das allein in der Küche.

Ich setzte mich an den Tisch. Mom stellte ein Hackbrett mit Möhren vor mich hin. »Kannst du die bitte klein schneiden?«

Bitte, danke, Entschuldigung – sie ist wie eine Frau aus dem mittleren Westen, die nur so tut, als wäre sie in New Jersey geboren und aufgewachsen. Das Schicksal hat ihr quasi keine andere Wahl gelassen, als Vorschullehrerin zu werden.

Ich nahm das Messer und machte mich an die Arbeit.

Plötzlich war da etwas Feuchtes. Ich blickte hoch und sah Mom, die damit kämpfte, ein ganzes Huhn aus der Plastikverpackung zu befreien, wobei sie mit bloßen Händen das rohe Geflügel zerquetschte und dabei unsichtbare Tröpfchen mit Salmonellen kreuz und quer durch die Luft schleuderte.

»Du weißt schon, dass ich kein Fleisch esse?«, sagte ich, denn jetzt schien mir der richtige Zeitpunkt dafür zu sein.

Sie drehte ruckartig den Kopf zu mir herum. Das nackte Huhn schwebte scheinbar unschlüssig in der Luft. »Oh mein Gott. Es tut mir so leid. Natürlich weiß ich das. Eigentlich wollte ich etwas kochen, das du magst.«

Sie legte das Huhn in einen Topf, wusch sich die Hände und blieb an der Anrichte stehen. Ihre Ich-schaff-das-Stimmung war ins Gegenteil umgeschlagen. Und ich war der Grund dafür.

Oben in meinem Zimmer hatte ich mich ehrlich gesagt fast auf das Essen gefreut. Es war eine Ewigkeit her, seit wir das letzte Mal Suppe hatten. Dann würde ich eben nur die Brühe essen. Ich bin sowieso nicht die strikteste Vegetarierin. Aber da hatte ich noch nicht mit angesehen, wie sie den armen nackten Vogel traktierte.

Mom zögerte.

»Du kannst die Suppe trotzdem machen«, sagte ich und nahm eine frische Karotte in die Hand, wie um uns beiden die pflanzlichen Bestandteile der Mahlzeit in Erinnerung zu rufen.

Sie füllte den Topf mit Wasser und stellte ihn auf eine Herdplatte, bevor sie sich neben mich an den Tisch setzte. Es fühlte sich ein bisschen zu nah an.

»Wie geht es dir?«, fragte sie.

Das erinnerte mich an ein Treffen mit der Vertrauenslehrerin vor ein paar Jahren, das auf die gleiche Weise begonnen hatte.

»Gut«, sagte ich und bemühte mich, es wie eine Selbstverständlichkeit klingen zu lassen.

»Alles in Ordnung zwischen dir und Neel?«

Ich hatte ihr nicht erzählt, was im Einkaufszentrum passiert war, aber sie hatte genug mitbekommen, um sich ein realistisches Bild davon zu machen. Meine Stimmung auf dem Heimweg war ganz anders gewesen als Stunden zuvor, als wir das Haus verlassen hatten.

»Zwischen uns ist alles okay«, sagte ich.

»Was ist mit Isla und Brooke? Die waren schon so lange nicht mehr hier.«

Es war schon schlimm genug, dass Charlie heute nicht für uns kochte. Noch viel schwerer wog jedoch, dass ohne ihn niemand hier war, der Mum davon abhalten konnte, mich ins Kreuzverhör zu nehmen.

»Isla ist mit dem Theater beschäftigt. Brooke ist Brooke. Sie kommt und geht, je nachdem, auf wen sie gerade steht. Meistens treffe ich sie beim Mittagessen. Es ist nicht so, als würde ich sie nie sehen.«

Mum nickte ein Mal zu oft.

»Was?«, sagte ich.

»Ich frage ja nur. Ich weiß nicht. Du scheinst …«

Sie hat diese bestimmte Art zu reden – wie auf Zehenspitzen und als ob ich zerbrechlich wäre. Oder wie beim Angeln: Sie wirft die Leine in alle Richtungen aus und wartet darauf, dass ich endlich anbeiße. Aber ich beiße nicht an.

»Du bist in letzter Zeit so distanziert. Ich habe das Gefühl, in dir geht sehr viel vor, aber du sagst nie, was los ist.«

»Du hast keine Ahnung, was in mir vorgeht.«

»Deshalb frage ich ja.«

»Du stellst nur Vermutungen an.«

Ihre Hand sank auf den Tisch, wollte nach mir greifen, verharrte dann jedoch. »Wenn es etwas gibt, das du für dich behältst, obwohl du eigentlich darüber reden willst …«

Ich verheimlichte so viel – einfach alles.

»Ich verheimliche nichts«, sagte ich.

»Tegan.«

Ich schob meinen Stuhl zurück. »Was, Mom?«

Als sie weitersprach, klang ihre Stimme beherrscht. Mom ist eben ein Profi. »Ich weiß, dass das nicht stimmt.«

Ihre Worte brachten mich zum Lachen. »Was weißt du denn? Was *glaubst* du zu wissen?«

Sie atmete ein, sog alle Luft in sich auf, die ihr zur Verfügung stand. »Nie scheine ich die richtigen Worte zu finden.«

»Sag einfach, was du loswerden willst, Mom. Ist das so schwer? Was ist es diesmal? Ich bin in letzter Zeit kein einziges Mal zu spät zum Unterricht gekommen. Ich habe meinen Aufsatz für Englisch fertig, wie versprochen. Ich habe dir bereits gesagt, dass ich wieder mit dem Babysitten anfange, wenn dich das glücklich macht. Ich kapier's nicht. Was willst du denn noch von mir?«

»Ich weiß, dass du deinem Vater E-Mails schreibst.«

Es fühlte sich an, als wäre ich in den Topf mit brodelndem Wasser getaucht worden.

»Du warst an meinem Computer«, sagte ich.

»Nein«, widersprach sie.

»Wenn ich gewollt hätte, dass du es weißt, hätte ich es dir gesagt. Aber das habe ich nicht, oder?«

»Es war keine Absicht. Ich wollte dir nicht hinterherspionieren.«

Ich stand auf und kochte über. »Du bist so eine miese Lügnerin.«

»Tegan, wenn ich dich anlügen wollte, hätte ich es gar nicht erst erwähnt. Ich hätte einfach so getan, als wüsste ich es nicht.«

Sie gab mir einen Moment Zeit, um darüber nachzudenken. Aber es war mir egal, wie rational oder einleuchtend ihr Einwand war. Ich glaubte ihr kein Wort.

»Ich weiß, worum es hier geht«, sagte ich. »Ich weiß es genau. Du erträgst es nicht, dass ich lieber mit *ihm* rede als mit dir.«

Sie blieb sitzen. Ihr war nicht nach Streiten zumute. Mir ehrlich gesagt auch nicht.

»Ich habe nichts falsch gemacht«, sagte ich, und bei diesen Worten zerriss etwas in mir, dass nur noch von dünnen Fäden zusammengehalten worden war.

Sie hörte, wie die Fäden rissen – Mütter und ihre Ohren –, und versuchte, zu mir durchzudringen. »Das habe ich nie behauptet. Darum geht es doch gar nicht. Ich mache mir nur Sorgen um dich, das ist alles.«

»Ich kann das nicht«, sagte ich und wich in den Flur zurück.

»Wo willst du hin?«

Am Fuß der Treppe blieb ich stehen. Dort oben gab es kein Versteck.

»Ich halte es hier nicht aus.«

»Wie meinst du das?«, fragte sie und folgte mir.

»Ich habe nirgendwo einen Platz für mich.«

Neben der Haustür: ein Haufen Schuhe. Meine Füße schlüpften in steife Canvas-Sneaker.

Mom holte mich ein. »Lass das. Wir essen jetzt zu Abend.«

»Ich habe keinen Hunger.«

Die Tür schwang auf und Kälte strömte herein.

»Du gehst jetzt nicht aus dem Haus.«

Sie versuchte mich zurückzuhalten, aber da war ich schon draußen.

»Das ist völlig verrückt, Tegan. Bei diesem Wetter durch die Gegend zu laufen. Warum musst du immer so sein?«

Auf dem Fußweg drehte ich mich um.

»Ich wollte nur mit ihm reden. Ist das so schlimm? Warum musstest du das kaputt machen?«

Mit verschränkten Armen stand sie im Schein der Verandalampe und hatte keine Antwort für mich.

Also drehte ich mich um und schaute nicht zurück.

Jene Nacht
22:50 Uhr

Nach meinem gescheiterten ersten Versuch eines Abendessens sitze ich nun endlich da, um doch noch etwas in den Magen zu bekommen. Mac und ich haben uns im Hinterzimmer auf dem Fußboden niedergelassen. Es ist das reinste Festmahl, das beste schlechteste Essen, das ich je hatte. Moms heiße Suppe wäre jetzt genau das Richtige, um meine durchgefrorenen Glieder aufzuwärmen, aber diese Option steht nicht mehr zur Wahl. Das Zeug vom Supermarkt taut zumindest die Seele auf.

»Du wohnst in dem weißen Haus an der Ecke Becker Street, stimmt's?«, fragt Mac.

Als er meine Überraschung bemerkt, erklärt er: »Ich war mit Blake befreundet.«

»Richtig, Blake Lewis«, sage ich. »Er hat nebenan gewohnt. Seine Familie ist nach Texas gezogen.«

»Das muss in der dritten Klasse gewesen sein. Ich weiß nur noch, dass er einen dieser riesigen Basketball-Automaten im Keller hatte.«

Mac wartet darauf, dass ich zustimme, obwohl ich nie in Blakes Haus gewesen bin, geschweige denn in seinem Keller. Trotzdem nicke ich, als wüsste ich, was er meint.

Ich sitze im Schneidersitz da, während er seine Beine

breit ausstreckt. Nachdem er den ersten Energieriegel verputzt hat, reißt er mühelos die Verpackung des zweiten auf. Normalerweise schlitze ich Snacktüten mit meinen Zähnen oder einem Schlüsselbund auf. Heute Abend ist eine Schere aus dem Museum mein damenhaftes Werkzeug der Wahl.

»Hast du Geschwister?«, fragt Mac.

Er scheint immer noch an seinen Bruder zu denken. Warum sonst stellt er mir diese Frage?

»Einzelkind«, antworte ich.

»Alles klar.«

»Was? Ich kann sehr gut mit anderen auskommen.«

Sein Lächeln kann über den Zweifel in seinem Blick nicht hinwegtäuschen. »Mit welchen anderen?«

Ich fange an, Namen zu nennen. »Isla Sheppard, Brooke Mandelbaum« – bis ich merke, dass er mich nur necken wollte und nicht erwartet hat, dass ich meine Freunde einzeln aufzähle. Es ist mir peinlich – vor allem, weil ich nur allzu gut weiß, wie sehr ich mich in den letzten Monaten von meinen langjährigen Freundinnen zurückgezogen habe. Meine Schuld, aber auch ihre.

»Du verbringst viel Zeit mit diesem Typen. Neel, oder?«

Langsam wird es mir unheimlich, wie viel Mac über mich zu wissen scheint.

»Ist er dein fester Freund?«, fragt er.

Frappuccino tropft über meine Lippen. »Mein fester Freund? Neel Singh?«

Ich fühle mich geschmeichelt, dass Mac allen Ernstes annimmt, ich hätte einen Freund, und gleichzeitig bin ich ein bisschen beleidigt, dass er dabei ausgerechnet an Neel denkt. Nicht, dass Neel hässlich wäre, ganz im Gegenteil (er hat dichtes, glänzendes Haar, für das die meisten Mädchen töten würden); es ist nur so, dass Neel einfach Neel ist.

»Er ist nur ein guter Freund«, sage ich und lache ausweichend.

Die beiden Worte – *nur* und *guter* – klingen in meinen Ohren wie Verrat. *Nur* deutet an, dass Neel mir nicht wirklich wichtig ist, und *guter* ist eine Herabstufung von *bester*.

Auf diese Idee sind auch schon Isla und Brooke gekommen: Dass Neel und ich eine geheime Romanze haben, war wohl die einzige Erklärung, die ihnen einfiel, warum ich lieber mit ihm als mit ihnen rumhänge. Ihre Ahnungslosigkeit ist Teil des Problems. Aber das ist nun mal so.

Hat es etwas zu bedeuten, dass Mac sich Gedanken über meinen Beziehungsstatus macht? Er ist ein geschickter Gesprächspartner, wechselt mühelos von einem Thema zum nächsten, sodass man nie genau weiß, was man von dem, was er sagt, halten soll.

Während Mac an einem Proteinshake nippt, scheint er schon zu einer weiteren Frage ansetzen zu wollen. Langsam frage ich mich, ob das seine Strategie ist: Solange er derjenige ist, der die Fragen stellt, muss er selbst keine beantworten.

»Jetzt bin ich dran«, sage ich.

Er wischt sich über den Mund. »Schieß los.«

Ich habe so viele Fragen, die ich Mac Durant stellen möchte. Am besten wäre es, mit etwas Einfachem anzufangen, aber ich weiß bereits, wo er wohnt und dass er einen Bruder hat und dass er bei *Sneaker World* arbeitet. Ich könnte ihn zum Beispiel fragen – wobei es nicht so ist, dass ich deswegen schlaflose Nächte hätte oder so –, aber ich könnte ihn fragen, ob er aktuell mit jemandem zusammen ist. Das wäre nicht unverschämt und aufdringlich, denn immerhin hat er mir gerade eine ganz ähnliche Frage gestellt. Ich meine, wir unterhalten uns gerade, und da kann man schon mal neugierig sein.

Aber mir geht etwas Wichtigeres durch den Kopf. »Bist du zu allen so?«

Er schiebt seine leeren Essensverpackungen beiseite und scheint endlich satt zu sein.

»Wie bin ich denn?«

»Ich weiß nicht. Du wirkst so …« Ich habe den Satz angefangen, also muss ich ihn wohl zu Ende bringen. »Bis zum heutigen Abend hätte ich ehrlich gesagt nicht gedacht, dass du überhaupt weißt, wer ich bin.«

Er starrt mich an. Im Führerschein würden seine Augen als braun klassifiziert werden, aber nur, weil es keine Bezeichnung für diese Farbe gibt: ein warmes, sonnenbeschienenes Gold.

»Ich weiß, wer du bist«, sagt Mac.

Ich schiebe mir ein ganzes *Oreo* in den Mund. Ein Verdacht, den ich bisher unterdrückt habe, drängt sich in den Vordergrund: Ist es möglich, dass unsere Begegnung heute Abend kein Zufall war? Ist er *absichtlich* im Museum aufgetaucht?

»Letztes Jahr bei dieser Schulversammlung …«, beginnt Mac. Er schiebt seinen Ärmel hoch und kratzt sich am Unterarm. »Wo dieser Motivationsredner einen Vortrag gehalten hat – erinnerst du dich an ihn? So ein Typ mit Fliege.«

»Stimmt«, sage ich und frage mich nervös, wohin das führen soll.

»Er hat über diesen Jungen gesprochen, der von einer Brücke gesprungen ist. Er meinte, es hätte vielleicht anders enden können, wenn es im Leben dieses Jungen jemanden gegeben hätte, der ihm die Hand gereicht hätte. Als ich mich in der Halle umschaute, schien niemand zuzuhören. Alle waren mit ihren Handys beschäftigt oder machten Witze. Der Typ war irgendwie schräg, aber ich habe versucht, ihm zuzuhören. Ich dachte, ich wäre der Einzige. Bis ich zur anderen Seite der Turnhalle sah und dich entdeckte.«

»Mich?«

Er nickt.

Ich wische mir Kekskrümel von den Lippen.

»Ich weiß noch genau, dass deine Augen förmlich an ihm klebten. Als wäre das, was er sagte, für dich von Bedeutung. Vielleicht war es das gar nicht, keine Ahnung … aber dein Gesichtsausdruck spiegelte genau das wider, was auch ich in diesem Moment fühlte.«

Ich erinnere mich an die Versammlung. Ich weiß sogar noch, wo ich saß. Kann sein, dass ich Mac auf der Tribüne gegenüber sogar bemerkt habe, aber wenn, dann ist es mir nicht im Gedächtnis hängen geblieben. Allein die Vorstellung, dass Mac mich von der anderen Seite der Halle bemerkt und sogar etwas von meinen Gefühlen erspürt haben könnte, ist absurd. Es stimmt, die Geschichte des Redners hat mich damals berührt. Nicht auf eine schlimme tief gehende Art, bei der es um Leben oder Tod geht. Aber ich fühlte mich einsam und isoliert – umgeben von Hunderten von Menschen und doch anonym und unbeachtet. Und jetzt stellt sich heraus, dass mich ausgerechnet in diesem Moment tatsächlich jemand beachtet hat.

Mac fährt sich mit den Fingern durch sein zerzaustes Haar und bringt es noch mehr in Unordnung. Nicht auf diese selbstverliebte Art und Weise, wie so viele andere Jungs das tun. Er achtet nicht darauf, was seine Hände machen oder wie seine Haare aussehen. Sein Verstand ist mit sich selbst beschäftigt.

»Es gibt so viel oberflächlichen Scheiß in der Schule. Ich habe einfach keine Zeit dafür«, sagt Mac.

Ich nicke nachdrücklich, als verstünde sich das von selbst. »Ich weiß, was du meinst.«

Seine Augen lassen mich nicht los. »Das dachte ich mir.«

Was für ein Schock: Ich habe *ihn* immer für oberflächlich gehalten, während er die Tiefe in mir sah. Ich schnappe mir ein weiteres *Oreo* und nehme die obere Hälfte ab.

»Gib mir auch mal eines, okay?«, sagt Mac und beugt sich zu mir.

Ich werfe ihm stattdessen einen Keks zu. Er fängt ihn mit spielerischer Leichtigkeit, als könnte er alles, was ich ihm entgegenschleudere, mühelos abfangen. Und nichts an ihm verrät, wie man unter seine Oberfläche dringen kann und ob das überhaupt möglich ist.

Ich frage ihn: »Wie bist du zu knacken?«

Er schiebt sich den ganzen Keks in den Mund. »Zu knacken?«

»Ja. Deine Schwachstelle. Deine Achillesferse. Wenn jemand dich für sich gewinnen will, was muss er tun?«

Seine vollgestopften Wangen brauchen Zeit, um für eine Antwort Platz zu schaffen. Er scheint über die Frage nachzudenken.

»Ehrlich sein«, sagt er. »Mehr nicht. Wenn es etwas gibt, was ich nicht ausstehen kann, dann ist es Fake.« Er greift nach der Flasche, die er von zu Hause mitgebracht hat. Sie hat die ganze Zeit wie eine Drohung neben ihm gestanden. »Das ist mehr oder weniger der Grund, warum ich hier gelandet bin.«

Er dreht den Deckel von der Flasche – und mir dreht sich der Magen um.

Ein kurzes Schnuppern. Dann legt er den Kopf in den Nacken und nimmt einen Schluck. Er verzieht das Gesicht und hält mir die Flasche hin.

»Wenn ich dich anschaue, vergeht mir die Lust, das Zeug zu probieren«, sage ich und nehme gleichzeitig die Herausforderung an.

Seine Stimme klingt heiser. »Hartes Zeug. Alles andere wäre gelogen.«

SMIRNOFF steht auf dem Etikett. Das ist Wodka. Ich muss verrückt sein, davon zu trinken, denn ich weiß, wohin das führt. Aber ich weiß auch, dass ich es ohne ein leichtes Gefühl der Betäubung nicht durchstehen werde. Ich stoße Luft aus wie ein Tiefseetaucher beim Abtauchen. Ein hastiger, großer Schluck, dann ein Hustenanfall.

Mac lacht mitfühlend. »Alles okay?«

Ich behaupte, dass es mir gut geht, obwohl ich spüre, dass

mein Gesicht so rot geworden ist wie mein Sweatshirt. Bisher habe ich Wodka nur mit Soda getrunken (einmal bei Isla; ihre Eltern taten so, als hätten sie es nicht bemerkt).

Nachdem ich mich einigermaßen gefangen habe, verkünde ich mein Urteil: »Schmeckt gut.«

Ich gebe ihm die Flasche zurück. Er wiegt sie in der Hand, spürt ihr Gewicht. »Normalerweise trinke ich nicht«, sagt er. Das Funkeln in seinen Augen erlischt, sein Kiefer spannt sich an. Macs Blick verschleiert sich, und plötzlich ist der Schatten wieder da, der gleiche wie am frühen Abend, als er ins Museum kam, und den er nur vorübergehend verscheuchen konnte.

Die Sohlen seiner Schuhe quietschen auf dem Boden, als er die Knie anzieht. Er rollt sich zusammen. Das schafft mehr Platz zwischen uns, trotzdem fühle ich mich plötzlich eingezwängt.

»Eigentlich wollte mich Mom von der Arbeit abholen. Stattdessen ist Dad aufgetaucht.«

Bei seinen Worten wünsche ich mir, ich hätte die Flasche nicht zurückgegeben. Vielleicht brauche ich noch mehr Betäubung. Und zwar sofort.

»Bei mir zu Hause ist jede plötzliche Planänderung ein schlechtes Zeichen«, fährt Mac fort. »Ich nehme an, sie hatten Streit. Meine Mutter ist gegangen und hat sich bei meiner Tante einquartiert.«

Er hält inne, scheint zu überlegen, ob er aufhören soll, noch bevor er richtig angefangen hat. Seine Arme liegen locker über seinen Knien, aber seine Finger scheinen den Flaschenhals erwürgen zu wollen. Er blickt mich an, und was er in meinem Gesicht sieht, überzeugt ihn, weiterzusprechen.

»Seit mein Bruder im Herbst aufs College gegangen ist, ist hier die Kacke am Dampfen. Dad hat wieder angefangen zu trinken. Und das, nachdem er ein paar Jahre lang trocken war.«

Mac hebt die Flasche und hält sie an seine Nase.

»Ich konnte es riechen. Noch bevor ich in den Wagen stieg, wusste ich es. Ich merkte es daran, dass er das Fenster heruntergelassen hat, als er die Tür entriegeln wollte. Daran, wie laut er das Radio aufgedreht hatte.«

Mac lässt die Flasche auf den Boden sinken, hält sie aber weiter fest.

»Als er losfuhr, hörte ich ein Geräusch. Ein Schleifen auf der Straße. Im Spiegel sah ich, wie hinter uns der Schnee aufwirbelte. Ich fragte Dad, was da los ist, aber er tat es mit einem Schulterzucken ab. Als wir zu Hause ankamen, sah ich den Briefkasten – oder was davon übrig war. Dad sagte kein Wort, sondern fuhr einfach in die Garage. Ich stieg aus und sah mir die große Delle in der herabhängenden Stoßstange an, wo er anscheinend rückwärts gegen den Briefkasten gekracht war. Dann machte ich mich daran, den Trümmerhaufen aufzuräumen. Was hätte ich sonst tun sollen? Währenddessen saß er bei laufendem Motor hinter dem Lenkrad, grölte einen seiner Lieblingssongs und scherte sich um nichts.«

Mac starrt in die durchsichtige Flasche, sieht Dinge, ohne sie zu spüren. Er macht nicht den Eindruck, als bräuchte er Alkohol, um betäubt zu sein.

»Plötzlich rollt das Garagentor runter, und ich denke, *na toll, jetzt bringt er sich auch noch um.*«

Er macht eine Pause und lässt mich mit dieser Vorstellung da sitzen, das Schicksal seines Vaters in der Schwebe, mit der drohenden Gefahr einer Kohlenmonoxidvergiftung.

Mac nimmt einen zweiten Schluck. Diesmal scheint er ihm leichter die Kehle hinunterzurinnen. Er reicht mir die Flasche. Ich zögere, unsicher, ob ich es überhaupt verdiene, den Schlag, den Macs Enthüllung mir gleich versetzen wird, abzudämpfen.

»Es hat sich seit Monaten aufgestaut. Im vergangenen Herbst gab es einen Vorfall …«

Ich beschließe, doch noch einen Schluck zu nehmen.

»Unser Team hatte es auf den zweiten Platz geschafft und der Coach war mit uns allen zum Abendessen in die *Cheesecake Factory* gegangen. Wir verteilten uns auf mehrere Tische. Irgendwann ließ ich den Blick schweifen, und da entdeckte ich Dad. Er saß an der Bar. Eigentlich hätte er gar nicht dort sein sollen. Am Nachmittag hatte er sich das Spiel angesehen, aber ich hatte ihm schon erklärt, dass ich bei jemandem mitfahre und wir uns erst wieder zu Hause sehen würden. Irgendwie hatte er wohl mitgekriegt, dass einige Eltern ins Restaurant gehen wollten, um dort auf uns zu warten. Aber er war nicht bei den anderen Eltern. Er saß allein an der Bar. Ich konnte nichts dagegen unternehmen, also versuchte ich, ihn zu ignorieren.

Gegen Ende des Essens hörten wir einen lauten Knall. Unser Torwart deutete zur Bar, fragte: ›Bro, ist das dein

Dad?‹ Mein Vater lag auf dem Boden, flach auf dem Rücken, der Barhocker war zur Seite gekippt. Der Coach forderte alle Spieler auf, sich wieder hinzusetzen und weiterzuessen. Ich ging rüber, um Dad aufzuhelfen. Einer von den anderen Vätern bot an, ihn nach Hause zu fahren, aber ich rief stattdessen ein Taxi. Ich hielt es für besser, ihn zu begleiten, daher schenkte ich mir den Rest des Abends. Am nächsten Tag musste meine Mutter ihn hinbringen, damit er sein Auto abholen konnte.«

Jetzt bin ich mir sicher, dass ich keine Betäubung für den Schmerz verdiene, aber ich trinke trotzdem weiter, und als ich fertig bin, schiebe ich die Flasche weg, so weit es geht.

Mac lässt sie stehen, wo sie ist, und zieht seine Knie noch fester an sich.

»Es ist die gleiche Scheiße, mit der mein Bruder jahrelang zu kämpfen hatte, während ich mehr oder weniger ahnungslos war. Wahrscheinlich wurde ich nur deshalb verschont, weil es James gab.«

Diese Erkenntnis scheint sogar für Mac neu zu sein, eine Entdeckung aus dem Moment heraus. Er starrt ins Leere, beschwört Bilder herauf, die ich nicht sehen kann.

»Und dann sind die Leute auch noch so hinterhältig«, sagt Mac. »Ich versuche, meinem Vater vom Boden aufzuhelfen, und einer meiner Teamkollegen sitzt da und filmt es. Und dann wird das Video noch überall herumgeschickt. Ich habe keine Ahnung, wer es war, aber irgendjemand weiß es. Und jetzt soll ich ausgerechnet mit diesen Jungs wieder aufs Spielfeld gehen? Das kannst du vergessen. Ich bin raus aus dem Team. Mir blieb keine andere Wahl.«

Mac schüttelt den Kopf, als würde es ihm immer noch schwerfallen, das Ganze zu verstehen. »Wie auch immer. Bestimmt hast du das Video gesehen.«

Ich sage kein Wort.

»Es scheint kaum jemanden zu geben, der es nicht gesehen hat«, seufzt Mac. »*Nachtschatten* hat es gepostet und ab da hat es sich in Windeseile verbreitet.«

Wieder sieht er mich an. Er hat mir sein Innerstes offenbart, und jetzt wartet er darauf, dass ich etwas sage.

»Ja«, sage ich und versinke im Boden. »Ich glaube, ich habe davon gehört.«

Du willst anderen Menschen nicht wehtun. Du willst nur Fairness. Unfairness ist das Gesetz der Natur: Eine Person wird *so* geboren, alle andere werden *anders* geboren. Ein Elternteil ist da, das andere … Daher ist Fairness eine Aufgabe, die der Menschheit überlassen bleibt. Die dir überlassen bleibt.

Du konzentrierst dich auf die Finley Wootens dieser Welt. Die Elite. Die Privilegierten. Die auf der Sonnenseite des Lebens. Diejenigen, die die ganze Aufmerksamkeit bekommen, ohne sie verdient zu haben. Diejenigen, die gesegnet sind mit zu viel von diesem oder jenem – Ressourcen, Fähigkeiten, Glück. Die Beliebten, Pickelfreien, Fitten, Arroganten, Gutgelaunten, Entspannten, Beschützten, Beklatschten, Begehrten, Begabten. Was auch immer sie sind, wir anderen sind es nicht. Und das ist nicht cool. Nicht mehr. Und sie sollen es wissen – dass es nicht mehr cool ist.

Du verfolgst sie, einen nach dem anderen, so wie du es mit Finley gemacht hast. Du bist in einem wilden Rausch, selbst nachdem du sie zu Fall gebracht hast. Du zögerst nicht, tippst einfach, tippst, tippst. Mit deinem neuen anonymen

Account, den du nur zu diesem Zweck erstellt hast, deckst du all die Verlogenheit, Arroganz und Heuchelei auf, die du um dich herum siehst. Da ist zum Beispiel der selbstgerechte Umweltschützer, der gleich einen ganzen Stapel Servietten auf sein Essenstablett legt und die meisten davon dann unbenutzt in den Müll wirft. (Noch nicht einmal in die Recyclingtonne!) Oder die hochnäsige Fashionista Ana, deren neuestes Faible für lange Kleider etwas mit dem Tattoo auf ihrer Wade zu tun haben könnte: ihr Name in verschnörkelter Schrift, mit einem langen, aufsteigenden Zierschwung nach dem zweiten *a*, der glatt als ein *l* gelesen werden könnte. Oder der heilige Lieblingsschüler des Direktors, der jeden Tag zwischen der vierten und fünften Stunde hinter dem Computerraum mit dem Hausmeister E-Zigarette raucht.

Nachtschatten ist ein privates Konto. Dein Profilbild ist eine LEGO-Ritterfigur. Du selbst postest nie etwas. Du kommentierst nur, was andere Leute posten. Du erstellst keine Inhalte; du zerstörst sie.

Und das erschreckend gut. In der Schule hörst du die Reaktionen der Leute auf deine Kommentare. In den sozialen Medien diskutiert man darüber wie über die neue Staffel einer beliebten Serie.

Nachtschatten schlägt wieder zu!

😂 😂 😂

Es muss jemand aus der Schule sein. Wie sonst könnte er oder sie das alles wissen?

Definitiv. Ich habe da den einen oder anderen in Verdacht.

Diese Person ist durch und durch böse.

Regt euch ab. Das Ganze ist harmlos.

Harmlos? Hast du sie noch alle? Es ist falsch! Das ist Mobbing!

Ich weiß, ich sollte nicht lachen, aber ich kann nicht anders.

Wenn es um dich ginge, würde dir das Lachen ganz schnell vergehen.

Habt ihr auch so Panik, vielleicht der Nächste zu sein?

Und ob! Ich hinterfrage alles, was ich poste!

Ich würde mich geehrt fühlen, vom Schatten gedisst zu werden.

Ermutige den Loser nicht auch noch.

Zu spät.

Ich glaube nicht, dass ich jemals jemanden so sehr gehasst habe.

Ich auch nicht.

Da bin ich anderer Meinung. Dieser Typ ist ein Genie!

Amen!

All der Wirbel macht dich nervös. Aber auch stolz, weil du plötzlich nicht nur Einfluss darauf hast, worüber die Leute reden, sondern auch darauf, wie sie sich verhalten. Zumindest in der Öffentlichkeit. Der Umweltschützer hört auf, Servietten zu verschwenden. Der Lieblingsschüler des Schuldirektors bemüht sich, mit dem Dampfen aufzuhören. Und doch – bist du womöglich zu weit gegangen? Jahrelang aufgestauter Schmerz und Frustration haben sich in einem Feuersturm verbaler Wut entladen. Du konntest diese Gefühle einfach nicht mehr zurückhalten.

Die Leute schicken Drohbotschaften an deinen Account. Aber zu deiner Überraschung richtet sich der Großteil des Hasses gar nicht gegen dich. Die Nachrichten sind von Leuten, die verletzende Dinge über andere in die Welt setzen wollen und sie an dich schicken, damit du sie für sie postest. Du hast etwas angezettelt. Einen Nerv getroffen. Zuerst ignorierst du die Anfragen. Du willst nichts damit zu tun haben. Du bist schon viel zu weit gegangen. Aber etwas nagt an dir. Ein tiefes Verlangen drängt an die Oberfläche. Du hast so lange geschwiegen, jetzt hast du eine Stimme, und die Leute bitten dich, sie zu benutzen. Warum solltest du dich ihnen verweigern? Warum dich selbst verleugnen?

Mit geheimen Informationen, die du zugespielt bekommst, postet *Nachtschatten* zum ersten Mal eine Story.

> **Wie sich herausstellt, hat die selbst ernannte Influencerin Wendy Joyce Lee 10.000 ihrer 12.000 Follower gekauft. Und hier: der schriftliche Beweis.**

Innerhalb weniger Stunden verdoppelt sich die Zahl deiner Follower. Dann verdreifacht sie sich. Anders als Wendy Joyce Lee hast du dir deine Follower erarbeitet, jeden einzelnen. Deine Story wird Dutzende Male repostet. Alle sprechen nur noch über das eine: über *Nachtschatten*.

Und wenn du dich weigerst, wieder zu verstummen? Was, wenn du noch ein bisschen weitermachst? Nicht nur für dich – sondern für jeden, der dir Nachrichten schickt. Sie alle fühlen sich zum Schweigen gebracht. Du könntest ihre Stimme sein. Ein Sprachrohr für ihren Schmerz – ihre Eifersucht, ihre Bitterkeit, ihre Wut.

Immer mehr Storys kommen rein.

> **Das Gerücht, wonach der taffe Victor Trokic Mitglied einer Gang ist? Jeder nimmt es für bare Münze, dabei hat**

Victor es selbst in die Welt gesetzt, damit niemand sich mit ihm anlegt.

Seit wann ist Karen Lockhart eine Leichtathletin? Seit sie sich mit einem manipulierten Foto ein Stipendium für Princeton erschlichen hat.

Ezra Rosen hat immer Gras – ob das daran liegt, dass sein Onkel für ein mexikanisches Drogenkartell arbeitet?

Da ist diese vibrierende Energie, die dich – deinen Account – umgibt. Du spürst sie in den Gängen, im Unterricht, im Bus. Dieses Summen, das du hervorgerufen hast. Endlich wirst du gehört. Gibt es etwas Besseres?

Nach vierundzwanzig Stunden verschwinden die Geschichten im Äther, es sei denn, andere reposten sie erneut. Es geht nicht mehr darum, wie du dich fühlst. Es geht darum, wie *sie* sich fühlen. Du bist nur eine Botin.

Es ist eine dieser anonymen Nachrichten, die dich in die missliche Lage bringt, in der du dich jetzt befindest. Du erhältst ein Video. Du spielst es ab. In einem belebten Restaurant liegt ein Mann mittleren Alters ausgestreckt auf dem Boden. Ein junger Typ in Trainingsklamotten kommt ins Bild. Zusammen mit dem Barkeeper hilft er dem Mann auf die Beine. Der Mann kann kaum noch stehen, aber er greift nach seinem Drink am Tresen und kippt ihn hinunter, ehe er aus dem Bild stolpert. Das Video bricht ab. Du weißt nicht genau, was du davon halten sollst, bis du die beigefügte Erklärung siehst: *Mac Durant in der Cheesecake Factory mit seinem betrunkenen Vater.*

Die Nachricht ist von einem privaten Account ohne einen der üblichen Hashtags. Das Video liefert den Beweis für das, worüber seit Jahren getuschelt wird. Ein echter Volltreffer für *Nachschatten. Falls* du es postest. Aber solltest du das? Es geht hier immerhin um Mac Durant. Er ist wie ein mystisches Wesen. Unberührbar.

Unberührbar. Das Wort schwirrt dir im Kopf herum. Auf der einen Seite der Erhabene, auf der anderen die Ignorierte. Unberührbar, das bist du. Für alle, einschließlich Mac Durant. Er hat nicht ein einziges Mal auch nur deine Existenz wahrgenommen. Warum sollte er verschont bleiben? Stellt er nicht den Inbegriff der privilegierten Elite dar?

Du schreibst eine Caption zu dem Video:

> **Jep, der Vater von Mac Durant hat definitiv ein Alkoholproblem. Das Leben von Mister Perfect ist wohl doch nicht ganz so perfekt.**

Du postest das Video und machst weiter.

Jene Nacht
23:21 Uhr

»Tut mir leid«, sage ich.

Mac steht auf, streckt die Beine. »Das muss es nicht. Du hast nichts getan.«

Wie sehr er sich irrt. Ich möchte es wieder und wieder sagen, *es tut mir leid*, *es tut mir leid*, *es tut mir leid*, aber tausend Entschuldigungen können nicht wiedergutmachen, was ich getan habe.

Nachtschatten ist nicht mehr aktiv. Schon seit Wochen nicht mehr. Ich poste oder kommentiere nicht mehr und werde es auch nie wieder tun. Trotzdem konnte ich *Nachtschatten* nicht einfach hinter mir lassen. Der Account existiert immer noch. Es kommen weiterhin Nachrichten rein. Die Leute reden immer noch darüber – natürlich tun sie das.

Ich fühle mich krank. In meinem Magen tobt ein grässlicher Strudel aus *Oreo*s, Wodka und Reue. Die qualvolle Mischung füllt meinen ganzen Bauch aus, als mir klar wird, dass *Nachtschatten* der Grund ist, warum Mac sein Team verlassen hat. Ich bringe es nicht fertig, ihn anzusehen, was, wenn ich darüber nachdenke, nicht nur ziemlich unsensibel ist, nach allem, was er mir gerade erzählt hat, sondern auch irgendwie verdächtig.

»Das ist also die Geschichte.« Ich schaue zu ihm hoch und versuche, normal zu wirken.

Er hält meinen Blick fest und sieht mich unverwandt an. Ich habe mich daran gewöhnt, täglich mit der Angst zu leben, dass mein Doppelleben auffliegt. Ich bin immer in Wartestellung und nie bereit.

»Es ist ziemlich viel, ich weiß«, sagt Mac.

Er schaut weg, und seine ungewohnte Verlegenheit zeigt mir, dass meine Ängste tatsächlich nur Ängste sind: Er hat keine Ahnung, dass ich das Video gepostet habe. Wie auch? Warum sollte er?

»Es ist wirklich viel«, sage ich.

Er dreht sich wieder um und starrt mich an. Mein Geheimnis drückt mich nieder wie ein unerträglich schweres Gewicht.

Aber würde es Mac jetzt helfen, wenn er es wüsste? Oder würde es nur die Last von mir nehmen und sie stattdessen ihm aufbürden? Er hat gerade erst einen schrecklichen Vorfall mit seinem Vater erlebt, und das Letzte, was ich will, ist, dem Ganzen noch mehr Drama hinzuzufügen.

»Aber ich bin froh«, sage ich. »Dass du es mir gesagt hast.«

Er atmet tief aus. Seine Schultern sacken nach unten und seine Züge entspannen sich. Erleichterung macht sich breit, bei ihm und bei mir.

Ich habe mir selbst ein Versprechen gegeben, und es wird Zeit, diesen Plan in die Tat umzusetzen. Unseren Plan. Mac ist hier und ich bin es auch. Die Außenwelt ist nichts als Lärm. Ich bin bereit für mehr Wodka.

Ich stehe auf, und mir wird klar, dass es keinen weiteren Wodka braucht. Der Alkohol zeigt bereits Wirkung. Wie viele Schlucke waren es, die ich genommen habe? Eigentlich fühle ich mich gar nicht so schlecht. Nein, eigentlich fühle ich mich sogar hoffnungsvoll.

Glücklicherweise scheint Mac das Thema Vater nicht weiterverfolgen zu wollen. Ich will den sorglosen Mac zurückhaben. Von der erdrückenden Schwere habe ich genug. Er fummelt an einem unserer interaktiven Exponate herum. Die Museumsbesucher sind explizit aufgefordert, diese Geräte zu berühren. Ich zeige auf eine spezielle Maschine.

»Willst du mal was Cooles sehen?«, frage ich ihn.

Ich ziehe eine schmale Schublade auf, hole ein Blatt Papier heraus und drehe es zu einer Rolle. Die Maschine hat einen Mechanismus, der wie ein Bleistiftanspitzer aussieht. Wenn man ihn dreht, leuchtet ein Draht auf. Ich drücke das Papier an den Draht, während ich am Rad kurble.

»Da ist eine Kerze auf dem Sims«, sage ich. »Hol sie her.«

Mac folgt meiner Aufforderung und holt die Kerze.

»Wir entflammen das Papier und benutzen es dann, um die Kerze anzuzünden.«

»Du bist ja wie dieser Survival-Typ, von dem ich dir erzählt habe«, sagt Mac.

»Der Typ, der mir Angst vor Baumwolle einjagen will?«

»Ja, genau der. Statt Steine und Äste verwendest du … was auch immer du da in der Hand hast.«

»Ich interessiere mich für Wissenschaft.« Kaum sind die Worte über meine Lippen gekommen, merke ich, wie lächerlich sie sind. Und auch unwahr. »Ich meine, ich interessiere mich für Erfindungen.«

Das Papier beginnt zu rauchen. Mac hält die Kerze bereit.

»Bald findet eine Messe statt«, sage ich. »Eine Erfindermesse. Sie wird jedes Jahr um den Tag von Edisons Geburtstag am 11. Februar herum abgehalten. Ich nehme an, du bist noch nie zu einer hingegangen.«

Mac sieht mich an, als hätte ich ihn gerade beleidigt. Vielleicht ist mir selbst manchmal nicht ganz klar, wie viel Schärfe in meiner Stimme liegt.

»Ich meinte nur, dass du wahrscheinlich andere Dinge zu tun hattest oder so«, sage ich.

Das Papier fängt Feuer. Ich drücke es an den Docht der Kerze, die Mac in der Hand hält, und im nächsten Moment flammt sie auf.

»Wow«, sagt Mac, mäßig beeindruckt.

Ich puste die Kerze aus und stelle sie zurück an ihren Platz. »Neel und ich haben überlegt, auf der diesjährigen Messe eine Erfindung vorzustellen. Ich hatte eine Idee, und er tüftelt jetzt an den Details herum. Ein ziemlich ehrgeiziges Unternehmen, das sagt er selbst. Meistens geht es bei den Wettbewerben um Hundefutterautomaten und so was. Aber meine Idee ist anders.« Ich hole tief Luft. »Soll ich dir sagen, worum es dabei geht?«

Mac, der am Rad des Bleistiftspitzers gedreht hat, hält inne.

Ich strecke die rechte Hand aus. »Gibst du mir mal dein Handy?«

Er holt es aus seiner Tasche und stellt fest, dass es sich

nicht einschalten lässt. »Scheiße«, sagt Mac. »Der Akku ist leer.«

»Macht nichts.« Ich nehme es und lege meinen Zeigefinger auf das Display. »Jedes Mal, wenn wir unsere Finger auf das Display legen, erzeugen wir Elektrizität«, erkläre ich und gebe dabei wieder, was ich von Neel gelernt habe. »Unsere Handys reagieren unterschiedlich, je nachdem, wie und wo wir sie berühren. Das Display kann vibrieren oder summen oder klicken, was auch immer. Bei manchen hat man sogar das Gefühl, auf eine echte Taste zu drücken. Diese Technologie ist aus unserer Welt nicht mehr wegzudenken.«

Ich gebe ihm das Handy zurück und greife nach meiner halb leer gegessenen Lakritztüte auf dem Boden. »Okay, stell dir vor, ich habe hier mein Handy und du hast deins. Und wir haben beide unsere Finger auf den Displays.« Mac lässt sich auf das Spiel ein, legt einen Finger auf sein Handy und ich tue dasselbe mit meinem Lakritz-Telefon. »Und jetzt kommt meine *Doppelt-Berührt*-Idee. Was wäre« – ich mache eine Pause, um Spannung zu erzeugen – »wenn du auf dein Display drückst und ich das auf meinem spüre? Ich dich tatsächlich *spüre*.«

Ich warte auf seine Reaktion.

»Wozu brauchen wir Handys?«, fragt Mac. »Warum können wir uns nicht einfach richtig berühren?«

»Können wir nicht. Wir sind nicht am selben Ort.«

»Ach nein? Ich dachte, wir wären es.«

»Nein, du bist in deinem Haus und ich in meinem. Wir leben unsere eigenen, getrennten Leben.«

»Oh. Okay«, sagt Mac.

Er begreift es nicht. Wie sollte er auch? Er weiß nicht, wie wichtig ein Touchscreen für jemanden wie mich ist. Er hat sich nie mit einem klobigen Game-Controller abgemüht oder versucht, ungeschickt auf einer normalen Tastatur herumzuhacken.

Sein Mangel an Enthusiasmus kann meine Begeisterung nicht dämpfen. Ich habe Wodka-Mut. »Irgendjemand wird es erfinden«, sage ich mit einer für mich ungewohnten Zuversicht. »Vielleicht nicht Neel und ich, aber glaub mir, eines Tages wird meine Idee Realität. Menschen, die einander berühren, ohne sich zu berühren.«

Mac verschränkt nachdenklich die Arme. »Wie sind deine Noten?«

Ich schnaube, unabsichtlich. »Nicht gut.«

»Das glaube ich dir nicht.«

»Neel ist das Technik-Genie. Ich hatte nur die Idee.«

»Davon rede ich nicht. Du bist schlau, das merkt man.«

Sein Kompliment lässt meine Wangen brennen.

Ich wurde auf ADS, Dyskalkulie, auditive Wahrnehmungsstörung getestet, alles Mögliche. Die Ärzte sagten, mit mir sei alles in Ordnung. Ein Therapeut erklärte mir, der Grund für meine Schwierigkeiten in der Schule sei ja wohl offensichtlich. Aber ich war nicht bereit, ausgerechnet *darüber* zu reden.

»Es fällt mir manchmal schwer, mich zu konzentrieren«, sage ich, was zwar stimmt, aber aus medizinischer Sicht kein Problem darstellt, allenfalls aus elterlicher Sicht. »Lass mich raten, du hast nur Einsen.«

Er lehnt sich gegen die Wand und legt den Kopf in den

Nacken. »Du schmeichelst mir. Aber nein, eher eine solide Zwei.«

Das passt, er hatte ja bereits erwähnt, dass er seine Noten fürs College verbessern will.

»Weißt du noch in der siebten Klasse, als wir beide in Englisch eine Partnerarbeit machen mussten?«

Sein Blick zeigt mir, dass er sich nicht erinnert. Wie konnte ich nur so dumm sein und damit herausplatzen?

»Vage«, sagt er.

»Schon gut«, erwidere ich. Auf sein Mitleid kann ich verzichten. »Sag nicht, dass du dich erinnerst, wenn es nicht stimmt.«

»Geht es auch ein bisschen genauer?«

Ich blicke ihn an und sehe in seinem Gesicht nichts als ehrliche Neugier. Einmal mehr wage ich mich an den Rand der Klippe. »Wir mussten zusammen eine Szene aus *Die Outsiders* nachspielen.«

Damals dachte ich, ich würde jeden Moment sterben, weil ich ihm so nah war und zusammenhängende Sätze sprechen musste, die auch noch einen Sinn ergeben sollten. Glücklicherweise hatte Mac die größere Rolle übernommen und damit auch den Großteil des Texts.

Sein hartnäckiges Schweigen beweist, dass er keinerlei Erinnerung daran hat.

»Ich bin so eine Idiotin«, sage ich.

»Hör auf«, sagt Mac und lacht, weil es für ihn nur eine alberne Kleinigkeit ist.

»Eine Frage: Waren wir beide in der Vierten in Ms Picernos Klasse?«

»Ist das eine Fangfrage?«

»Antworte einfach.«

»Ja«, sagt Mac, ohne zu zögern.

»Nein. *Du* warst bei Ms Picerno und ich bei Ms Katz.«

Das Ganze macht ihm Spaß, er amüsiert sich auf meine Kosten. »Ach, komm schon. An so was erinnere ich mich nicht.«

Ich bin ein bisschen beleidigt. In meinem Kopf sehe ich noch alles genau vor mir. Unsere Klassenzimmer lagen direkt nebeneinander und bei den Schulfesten vor den Ferien oder den gelegentlichen Filmvorführungen haben sich alle in einem Raum versammelt. Ich erinnere mich, dass Macs Klasse einen eigenen Vogel hatte – weißes Gefieder mit orangefarbenen Klecksen. Ich erinnere mich, dass Ms Picerno Eric Adamo aus unserer Klasse zum Direktor schickte, weil er sie »Miss Piss« genannt hatte (nicht direkt ins Gesicht, aber auch nicht besonders leise). Und natürlich erinnere ich mich, wie das Mädchen mit der lilafarbenen Brille nach gerade mal einem Monat von Macs Klasse in meine wechselte und der einzige freie Platz zufällig neben meinem war. Ihr Name war Brooke. Sie erklärte mir, sie sei Vegetarierin. Ich fand das ziemlich cool.

»Du bist nicht die Erste, die mir vor Augen führt, dass mein Gedächtnis ein Sieb ist«, sagt Mac, und der Anflug eines Lächelns huscht über sein Gesicht. »Alle Menschen scheinen sich ganz genau an ihre Vergangenheit zu erinnern. Ich fühle mich richtig schlecht, weil das bei mir nicht so ist. Ich erinnere mich nur an sehr wenig aus meiner Kindheit.«

Plötzlich ist er wieder ernst, und das ist meine Schuld. »Du bist auch jetzt noch nicht erwachsen, weißt du? Also rein von den Jahren her.«

Er überlegt. »Ja«, gibt er widerwillig zu, als passe es ihm nicht, nur aufgrund einer Definitionsfrage recht zu behalten. Er ist ein wandelnder Widerspruch: Für ihn ist seine Kindheit vergangen und vorbei, dabei sind viele seiner Stärken ausgerechnet die eines Kindes. Seine Fähigkeit zu staunen. Sein naives Vertrauen. Seine rastlose Energie. Sein unbändiger Hunger. Als er am frühen Abend unangemeldet ins Museum platzte, irritierte mich seine jungenhaft unbekümmerte Art. Jetzt kann ich es kaum erwarten, dass sie wieder zurückkehrt.

Er tritt näher vor eine Fotografie an der Wand. »Ich war zu sehr mit dem beschäftigt, was in meinem Kopf vorging. Das bin ich immer noch. Ich sehe die Leute, ich rede mit ihnen, aber ich schaue sie nicht wirklich an. Ich spreche nicht wirklich. Die meiste Zeit bin ich gar nicht anwesend. Es ist schwer, wirklich da zu sein.«

Sicher sagt er das nur, damit ich es nicht persönlich nehme, dass ich nicht die geringste Bedeutung für ihn habe. Aber es funktioniert nicht.

»An einige Dinge *scheinst* du dich zu erinnern«, erwidere ich und denke dabei an seine vorherigen Bemerkungen, die beweisen, dass er mich tatsächlich bemerkt hat, damals, bei dieser Schulversammlung.

»Ja«, sagt Mac. »Ich erinnere mich an Dinge, die ich vergessen will, und vergesse Dinge, an die ich mich gerne erinnern würde.«

In Gedanken wiederhole ich seinen Satz und übertrage ihn auf mein eigenes Leben. Er passt perfekt.

Mac massiert seinen Nacken. Er verzieht das Gesicht, als er etwas mehr Druck ausübt. Wir können so viel lachen, wie wir wollen, unter der Oberfläche lauert ein Dauerschmerz, der sich nicht ignorieren lässt.

Ich gehe zu ihm und klatsche vor seinem Gesicht laut in die Hände.

Überrascht weicht er zurück. »Was sollte das denn?«

»Du bist seltsam«, sage ich. Dabei kenne ich ihn gar nicht gut genug, um zu wissen, was bei ihm seltsam ist und was nicht. Ich will nur nicht das Gefühl haben, dass ich hier alleine bin, dass er etwas weiß, was ich nicht weiß (obwohl es eigentlich genau andersrum ist). Ich spüre, wie mein neu gewonnener Mut mich verlässt. »Du kannst jederzeit gehen, wenn du willst«, sage ich.

Er schließt die Augen.

»Ich dachte gerade, wie schön es ist, einen Platz für mich zu haben. Einen Ort, an dem ich mir einen Moment Zeit gönnen kann.« Ein gelassenes Grinsen breitet sich auf seinem Gesicht aus. »Ich habe das Gefühl, das ist unser Haus oder so«, sagt er. »Als würden wir hier leben.«

Seine Augen öffnen sich. Ein Hauch von goldenem Leuchten.

»Die Antwort ist nein«, sagt Mac. »Ich will noch nicht gehen.«

Jene Nacht
00:12 Uhr

Ich suche das Regal ab, in dem die Musiksammlung des Museums steht. »Wie wäre es mit einer Walze?«

Mac zieht misstrauisch die Augenbrauen hoch, als hätte ich ihm gerade eine trendige neue Droge angeboten. Nicht nötig. Wodka reicht mir völlig. Eine Walze ist weder illegal noch hip.

»Mit einer Walze wurde Musik aufgenommen, bevor es Schallplatten gab«, erkläre ich. »Die hier ist von 1910.«

Ich schalte unseren Walzenspieler ein und die schwarze Röhre (aus echtem Bienenwachs) beginnt sich zu drehen. Aus dem Trichter kommt ein Zischen, dann erklingt Musik. Sie hört sich gepresst und irgendwie dünn an, aber das Orchester spielt schwungvoll und pompös.

»Wie heißt dieses Stück?«, fragt Mac.

»*By the Light of the Silvery Moon*.« Es ist der dritte Song, den ich ihm vorspiele.

Ich setze mich wieder neben Mac an die Wand. Jedes Mal, wenn ich eine neue Aufnahme angespielt habe, lande ich ein wenig näher bei ihm. Am Anfang war es Zufall. Am Anfang.

»Von Edisons vielen Erfindungen ist das Einfangen von Tönen wohl die coolste«, sagt Mac.

»Eigentlich war er praktisch taub.«

»Das macht es noch cooler.«

»Das ist kein Witz«, schiebe ich hinterher, denn die normalen Besucher glauben mir das nie, wenn ich es erzähle. »Um die Musik hören zu können, die seine Künstler für ihn aufnahmen, legte er seinen Kopf an den Trichter und erspürte die Vibrationen.«

»Das nenne ich mal Hingabe.«

»Oder Arroganz. Er war ein Kontrollfreak.«

»Der arme Edison ist total unten durch bei dir, hm?«

»Fang nicht schon wieder damit an.«

Er versucht, sich ein Lächeln zu verkneifen.

Als Mac das Museum als unser Haus beschrieb, hat sich, ich schwör's, eine echte Tür vor mir geöffnet. Mac stand drinnen und wartete, und ich trat über die Schwelle, schlüpfte aus Macs Jacke und war endlich … zu Hause. Dieses Gefühl hatte ich hier im Museum schon immer. In gewisser Weise ist es mehr mein Zuhause als mein echtes Zuhause. Und jetzt ist Mac hier bei mir, und es fühlt sich an, als würde auch *er* hierhergehören.

Er hält die leer getrunkene Flasche seines Energydrinks hoch, die er inzwischen schon einmal am Waschbecken aufgefüllt hat. »Noch Wasser?«

Ach, ja, da war noch was. Auf Macs Ratschlag hin habe ich jede Menge Wasser in mich hineingekippt. Ist das vielleicht so ein Sportlerding? Wie auch immer, wir sind jedenfalls schön vernünftig und bleiben hydriert. »Ja, bitte.«

Er reicht mir die volle Flasche.

Das gerade mal neunzig Sekunden lange Lied endet, bevor Mac überhaupt die Chance hatte, es sich richtig anzuhören. Er fragt, ob ich es ein zweites Mal abspiele. Ich seufze. Ich habe keine Lust, schon wieder aufzustehen.

»Ich würde es ja selbst machen, aber ich habe Angst, angeschrien zu werden«, sagt Mac.

Guter Einwand. Ich stehe auf und drehe die Walze zurück. Knisternd erwacht die Musik zum Leben.

»Soll ich dir noch was verraten?«, frage ich und lasse mich wieder neben ihn auf den Boden sinken. »Er war total verrückt nach Milch.«

»Schlauer Kerl. Milch ist lecker.«

»Finde ich nicht. Edison hat wahnsinnig viel davon getrunken. Statt ordentliche Mahlzeiten zu essen, hat er den ganzen Tag nur Milch getrunken. Dieser Typ, dieses *Genie* – siehst du, ich mache Anführungszeichen – hielt Milch allen Ernstes für ein Heilmittel gegen schwere Krankheiten. Ich meine … geht's noch?«

»Ich stelle mir gerade vor, Thomas Edison würde heute leben und du würdest wütende Tweets auf ihn abfeuern.«

»Nein, ich ziehe es vor, meinen Dampf bei dir abzulassen.«

»Ich Glückspilz.«

Er lässt den Blick durch den Raum schweifen.

Im Museum sind etliche Magnete ausgestellt, um den Besuchern die Kraft von elektrischen Strömen zu demonstrieren, aber dieser eine, der mich jetzt mit seinen Goldschimmer-Augen anschaut, übt mehr Anziehungskraft aus als alle anderen zusammen. Ich kann nicht widerstehen. Mein Hals streckt sich wie von selbst, meine Lippen öffnen sich, mein Kopf verharrt in der Schwebe … aber er ist zu weit weg und ich beiße stattdessen in seine Schulter.

Mit einem Zischen endet das Lied.

Meine Zähne lassen meine Beute los und ich setze mich auf. Macs Kinnlade steht offen. Der totale Schock. Falls er nach meinem Überraschungsangriff auf seine Schulter Schmerzen verspürt, behält er sie für sich.

»Du hast mich gebissen«, sagt er. Seine Augen sind riesig.

Ja, das habe ich. »Ist das Baumwolle?« Ich zeige auf sein Hemd. »Schmeckt köstlich.«

Ich stehe auf und tue so, als wäre es keine große Sache, andere Leute einfach so anzuknabbern. Während ich zum Walzenphonographen gehe, führe ich das Gespräch geschickt weiter. »Ich habe das Gefühl, wir müssen das Lied ein drittes Mal hören. Du hast zu viel gequasselt.«

Mac, der sich immer noch nicht von meiner Kannibalismus-Attacke erholt hat, scheint meine Lüge kommentarlos hinzunehmen.

Ich drehe den Zylinder auf die Ausgangsstellung zurück und weiche Macs Blick aus, als ich mich wieder auf dem Fußboden niederlasse. Ich schließe die Augen und konzentriere mich ganz auf den Song.

By the light of the silvery moon,
I want to spoon.
To my honey I'll croon love's tune.
Honeymoon, keep a-shining in June,
Your silvery beams will bring love dreams.
We'll be cuddling soon,
by the silvery moon.

Als der Song zu Ende ist, wage ich einen Blick zur Seite. Mac hat die Augen geschlossen. Ich warte darauf, dass er zuerst spricht.

»Mein Dad lässt sich keinen Flohmarkt, keinen Garagenverkauf entgehen, er ist immer auf der Suche nach Platten. Er hat schon Vinyl gesammelt, lange bevor es cool war. Er war nie *nicht* verrückt danach.«

Während ich hier drüben sitze und nach kreativen Wegen suche, um den schier unüberwindbaren Ozean zwischen uns zu ignorieren, taucht Mac einfach direkt hinein.

»Meine Mom hasst den Geruch von alten Platten, also hat sie Dad dazu gebracht, sein ganzes Zeug nach unten in den Keller zu schaffen.«

Das wohlige Gefühl von Zuhause schwindet, als ich daran denke, wie ich in Macs Keller hinter den Vorhang gespäht habe, in den von Plattenregalen umgebenen Rückzugsraum seines Vaters.

»Es würde ihm hier bestimmt gefallen.« Mac öffnet die Augen und starrt in das schwarze Loch des tornadoförmigen Trichters. »Ich frage mich, ob er überhaupt weiß, was sich in diesem Museum befindet.«

Ich stelle mir vor, wie ich Mac und seinem Vater eine Führung gebe. *Hi, ich bin Tegan, und ich werde heute eure Führerin sein. Kommt mit, dann zeige ich euch, wie ich euer Leben ruiniert habe.* Ich rutsche mit dem Hintern etwas weiter von ihm weg.

Macs Kinn zeigt nach oben, als er seinen Kopf zurücklehnt. In der Stille höre ich das Knarren und Knacken unseres kleinen Hauses, das sich abmüht, aufrecht stehen zu bleiben. Vielleicht ist es nur der Wind draußen, aber irgendwie glaube ich das nicht.

Das Lied ist schon eine ganze Weile vorbei und der Walzenspieler gibt nur noch Zischlaute von sich. Ich stehe auf und schalte das Gerät endgültig aus.

Als ich mich umdrehe, ist Macs Kinn auf seine Brust gesunken. Besorgt blickt er auf sein Handy mit dem leeren Akku, das er aus der Tasche hervorgeholt hat. Egal wie sehr er es versucht, er kann die Außenwelt nicht vergessen.

»Gibt es hier irgendwo ein Ladegerät?«

Ich sage ihm, wo es zu finden ist, im vorderen Raum, in einer Steckdose neben der Kasse. Er geht nach vorn und ich atme tief aus. Ich ertrage es nicht, wenn er über seinen Vater spricht. Ich muss ihn auf andere Gedanken bringen.

Meine Augen bleiben an dem Modell des Edison-Labors hängen. Es ist eine Miniaturversion des Gebäudes, das sich ursprünglich auf diesem Grundstück befand. Das Modell ist mit Liebe zum Detail gemacht, mit Schindeldach, zwei Schornsteinen und Vorhängen in den Fenstern. Auf den ersten Blick ist es vielleicht nicht sonderlich aufregend, aber es bringt mich auf eine Idee.

»Willst du mal was echt Tolles sehen?«, frage ich ihn, als er wieder zurückkommt, krampfhaft darum bemüht, so etwas wie Spannung zu erzeugen.

»Klar«, antwortet Mac, als hätte er nur darauf gewartet, dass ich endlich einen richtigen Knaller aus dem Ärmel schüttelte.

»Okay, also, bei unseren Führungen erwähnen wir immer, dass die Erbauer dieses Modells im Inneren des Labors einen winzigen Phonographen mit einer winzigen Schallplatte aufgestellt haben. Angeblich ist der Apparat sogar funktionstüchtig. Keine Ahnung, ob das stimmt.«

Die Hände in den Taschen beugt Mac sich vor und betrachtet die Miniaturwelt unter dem Glasgehäuse.

»Ich wollte das schon immer mal überprüfen, hatte aber bisher nie die Gelegenheit dazu«, sage ich. »Willst du es dir mal ansehen … jetzt gleich, mit mir?«

Mac wirkt unentschlossen.

Ich grinse verlegen. »Langeweile ist garantiert. Wir sind schließlich in einem Museum.«

»Ich bin nicht gelangweilt«, sagt Mac.

Es ist eine schlichte Feststellung, aber ich nehme sie als ein Geschenk. Mac sieht mich unverwandt an. Ich weiche seinem Blick aus, aber nicht ganz. Aus dem Augenwinkel beobachte ich ihn.

Mac konzentriert sich bereits auf die vor uns liegende Aufgabe. »Also, wie machen wir das?«

»Wir müssen die Glasabdeckung abheben.«

Mac nickt, keine große Sache. Es gibt keine Griffe, also schieben wir unsere Finger durch den schmalen Spalt an der Unterseite der Glasscheibe.

»Fertig?«, fragt Mac.

»Ich denke schon.«

»Eins … zwei … drei.«

Das Glas ist leichter als erwartet – wobei ich gar nicht die Zeit hatte, irgendetwas zu erwarten. Und zwar schon seit ich vor Stunden aus dem Haus gerannt bin. Eine Überraschung jagt die andere. Ich habe kaum Zeit, die erste zu verarbeiten, bevor die nächste kommt. Die Unvorhersehbarkeit ist spannend und erschreckend zugleich.

Ich tue es schon wieder, ich denke zu viel, achte nicht auf die Richtung, in die Mac uns steuert. Das Gewicht wird schwerer, und dass meine Hände plötzlich schwitzen, ist auch nicht gerade hilfreich. Meine schwächere Hand lässt mich im Stich, die Glasabdeckung kommt ins Rutschen – und schlägt auf dem Boden auf.

Zersplittert.

Der Fußboden ist ein Glitzermeer. Überall liegen Scherben. Ein Anblick wie in einem Traum. Wenn es doch nur ein Traum wäre.

Ich mache einen knirschenden Schritt. Das Geräusch ist lauter als jeder Lautsprecher, den Edison je produziert hat.

»Es ist okay«, sagt Mac.

Ich drehe mich um. Fast hätte ich vergessen, dass er noch da ist. Beim Aufprall der Glasplatte ist er zurückgewichen. Die Distanz zwischen uns ist mit einem Mal riesig.

»Es war ein Unfall«, sagt er.

Er schafft es, dass ich lachen muss. Erst leise, dann wie eine Verrückte. Ich lache und huste. Ich lache und verteile eklige Spucke. Erschöpft bringe ich die Situation auf den Punkt: »Holy shit.«

Er geht in die Hocke und begutachtet den Schaden. Kein Problem, der Held ist da und bringt Rettung. Er reiht Worte aneinander, aber sie ergeben nur Unsinn. Ich höre ihn kaum. Ich schaue hinunter auf meine *spezielle* Hand. Ich schließe die Augen und versuche, die Zeit anzuhalten, sie umzukehren, sie zu stoppen.

Mac redet weiter auf mich ein. »Vertrau mir, es wird alles gut. Es ist doch nur Glas.«

»Teures Glas. Glaubst du ernsthaft, dieses Museum bringt Geld ein – wo sich kaum ein Besucher hierher verirrt?«

»Gut, aber im Grunde genommen ist es nur –«

»Du verstehst das nicht«, schneide ich ihm das Wort ab.

In einem Ton, als spräche er mit einem kleinen Kind, fragt er: »Was verstehe ich nicht?«

»Mich. Du verstehst mich nicht. Du wirst jemanden wie mich nie verstehen.«

Er schüttelt den Kopf und lächelt wieder dieses sorglose Lächeln. »Du bist verdammt noch mal unmöglich, weißt du das?«

Am liebsten würde ich in die kleinen Glaskristalle greifen und sie in seine grinsenden Wangen drücken. Ich renne in die Toilette und schließe mich darin ein.

»Im Ernst?«, ruft Mac. »Du versteckst dich in der Toilette?«

Ja, ich verstecke mich in der Toilette und schalte das Licht aus – zum zweiten Mal heute Abend.

»Sag einfach, was du sagen willst«, ruft Mac von der anderen Seite der Tür.

Ich hatte vor, ihn zu ignorieren, aber jetzt kann ich das nicht mehr. »Genau das meine ich. Du denkst, du kannst den Leuten vorschreiben, was sie tun sollen. Weil … weil du *du* bist.«

»Wer bin ich denn?«

Ich verdrehe die Augen, aber Mac kann mich nicht sehen, und das bringt mich nur noch mehr gegen ihn auf. »Du musst dich nicht mit Dingen beschäftigen, mit denen ich mich beschäftigen muss.«

»Denkst du das wirklich? Nach allem, was ich dir heute Abend anvertraut habe?«

»Okay, aber was ist mit der Schule?«

»Was soll damit sein?«

Muss ich es für ihn buchstabieren? »Du existierst und wirst wahrgenommen. Die Leute *mögen* dich.«

Gekünsteltes Lachen. »Sie kennen mich doch gar nicht. Wenn überhaupt, dann kennen sie nur den kleinen Teil von mir, den ich ihnen zeigen will.«

»Verstehe. Also bist du fake.«

Stille. Erst ein wenig, dann sehr viel. Irgendwo in den Tiefen der Wände erwacht ein Lüftungs-Alien brummend zum Leben. Das macht es schwer, zu hören, was auf der anderen Seite vorgeht. Die Minuten verstreichen, bis ich mich irgendwann frage, ob ich seine Antwort überhört habe. Oder ob er einfach gegangen ist.

Vielleicht war die Bemerkung unfair. Der Vorwurf, er sei fake. Ich mache das immer wieder: fiese Dinge sagen, die ich nicht wirklich meine.

Schließlich spricht Mac das aus, was er denkt: »Es ist einfacher.«

Ich presse mein Ohr an die Tür.

»Es ist einfacher, so zu sein, wie die Leute mich haben wollen.«

Ich war darauf vorbereitet, allem zuzustimmen, was er sagen würde, weil ich keine Lust auf Streit habe. Aber ich kann ihm nicht zustimmen. Er liegt falsch.

»Es ist nicht einfacher«, sage ich. »Es ist härter. Es kostet so viel Energie. Dieser Aufwand, dieses Aufrechterhalten der Fassade, das permanente Vortäuschen, nonstop. Wozu das alles? Warum ist es uns so wichtig, was die Leute von uns denken? Warum können wir nicht einfach sagen, was wir wollen? Stattdessen reden wir hinter dem Rücken der anderen. Weil alle es so machen. Es ist anstrengend. Es ist furchtbar anstrengend.«

Das Alien in mir verstummt stotternd und meine peinliche kleine Ansprache klingt noch einen Augenblick nach. Da ich nichts sehen kann, scheint mein Gehör umso schärfer geworden zu sein. Mir gefällt der Klang meiner Stimme nicht.

»Geh doch einfach«, sage ich und schließe in der Dunkelheit die Augen.

»Nein«, weigert sich Mac.

Er ist hier derjenige, der einfach unmöglich ist.

»Komm raus«, sagt er. »Lass uns das Chaos in Ordnung bringen.«

Lass uns. Zwei Wörter. Das zweite, das *uns*, gibt mir den Mut, das zu tun, worum er mich bittet. Er hatte heute Abend zu Hause genug Chaos, das nicht einfach so wieder in Ordnung zu bringen ist. Ich könnte es ihm nicht verübeln, wenn er einfach abhauen würde. Aber aus irgendeinem Grund will er das nicht.

Ich öffne die Tür, gehe um ihn herum in die Abstellkammer und nehme Besen und Kehrschaufel zur Hand. Ohne Mac anzuschauen, reiche ich ihm den Besen. Ich schiebe einen Abfalleimer hinüber und gehe mit der Kehrschaufel in die Hocke. Mac fegt die Splitter in meine Richtung. Als die Schaufel schwer wird, kippe ich die Scherben in den Abfalleimer.

Als ausreichend Zeit vergangen ist, wagt Mac einen Vorstoß. »Sag ihnen einfach, du hättest die Scheibe geputzt und das Ding sei umgekippt.«

»Ich dürfte gar nicht hier sein. Ich bin für heute nicht eingeteilt.« Jetzt habe ich es zugegeben.

Die glitzernden Diamanten auf meiner Schaufel knirschen und klirren, als sie auf dem Boden der Tonne landen.

»Ich bin diejenige, die fake ist«, sage ich.

Ein kleines Geständnis. Nicht genug, nicht einmal annähernd.

»Für mich bist du das Gegenteil von fake«, sagt Mac.

Die Schaufel auf den Fußboden gepresst, starre ich auf die unendlich vielen Glassplitter und warte auf den nächsten Schwung seines Besens.

»Du hast was in deinem Haar«, sagt Mac.

Ich stehe auf und sehe ihn an – innerlich in Stücke zerborsten.

Er streckt die Hand nach meinem Kopf aus. Ich wünsche mir so sehr, dass er seine Handfläche an meine Wange legt, sie dort lässt, bis er mich wieder ganz gemacht hat – bis ich überhaupt zum ersten Mal ganz bin. Aber er berührt mich kaum, als er vorsichtig einen Splitter aus meinen Haaren fischt, ein kleines Teil der Abdeckung, das beim Aufprall der Scheibe durch die Luft gewirbelt wurde.

Mac hält den Splitter hoch. Ich starre ihn durch das Glas hindurch an wie durch ein winziges gezacktes Fenster.

»Kein Problem, ich nehme die Schuld auf mich«, sagt er und wirft das Teil in den Müll. »Mich mögen *alle*, weißt du?«

Er lächelt. Es fällt mir schwer, nicht zurückzulächeln. Nicht jeder Scherz bringt dich zum Lachen. Aber manche erinnern dich daran, dass Lachen vielleicht noch möglich ist.

Dad,

wir haben in Englisch mit *Romeo und Julia* angefangen.
All die Jahre hast du von Shakespeare geschwärmt und jetzt lese ich ihn endlich.

Ich hab dich lieb,
Tegan

Tegan,

Vorwarnung: Es handelt sich um eine Tragödie.

Alles Liebe,
Dad

Dad,

ich habe Ms Baker gefragt, was für ein Gift Juliet getrunken hat, und sie meinte nur, das sei »nebensächlich«. Ich weiß genau, wenn ich dich fragen würde und du die Antwort nicht wüsstest, würdest du mir nicht erklären, es sei »nebensächlich«. Alle diese kleinen Dinge bedeuten etwas, oder?

PS: Ich habe recherchiert. Das Gift war angeblich ein *Nachtschatten*gewächs.

Ich hab dich lieb,
Tegan

Tegan,

natürlich kommt es auf die Details an. Meiner Meinung nach ist Ms Baker nebensächlich.

Alles Liebe,
Dad

Dad,

ich habe angefangen, *König Lear* zu lesen. Eines deiner Lieblingsdramen. Ehrlich gesagt, verstehe ich nicht viel davon. Aber diese Regan ist echt fies. Ich bin ein wenig beleidigt, dass du mich mit ihr verglichen hast.

Ich hab dich lieb,
Tegan

Tegan,

das war nur ein Scherz. Ich habe nie behauptet, ich hätte einen guten Sinn für Humor. Außerdem haben wir alle eine dunkle Seite. Das lässt sich nicht leugnen.

Alles Liebe,
Dad

Jene Nacht
00:54 Uhr

Auf Händen und Knien wische ich mit einem feuchten Papierhandtuch den Boden. Mac schleppt den schweren Mülleimer zur Hintertür und lässt ihn dort stehen. Mehr können wir nicht tun. Einen Müllsack können wir nicht nehmen, die Scherben würden sich durch die Folie bohren, und der Schnee draußen ist zu tief, um die Tonne in den Schuppen zu ziehen. Vorerst werde ich also meinen jüngsten Fehlschlag ständig vor Augen haben.

Mac setzt sich neben mich auf die an der Wand aufgestellte Holzbank. Wir starren beide vor uns hin.

»Ich habe auch etwas kaputt gemacht«, sagt er schließlich. »Etwas, das sich nicht mehr reparieren lässt.«

Ich schaue hinunter auf den Schachbrettboden, auf seine großen Turnschuhe neben meinen kleinen. »Ja?«

»Es war in der Nacht, in der mein Team und ich in der *Cheesecake Factory* waren.«

Mein Magen verkrampft sich. Ich glaube nicht, dass ich jemals wieder in dieses Restaurant gehen werde.

»Als ich an jenem Abend nach Hause kam, bin ich in den Keller gegangen und habe Dads Lieblingsplatte aus dem Regal genommen. Ein Album, das so gut wie keiner kennt. *Meet Muggy Benson*. Er hat es sich immer wieder angehört, konnte gar nicht genug davon kriegen. Ich hab die Platte aus der Hülle genommen und mit meinem Schlüssel einen langen Kratzer darauf gemacht.«

Egal was ich tue oder sage, Mac kommt immer wieder auf dieses eine Thema zurück. Auf seinen Vater. Vielleicht hört er erst damit auf, wenn er sich alles von der Seele geredet hat.

Ich frage ihn: »War er sauer?«

»Und wie. Aber er hat kein Wort zu mir gesagt. Er ließ seine Wut an Mom aus. Sie versuchte ihn davon zu überzeugen, dass er selbst die Schramme auf die Platte gemacht haben muss und sich nur nicht daran erinnert. Sie wusste Bescheid. Sie wusste, dass ich es war. Sie muss es gewusst haben. Denn bei der nächsten Gelegenheit, als sie und ich allein waren, hat sie mir erzählt, was es mit der Platte auf sich hat. Ich wusste, dass sie Dad sehr viel bedeutete, aber ich hatte keine Ahnung, warum. Das Album hat meinem Großvater gehört. Es war eines der wenigen Dinge, die Dad noch von seinem Vater hatte.«

Das ist furchtbar. Ich denke an Dads Sachen, die noch da sind: Bücher, Pflanzen, ein Einmachglas mit alten Weinkorken von erinnerungswürdigen Familienessen.

»Die Sache ist die: Mein Dad und ich hatten immer ein gutes Verhältnis. Er ist zu allen meinen Spielen gekommen. Nie hat er eines verpasst. Aber er und mein Bruder sind früher sehr oft aneinandergeraten. James konnte nie etwas auf sich beruhen lassen. Ich habe nie verstanden, warum er so stur war.«

Mac stützt die Ellbogen auf die Oberschenkel und legt das Kinn auf die verschränkten Hände.

»In letzter Zeit habe ich mir allerdings so meine Gedanken gemacht. Vielleicht sind wir nur deshalb so gut klargekommen, weil ich meinen Vater machen lasse, was er will. Als James noch hier war, hat Dad sich wenigstens zusammengerissen, egal wie sehr die beiden sich gestritten haben. Aber kaum ist mein Bruder weg, gibt es niemanden, der Dads bescheuerte Aktionen als das benennt, was sie sind: Bullshit.«

Das Unbehagen, das diese unerwarteten Einblicke in Macs Familienleben bei mir auslöst, wird aufgewogen von der Freude darüber, dass er mich für vertrauenswürdig hält. Wenn er denkt, dass ich es wert bin, in sein Leben hineingelassen zu werden, dann will ich eintreten.

»Hast du jemals mit ihm darüber gesprochen?«, frage ich ihn. »Ihm gesagt, was dich bedrückt?«

»Es ist kompliziert.«

»Okay, aber …«

»Ich will mein Ding machen, mehr nicht.«

»Aber er ist dein Dad.«

»Und? Hat er deshalb das Recht, sich wie ein Arschloch zu benehmen?«

Er steht auf, zu ruhelos, um still auf der Bank zu sitzen. Ich verspüre den überwältigenden Drang, ihm zu helfen. Denn ich bin auf eine Weise in seine Geschichte involviert, die er nicht einmal ansatzweise verstehen kann.

»Die Sache mit dem Notruf … du hattest Angst, dein Dad könnte sich etwas antun. Glaubst du, er hätte das wirklich getan?«

»Nein«, sagt Mac und massiert sich die Nasenwurzel. »Vielleicht. Ich weiß es nicht.«

»Das klingt, als hätte dein Dad ein echtes Problem.«

»Ach ja? Sich bei laufendem Motor in der Garage einzuschließen? Da könntest du recht haben, eventuell hat er tatsächlich ein verdammtes Problem.«

»Wie ging es weiter, nachdem er das Tor geschlossen hatte? Du hast gesagt, du hättest die Überreste des demolierten Briefkastens weggeräumt.«

Er hält seine ramponierte Hand hoch.

»Ist das passiert, als du den Ziegelstein zerschlagen hast?«, frage ich und lasse mich auf sein stummes Frage-Antwort-Spiel ein.

Schweigend bestätigt er es. Mit einem Mal ist er sehr wortkarg geworden. Ganz plötzlich scheint er das Interesse an seiner eigenen Geschichte verloren zu haben und will unbedingt das Thema wechseln.

»Und was hast du dann gemacht?«, frage ich.

Er wandert auf und ab, wie ein Tiger im Zoo. Meine Fragen sind Steine, die in sein Gehege geworfen werden. »Was willst du jetzt von mir hören, Tegan?«

»Ich versuche nur, es zu verstehen.«

»Ich weiß genau, was von mir erwartet wird. Ich soll dafür sorgen, dass er sicher heimkommt, dass alles wieder in Ordnung ist. Genau das tue ich, jedes Mal aufs Neue. Aber warum? Warum muss immer *ich* derjenige sein? Nein«, sagt er zähneknirschend. »Wenn er sich unbedingt umbringen will, soll er es tun.«

Jetzt sind *seine* Worte Steine, die auf mich niedergehen. »Sag so was nicht.«

»Ich meine es ernst.«

»*Ich* meine es ernst. Sag nicht so was Dummes.«

»Nimm's mir nicht übel, Tegan, aber du hast keine Ahnung.«

»*Du* hast keine Ahnung.« Ich springe auf. »Du müsstest dich mal hören! Du benimmst dich, als hättest du ein schweres Schicksal und wärst völlig machtlos dagegen. Es macht mich krank, wie du über deinen Vater redest.« Ich schreie fast, unfähig, meine Wut zu unterdrücken. »Mein Dad saß allein in seinem Auto an einer Ampel, und von einem Moment auf den nächsten war er weg. Ein Aneurysma. Aus dem Nichts. Er war total gesund. Wenn du so etwas durchgemacht hättest … wenn du wüsstest, wie sich das anfühlt, würdest du alles tun, um deinen Dad zu retten, statt wie ein herzloser Idiot daherzureden.«

Er starrt mich an.

Ich lasse mich zurück auf die Bank fallen. Beuge mich vor und vergrabe mein Gesicht in den Händen.

Die Fußleiste müht sich knarzend ab, dem Raum wieder etwas Wärme zurückzugeben.

»Es tut mir leid«, sagt Mac.

Sein Ton ist sanfter geworden, wie bei allen, sobald Dads Schicksal zur Sprache kommt.

»Ich wusste es …«, beginnt Mac. »Aber ich hatte es vergessen.«

Damals wussten alle in der Schule Bescheid. Danach war ich wochenlang nicht mehr *das Mädchen mit der Hand*, ich war *das Mädchen mit dem toten Vater*. Einmal habe ich es mit eigenen Ohren gehört, wie jemand mich so genannt hat. Vielleicht habe ich irgendwie geahnt, dass Mac sich nicht daran erinnert. Vielleicht wollte ich ihn dafür bezahlen lassen. Jetzt muss ich mich überwinden, ihm wieder mein Gesicht zu zeigen.

»Ich versuche mir das vorzustellen«, sagt Mac.

Einen Moment lang frage ich mich, ob ich mich verhört habe. Ich bin daran gewöhnt, dass Leute genau das Gegenteil sagen – dass sie es sich *nicht* vorstellen können –, und es hat mich immer aufgebracht, dass anscheinend niemand sich die Mühe machen wollte, es wenigstens zu versuchen.

Mac ist bereit, dorthin zu gehen, wo ich bin – wo auch immer das ist.

»Ich schätze, bei meinem Dad habe ich mir etwas vorgemacht«, sagt Mac.

Ein langer, müder Atemzug.

»Ich habe versucht, mich nicht in das, was er heute Abend getan hat, hineinziehen zu lassen. Ich habe es wirklich versucht. Aber es funktioniert nicht. Deshalb bin ich ins Museum gekommen und habe einen Notruf abgesetzt – oder dich dazu gebracht, es zu tun. Deshalb habe ich zu Hause angerufen und ihm immer wieder eine Nachricht geschickt. Deshalb habe ich auf dem Rückweg zu Hause Halt gemacht.«

Ich schaue zu ihm hinüber. Sein Blick versinkt in den Ritzen des Fußbodens.

»Egal wie sehr ich mich bemühe, es lässt mich einfach nicht kalt«, sagt Mac.

Ich überlege, suche nach den richtigen Worten, die uns über diese Blockade hinwegbringen, ohne dabei das zu schmälern, was jeder von uns völlig zurecht empfindet. Aber

Mac kommt mir zuvor. Als er spricht, klingt seine hörbare äußere Stimme, als wäre es seine innere.

»All die Dinge, die passiert sind, als ich klein war, und die ich damals für normal gehalten habe. Das Geschrei. Das Weinen. Eine Geburtstagsparty, die abgesagt wird. Ein Familienausflug. Polizisten, die vor unserer Haustür stehen. Mein Vater, der tagelang verschwunden ist oder plötzlich wie ein Wasserfall redet und überhaupt nicht mehr aufhören kann. Lange Zeit dachte ich, er würde einfach gerne Orangensaft trinken. Ich hatte keine Ahnung, dass er ihn mit Alkohol mischt. Wenn Freunde zu Besuch kamen, wollten sie wissen, warum da ein Loch in der Wand oder ein Riss im Lampenschirm war. Ich begriff nicht, wovon sie sprachen. Mir waren die Schäden noch nicht einmal aufgefallen. Ich war blind für alles. Bis ich irgendwann anfing, andere Familien zu sehen, die nicht so waren wie unsere. Ich bin nicht wie die meisten anderen. Eigentlich bin ich ziemlich abgefuckt.«

Die hässliche Metamorphose vom Normalo zum Freak: Niemand kennt das besser als ich. Wenn du dir wünschst, du könntest dich so sehen, wie du dich als Kind gesehen hast, obwohl du genau weißt, dass es eine Illusion ist.

»Zwischendurch ist er immer wieder für eine lange Zeit clean, und wir gewöhnen uns an den Zustand. Wir denken, das Schlimmste sei vorbei. Eine Täuschung, der man sich nicht hingeben darf. Niemals. Denn es wird wieder passieren. Wir dürfen in unserer Wachsamkeit nicht nachlassen. Es sei denn, man ist James. Er hat es nicht ertragen, dass wir so taten, als wäre alles in bester Ordnung. Einmal hat er Dads Alkoholversteck entdeckt und alle Flaschen in der Einfahrt zerschlagen. Es nützte nichts. Dad besorgte sich einfach neue. Und jetzt ist James weg. Was soll ich machen? Dad ist ein erwachsener Mann. Wenn er nicht endlich mit dem ganzen Scheiß klarkommt, der sich hinter seinen Problemen verbirgt – was auch immer es ist –, dann kann ihm keiner mehr helfen.«

Er atmet tief ein und noch tiefer aus.

»Aber das soll keine Entschuldigung sein. Ich wollte nur, dass du es weißt.«

Ich fühle mich schrecklich, weil ich ihn gezwungen habe, sich vor mir zu rechtfertigen. Ich habe dafür gesorgt, dass es ihm schlecht geht, indem ich das Video gepostet habe, und jetzt tue ich es wieder. Außerdem ist es falsch, meine Situation mit seiner zu vergleichen. Unsere Väter könnten unterschiedlicher nicht sein.

Und doch gibt es eine Gemeinsamkeit zwischen Mac und mir: Wir werden von diesen beiden Männern vereinnahmt, ob wir es wollen oder nicht. Mac ist nicht der Einzige, dessen Beschäftigung mit seinem Vater an Besessenheit grenzt.

»Kann ich dir etwas sagen?«

Er dreht sich um. In seinen Augen lese ich, wie sich die vage Verbindung zwischen uns wieder einstellt.

»Ich schicke immer noch E-Mails an meinen Dad«, sage ich.

Er ist der erste Mensch, dem ich das erzähle. Indem ich ihm jetzt mein Geheimnis anvertraue, hole ich es in gewisser Weise von meiner Mutter, die es mir gestohlen hat, zurück.

»Wir haben uns früher oft gemailt. Als ich meinen ersten Account bekam, mit neun oder zehn, war das für mich die coolste Sache der Welt. Mein Vater schickte mir kleine Nachrichten und ich antwortete. So ging es immer weiter, hin und her. Egal worüber wir beim Frühstück sprachen, selbst wenn es etwas total Albernes war, unser Gespräch wurde per Mail fortgesetzt, bis Dad abends nach Hause kam. An dem Tag, an dem er starb, hatte ich ihm eine Liste geschickt, die ich irgendwo entdeckt hatte: die fünfundzwanzig besten Fast-Food-Gerichte. Dad liebte Listen, egal welche. Sie waren für ihn eine ernste Angelegenheit. Auf besagter Liste standen die Pommes von McDonald's ganz oben, und ich dachte, es würde ihn ärgern, wenn eine Beilage Platz 1 belegt. Ein solches Ranking hätte er normalerweise zerpflückt. Ich war neugierig, was er sagen würde, und wartete gespannt auf seine Antwort.«

Jetzt wartet Mac darauf, was *ich* sagen werde. Und ich will *alles* loswerden. Will, dass er es hört.

»Ich habe ihm danach immer wieder gemailt. Ich wusste nicht, wie ich aufhören sollte. Ich wollte es nicht. Ich träumte davon, eine Antwort zu bekommen. Eines Tages beschloss ich, meinen Traum wahr werden zu lassen. Ich knackte seinen Account. Es war nicht schwer, sein Passwort zu erraten. Er hatte nur ein einziges. Es bestand aus meinen Initialen und meinem Geburtstag. Ich las seinen kompletten Posteingang. Er bekam immer noch Mails von Leuten, die nicht wussten, dass er gestorben war, und von Firmen, denen es egal war. Ich durchsuchte auch seine gesendeten Mails und las, was er an seine Freunde und Kollegen geschrieben hatte.

Es war, als würde ich ihn wieder sprechen hören. Ich wollte, dass er weiterredete. Also rief ich die Nachrichten auf, die ich ihm geschickt hatte, und beantwortete sie. Ich brachte ihn dazu, mir zurückzuschreiben.«

Wenn sein Name in meinem Posteingang auftauchte, dachte ich für einen Sekundenbruchteil, er sei noch am Leben. Das ist auch jetzt noch so, obwohl ich weiß, dass ich mir nur selbst schreibe.

Dad,

hattest du Angst? Als es passierte, wusstest du da, dass es passiert? Es tut weh, sich vorzustellen, was du gefühlt hast. Wie allein du warst. Es tut mir leid, dass ich nicht für dich da sein konnte.

Ich hab dich lieb,
Tegan

Tegan,

es ist okay, mein Schatz. Alles ging ganz schnell. Glaub mir, ich habe nichts gespürt.

Alles Liebe,
Dad

Dad,

ich schaue mir andere Leute an und höre,
was sie reden.
Sie haben keine Ahnung, wie glücklich sie sind.
Neel sagt, man soll nicht vergleichen. Das bringen
sie uns bei *Neuanfänge* bei. Man soll den Schmerz
nicht vergleichen.
Aber ich kann nicht anders.
Ich frage immer wieder, warum.
Warum du? Warum musste das ausgerechnet
meinem Dad passieren?

Ich hab dich lieb,
Tegan

Tegan,

es gibt keine Antwort auf das Warum.
Es ist zum Verrücktwerden, ich weiß.
Neel scheint ein toller Freund zu sein.
Ich bin froh, dass du ihn gefunden hast.

Alles Liebe,
Dad

Dad,

hast du dir je gewünscht, eine normale Tochter zu haben? Hast du mich jemals als Baby angesehen und dir gewünscht, ich wäre wie jedes andere Baby? Denn ich schaue mich manchmal an und wünsche mir das. Ich würde verstehen, wenn du auch so empfunden hättest.

Ich hab dich lieb,
Tegan

Tegan,

du bist die einzige Tochter,
die ich je wollte.
Erinnerst du dich, als ich dem alten Mann im Turtle Back Zoo gedroht habe, ihm den Hals umzudrehen, wenn er nicht aufhören würde, dich anzustarren? Einem alten Mann! So etwas sah mir gar nicht ähnlich, das weißt du. Ich war nie jähzornig.
Aber wenn es um dich ging, war ich zu allem fähig.

Alles Liebe,
Dad

Jene Nacht
1:02 Uhr

»Ich habe davon gehört«, sagt Mac. »Das war vor ein paar Jahren, richtig?«

Genauer gesagt im März vor drei Jahren. Und ja, der März ist nicht gerade mein Lieblingsmonat. Genau wie der Juni (Vatertag). Aber der neunte März ist der schlimmste aller Tage.

»Wir waren damals in der achten Klasse«, sage ich.

»Stimmt«, sagt Mac.

»Ich war bei Isla zu Hause. Da war ich oft. Es ist ein Haus, aus dem man am liebsten gar nicht mehr weggehen würde. Wir saßen am Küchentisch und taten so, als würden wir Mathe-Hausaufgaben machen, aber in Wirklichkeit haben wir uns gegenseitig zum Lachen gebracht, indem wir Memes hin und her schickten. Isla fragte ihre Mom, ob sie uns Smoothies machen kann. Robin, so heißt ihre Mutter, ist wirklich cool. Normalerweise lässt sie alles stehen und liegen, wenn Isla sie um etwas bittet. Aber an diesem Tag sagte sie: »Nein, Tegan muss jetzt nach Hause.« Ich weiß noch, dass Isla und ich losgeprustet haben. Wir waren einfach in dieser Stimmung. Aber Robin blieb ernst. Sie sagte, ich solle meine Sachen packen. Meine Mom habe sie angerufen und sie gebeten, mich nach Hause zu fahren. Ich schickte Mom eine Nachricht, nur um nachzufragen, aber sie antwortete nicht. Ich fürchtete, ich könnte in Schwierigkeiten stecken, wusste aber nicht, warum. Im Auto redete Robin mit mir über die Schule und so weiter, wich dabei aber meinem Blick aus, was seltsam war. Als wir ankamen, sah ich das Auto meiner Großeltern vor dem Haus. Dann öffnete meine Mom die Tür, und ich sah, dass sie weinte.«

Meine Mutter meldete mich bei einer Trauergruppe in der Schule an, die sich *Neuanfänge* nennt. Dort lernte ich Neel kennen. Er hatte seinen Cousin Avi verloren, der an einem schrecklichen Asthmaanfall gestorben war. Avi und Neel waren wie Brüder gewesen. Danach hatte Neel immer wieder Albträume, in denen er keine Luft mehr bekam. Als ich anfing, Albträume von meinem Dad zu haben, fragte ich Neel, wann seine endlich aufgehört hatten. *Ich werde es dir sagen, wenn es so weit ist*, antwortete er.

Isla und Brooke warteten währenddessen darauf, dass ich auf magische Weise zu meinem früheren Ich zurückkehren würde, eine Art innerer Ruhe fände, aber so funktioniert Trauer nicht. Ich kann nicht einfach einen Schalter umlegen, in toller Stimmung sein und die ganze Zeit mit ihnen abhängen wollen. Ich weiß, sie meinen es gut, aber nur Neel scheint zu verstehen, dass egal, was jemand sagt oder tut, die Schwere nie ganz verschwindet. Daran ändert auch ein strahlendes Lächeln nach außen nichts. Manchmal habe ich nicht die Kraft, so zu tun, als ob ich nicht traurig wäre.

Mac fragt: »Wie war dein Dad?«

Wo soll ich anfangen? Willkürliche Erinnerungen kommen mir in den Sinn.

»Er mochte Puzzles mit einer Million Teilen. Seine Kritzeleien waren richtig gut. Ich erinnere mich daran, wie wir beide auf ein Blatt Papier Tiere gezeichnet haben. Zwei Hunde. Zwei Zebras. Zwei Giraffen. Seine Giraffe war immer besser als meine Giraffe. Ich erinnere mich, dass seine Stimme frühmorgens tiefer klang. Ich weiß noch, wie oft ich den Arm hochhielt, damit Dad mich kitzelte. Er spielte mit, jedes Mal. Wenn wir einen Truck von *W.B. Mason* auf der Straße entdeckten, riefen wir beide immer: ›Gelber LKW.‹ Ich tue das heute noch. Ich kann mich daran erinnern, dass er auf der Gartenveranda zu *Hey Ya!* tanzte. Mein Vater trug eine Brille, und als ich klein war, habe ich mich vor seinem Gesicht ohne Brille gefürchtet, wenn er mitten in der Nacht in mein Zimmer kam, weil ich einen Albtraum hatte oder so.«

Ich drehe mich zu Mac. »Wir waren gemeinsam beim Snow-Tubing. Einmal.«

Mac lächelt.

»Wenn du oben auf dem Hügel bist, kannst du wählen, ob du einen Spin willst oder nicht, wenn sie dich anschubsen. Meinem Vater wurde immer sehr leicht übel. Im Auto ließ er nie meine Mutter ans Steuer, weil ihm dann sofort schlecht wurde. Ich kann mir nicht vorstellen, wie es für ihn gewesen wäre, wenn er nach meiner bestandenen Fahrprüfung als Begleitperson neben mir im Auto hätte sitzen müssen. Wie auch immer. Ich entschied mich für Anschubsen *mit Spin*, und mein Dad setzte das falscheste Lächeln der Welt auf. Er war so was von nicht begeistert, aber ehrlich gesagt war mir das in diesem Moment egal.«

Mac schüttelt den Kopf. »Wie rücksichtslos von dir.«

»Hey, ich war ein Kind und ich war wirklich aufgeregt.«

»Erzähl weiter«, sagt Mac mit einem leichten Lachen.

»Wir sausten den Hügel hinunter, drehten uns dabei wie verrückt, und als wir unten ankamen, musste Dad sich« – ich fange an zu lachen – »er musste sich aus dem Reifen *rollen*.«

Macs Grübchen vertieft sich.

»Er blieb im Schnee liegen und die Leute mussten um ihn herumgehen. Meine Mom und ich haben uns kaputtgelacht. Ich hatte Gewissensbisse, aber ich konnte nicht anders. Ich schätze, ich bin wirklich ziemlich rücksichtslos.«

»Ich wollte dich nur necken«, sagt Mac.

»Immer, wenn ich schlecht gelaunt war oder meinen Dad ärgerte, sagte er nicht Tegan zu mir, sondern Regan. Ich hasste es, wenn er mich so nannte, obwohl ich den Witz erst sehr viel später kapiert habe. Regan ist diese durch und durch böse Figur in *König Lear*. Eine der Töchter des Königs. Sogar die Witze meines Vaters hatten etwas mit Shakespeare zu tun. Er war ein echter Nerd.«

Ich denke zwar ständig an ihn, aber meistens ist er nicht Gesprächsthema, zumindest nicht direkt. Die Leute wollen gar nicht über ihn sprechen, nicht einmal Isla und Brooke, die ihn gut gekannt haben. Neel meint, sie wollen mich schützen, indem sie ihn nie erwähnen, damit ich nicht wieder traurig werde, dabei denke ich sowieso meistens an ihn. Es fühlt sich gut an, über meinen Dad zu reden. Jetzt, wo ich damit angefangen habe, will ich nicht mehr aufhören.

Ich schaue mich um und weitere Erinnerungen kommen hoch.

»Er hat dieses Museum geliebt. Noch vor ein paar Jahren war es ziemlich heruntergekommen – bis einige Leute aus der Gemeinde sich zusammentaten, um bei der Restaurierung zu helfen. Dad war einer von ihnen. Es gab eine Zeit, da war er so gut wie jedes Wochenende hier. Er hat mich immer mitgeschleppt.«

Aus Dankbarkeit meinem Dad gegenüber hat die Leiterin des Museums mir ein Sommerpraktikum gegeben, das normalerweise College-Studenten vorbehalten ist. Um mich zu revanchieren, habe ich versucht, wirklich alles über Thomas Edison zu lesen. Ich dachte, das schulde ich meinem Vater.

»Manchmal frage ich mich, ob Dad ein Fan von Thomas Edison war oder ob er vor allem diesen Ort mochte und das, was er symbolisiert. Die Ideen. Dad liebte Ideen. Er wusste, wie viel Macht sie haben können.«

Ich denke an mein *Doppelt-Berührt*-Konzept, das Neel und ich bei der Erfindermesse einreichen wollen. Dad wäre ausgeflippt. Ich versuche, mir seine Reaktion auszumalen, aber in Gedanken sehe ich ihn nur sehr verschwommen vor mir.

»Ich denke oft über eine Erfindung von Edison nach. Eine Maschine, durch die man mit den Toten kommunizieren kann. Die Leute nannten sie *Seelenmaschine* oder *Geisterkasten*. Edison hat sie in mehreren Interviews erwähnt. Er hat lange daran herumgetüftelt. Aber es gibt nicht den geringsten Beweis dafür, dass er tatsächlich eine gebaut hat. Und es wurden auch keine Patente dafür angemeldet. Dieses eine Rätsel hat er wohl nie gelöst.«

Ich schaue zu Boden und weiche Macs Blick aus. So gern ich meinen Dad in meinen Erinnerungen zum Leben erwecke, so bedrängt fühle ich mich von all den Dingen, an die ich mich nicht mehr erinnere. Ich erinnere mich nicht an seinen Geruch, erinnere mich nicht an sein Lachen, daran, wie es sich angehört hat. Daran, wie seine Liebe sich angefühlt hat.

Videos anzuschauen hilft nicht, die Lücken zu füllen, weil Dad immer hinter der Kamera stand. Alles hat er gefilmt – meine ersten Schritte, den ersten Haarschnitt, meinen ersten Löffel Kartoffelbrei. Wie ich meinen schlimmsten Wutanfall hatte, zum ersten Mal ein richtiges Rad schlug, eine lange Geschichte erzählte und nie ein Ende fand. Er war ständig damit beschäftigt, meine Geburtstage zu filmen und meine Schwimmstunden und meine Aufführungen. Er war damit beschäftigt, mich auf Film einzufangen.

Ich wünschte, ich hätte auch ihn eingefangen.

Jene Nacht
1:19 Uhr

»Was ist mit deinem Vater?«, frage ich, weil ich jetzt alles über meinen Dad erzählt habe und mich entblößt und verlegen und auch schuldig fühle, weil ich nichts über den armen Mann weiß, den ich kaltschnäuzig den Wölfen zum Fraß vorgeworfen habe. Ich weiß, dass er Musik und Schallplatten liebt, aber was noch? »Was macht er beruflich?«

»Ich bin mir nicht sicher«, sagt Mac. »Irgendwas mit Computern.«

Es ist schockierend, dass Mac keine Ahnung hat, was sein Vater beruflich macht. »Gefällt ihm die Arbeit?«

Auch diese Frage kann er nicht eindeutig beantworten. »Nein. Ich glaube nicht.«

»Mein Dad hat seinen Job geliebt. Er war Englisch-Professor. An der Rutgers, um genau zu sein.«

Schon als Mac zuvor erwähnte, dass er vielleicht an die Rutgers gehen will, hätte ich ihm gerne von Dads Beruf erzählt, habe es aber dann für mich behalten. Jetzt kommt mir mein Zögern absurd vor, und ich verstehe nicht mehr, warum mich Macs Nähe so zappelig und nervös gemacht hat. Inzwischen hat er sich vom Einhorn in einen Menschen verwandelt.

»Und deine Mom?«, fragt Mac.

Die beiläufige Erwähnung meiner Mutter ruiniert alles. Wieder einmal.

»Was soll mit ihr sein?«

»Keine Ahnung. Wir reden die ganze Zeit über unsere Väter. Gleichberechtigung für Männer und Frauen und so?«

Scheiß auf den Feminismus, kann ich in diesem Fall nur sagen. »Du zuerst.«

Mittlerweile kennt er meine Ausweichmanöver. Er reckt die Arme, wie man es macht, wenn man aus einem tiefen Schlaf erwacht.

»Meine Mom«, sagt er, »ist echt frustrierend.«

Jetzt kommen wir der Sache schon näher.

»Sie beschwert sich oft«, fährt er fort. »Aber sie tut nichts, um es zu ändern.«

»Es?«

»Das mit meinem Dad. Zum Beispiel die Sache mit dem Briefkasten. Wenn sie das herausfindet, wird sie ihn anschreien, ihm erklären, dass uns nie etwas Schönes vergönnt ist und so weiter. Aber wie wäre es, wenn sie zur Abwechslung mal etwas dagegen unternehmen würde?«

»Du meinst, Hilfe für ihn zu holen?«

»Ja. Reha, Therapie, irgendwas. James hat sich bereits eine Einrichtung angesehen. Oder sie sollte Dad verlassen, wenn es das ist, was sie will. Sie *sollte* es wollen. Ständig gibt es Streit. Aber stattdessen einfach nur hilflos dazusitzen und …« Er steigert sich immer weiter in seinen Frust hinein. »Immer sucht sie Zuflucht bei meiner Tante. Und was ist mit mir?«

Ich vermute, heute Abend hat er endlich beschlossen, ebenfalls irgendwo Zuflucht zu suchen.

Dieses Gefühl von Ungerechtigkeit kenne ich gut. Als Mom anfing, mit Charlie auszugehen, war ich fassungslos. Wie konnte sie es wagen, ihr Leben einfach weiterzuleben? Warum war ich die Einzige, die an meinem Dad festhielt? Die Aufgabe war zu schwer für mich allein.

»Sie tut mir leid«, sagt Mac. »Mir ist klar, dass sie viel aushalten muss. Sie war sogar schon arbeitslos. Ständig wechselt sie die Jobs. Wenn sie eine dauerhafte Stelle hätte, wäre sie vielleicht glücklicher.«

Ich kann jetzt nicht mehr an mich halten, selbst wenn ich es wollte. »Meine Mom ist Vorschullehrerin. Sie ist ein sehr lieber Mensch. Sie sieht immer die positive Seite. *Immer.* Das ist supernervig.«

Mac lacht. »Du bist wirklich brutal.«

»Glaub mir, aus der Ferne magst du das gut finden, aber ich garantiere dir, nach einer Weile treibt es dich in den Wahnsinn. Besonders, wenn du dich umschaust und offensichtlich *nicht* alles in Ordnung ist. Wenn alles buchstäblich auseinanderfällt.«

Zu den Worten gesellen sich Bilder – Erinnerungen.

Ich stehe auf und gehe nach vorn in den Hauptraum. Bevor Mac mir folgen kann, bin ich schon wieder da, fülle eine Gießkanne am Waschbecken der Toilette und kehre ins Vorderzimmer zurück. Mac kommt hinterher. Ich schalte nur eine kleine Lampe ein, nicht die Deckenbeleuchtung, und steige auf einen Hocker, um von oben die Hängepflanzen mit Wasser zu versorgen. Es sind drei, in einer Reihe nebeneinander.

»Keiner denkt daran, sie zu gießen.«

Ich zupfe ein verdorrtes braunes Blatt vom Boden des Topfs, und als ich fertig bin, setze ich mich auf den Hocker.

»Entschuldige«, sage ich. »Wir haben über meine Mom geredet.«

»Richtig. Was hattest du gerade gesagt?«

»Nein, ich meine nur, dass mir deshalb die Pflanzen eingefallen sind.«

Mac nimmt auf dem anderen Hocker Platz. Ich stelle die Gießkanne auf den Tresen. An der Ausgussöffnung hat sich ein Tropfen gebildet. Er fällt herunter und landet auf der Glasscheibe. Ich drücke ihn mit dem Daumen platt.

»Nach dem Tod meines Vaters hat sich niemand um seine Pflanzen gekümmert. Er hatte sehr viele.«

Damals hatte ich das Gefühl, als würde überall, wo ich hinschaute, die Welt zerfallen. Ein neues Schulmassaker. Ein erschreckender Post über Hundequälerei. Der Lieblingsplatz aus der Kindheit musste einem weiteren Selbstbedienungsladen weichen. Ein kleiner Riss in meinem Lieblingsshirt. Alles, was ich sah und hörte – Zerstörung, Verfall, Abschied. Die Ordnung der Dinge zerbrach. Ich war dreizehn Jahre alt.

»Mein Dad hat häufig bei einer Pflanzen-Hotline angerufen. Man spricht dort mit einem echten Menschen, nicht mit einer Stimme vom Band. Eines Tages wählte ich die Nummer. Am anderen Ende der Leitung war eine Frau – sie hatte die freundlichste Stimme, die man sich vorstellen kann –, und sie fragte mich, wie sie helfen könne. Ich wusste nicht, was ich sagen sollte. Also habe ich aufgelegt. Ich hatte keine Ahnung von Pflanzen. Aber ich lernte dazu.

Ich schaute nach, welche Pflanzen mein Vater im Haus hatte, und rief die Hotline an. Wieder war die freundliche Frau am Apparat. Ihr Name war Daphne. Ich beschrieb das Problem – schlaffe gelbe Blätter, weiße Flecken an den Stängeln – und Daphne erklärte mir jedes Mal, was zu tun war. Mehr Wasser. Weniger Wasser. Mehr Sonnenlicht. Einsatz von Dünger. Sie hatte auf alles eine Antwort.«

Mein Dad hätte sich die Infos auch online beschaffen können, aber er zog es vor, mit echten Menschen zu tun zu haben. Nachdem ich mit Daphne gesprochen hatte und sie immer ein offenes Ohr für mich hatte, verstand ich ihn.

»Die Pflanzen meines Vaters erholten sich wieder. Es war verblüffend.«

Ich strengte mich an, so fürsorglich und achtsam zu sein wie er. Ich gab wirklich mein Bestes.

»Aber da war diese eine Pflanze, die einfach nicht gedeihen wollte. Sie kränkelte, egal was ich tat. Es gelang mir nicht, herausfinden, was für eine Pflanze es war. Ich recherchierte online, vergeblich. Ich fragte meine Mom, aber sie hatte keine Ahnung. Ich schickte ein Foto an Daphne, aber sie wusste auch nicht weiter. Auf Daphnes Rat hin ging ich sogar in die Bibliothek. Nirgendwo fand ich einen Hinweis. Keine einzige Erwähnung. Es machte mich wütend, dass niemand weiterhelfen konnte.«

Macs Brust schwillt an und in dem darauffolgenden tiefen Seufzer höre ich sein Mitgefühl.

»Mom versuchte, mich zu trösten: ›Es ist alles in Ordnung. Es ist nur eine Pflanze. Es ist nicht wichtig.‹ Aber es war wichtig. Für mich. Wieso konnte Mom das nicht begreifen?«

Mac antwortet auf meine Frage, die eigentlich gar keine war. »Ich verstehe deinen Ärger.« Er lässt die Worte einen Moment zwischen uns schweben, bevor er sich weiter vorwagt. »Aber wenn ich dazu etwas sagen darf …«

»Ja, darfst du«, gebe ich ihm mein Okay.

»Das andere Extrem ist auch nicht besser. Wenn sich jemand ständig nur auf das Negative konzentriert. Jede Kleinigkeit unverhältnismäßig aufbläst. Das kann dich auf eine andere Art genauso in den Wahnsinn treiben.«

Ich kippe die Gießkanne, um einen weiteren Wassertropfen hervorzulocken. »Ja, ich glaube, ich weiß, was du meinst.«

»Ehrlich gesagt bezweifle ich, dass meine Mom ohne meinen Dad zurechtkommen würde. Sosehr sie sich auch über ihn beschwert, ohne ihn wäre sie verloren. Aber deine Mom scheint echt taff zu sein.«

Für mich war immer klar, dass sie entweder blind gegenüber allem ist oder absichtlich die Augen vor der Realität verschließt. Als taff habe ich sie nie gesehen.

»Es ist nicht so, als würde ich sie hassen«, sage ich und lasse die Kanne sinken. »Natürlich nicht. Aber manchmal ist es schwer, mit ihr zu reden. Ich bin nicht sicher, ob sie mich versteht. Nicht so wie mein Dad.«

Während ich jetzt hier sitze, hat Mom zu Hause Zugang zur schonungslosen Wahrheit.

»Sie hat meine E-Mails an Dad entdeckt«, sage ich. »Deshalb bin ich überhaupt hier. Das ist der Grund, warum ich nicht nach Hause will.«

So, jetzt habe ich es ausgesprochen. Mac nickt mehrmals hintereinander langsam, als würde er systematisch eine falsche Theorie nach der anderen durchstreichen, warum ich heute Abend ins Museum gekommen sein könnte. Als er fertig ist, legt er den Kopf schief und sieht mich mit seinem fragenden Welpenblick an. »Steht etwas Schlimmes darin?«

»Weiß nicht. Vielleicht. Aber das ist nicht der Punkt.«

»Okay.« Mac versucht, meine große Enthüllung zu verarbeiten, die vielleicht gar nicht so groß ist.

Aber sie *ist* groß. Die E-Mails zwischen mir und Dad – oder zwischen mir und mir – sind privat. Ich habe ihn von den Toten zurückgeholt. Ihn am Leben zu halten, war ein heikler Akt. Die Illusion kann nur dann fortbestehen, wenn ich vergesse, dass es eine Illusion ist. Mom hat etwas Besonderes zu etwas Lächerlichem gemacht, einfach dadurch, dass *sie es weiß*. Ich werde nie mehr eine E-Mail an meinen Vater schicken können. Wegen Mom ist er ein zweites Mal gestorben.

»Die Mails waren nicht für sie bestimmt.«

Mac ist immer noch verwirrt. »Aber du hast sie an ihn geschickt, richtig?«

»Ja. Und?«

»Vermutlich hatte sie schon immer Zugang zu seinem Konto. Ich meine, ich bin sicher, dass sie irgendwann einmal das Konto benutzen musste. Vielleicht wusste sie die ganze Zeit Bescheid.«

Jetzt hat er mich kalt erwischt. Ich bin in eine dieser Parallelwelten teleportiert worden, wo fast alles identisch ist, aber nur fast. Was Mac sagt, klingt total logisch, trotzdem kriege ich das in meinem Kopf nicht auf die Reihe.

»Und warum hat sie dann bisher nie etwas gesagt?«

Mac überlegt. Er hat eine Menge Erfahrung darin, die eigenen familiären Rätsel zu lösen, im Vergleich dazu ist meines offenbar ein Kinderspiel. »Hast du kürzlich etwas geschrieben, das sie beunruhigen könnte?«

Ich kann mich nicht daran erinnern, was ich zuletzt geschrieben habe. Meine letzte Mail ist schon eine Weile her. Seit einiger Zeit hilft es mir nicht mehr so wie früher, mich mit Dad auszutauschen.

»Moment mal«, sagt Mac. »Meine Mom denkt, ich bin zu Hause bei meinem Dad. Weiß deine Mom überhaupt, wo du bist?«

Ich starre ihn an.

»Tegan, sie dreht wahrscheinlich durch vor Sorge.«

Ich schaue auf die Uhr. Es ist schon nach eins. Ich bin seit über acht Stunden aus dem Haus.

Jetzt ist es offiziell: Ich bin der schlechteste Mensch aller Zeiten.

Früher am Tag
10:47 Uhr

Jemand machte sich neben mir breit und zwang mich, meine verschlafenen Augen zu öffnen. Mom hatte sich neben mich in mein Bett gelegt, ihr Gesicht ganz nah an meinem. Ich gab ein übertrieben lautes Stöhnen von mir.

»Puh«, sagte sie. »Dein Atem.«

Es schien ihr nichts auszumachen. Schlechte Gerüche und schlechte Hygiene waren für sie in der Schule Alltag. Ihre Toleranzgrenze war unfassbar hoch.

»Hast du nicht gesagt, dass du heute fahren willst?«, fragte Mom.

Ich zog mir die Decke über den Kopf. Vor einiger Zeit hatte ich meinen Führerschein gemacht, war jedoch seither nur an den Wochenenden mit Mom gefahren, weil ich mich nachts noch nicht sicher genug fühlte und wir unter der Woche nie vor Einbruch der Dunkelheit Zeit fanden.

Unsere erste gemeinsame Fahrt war echt hart gewesen. Wir hatten an einer roten Ampel gestanden und ich hatte mich zu Mom gedreht. »Werde ich ein Aneurysma bekommen?«

»Nein«, hatte sie entschieden gesagt.

»Woher weißt du das?«

»Ich werde es nicht zulassen. Du bist mein Ein und Alles.«

»Das ist keine Antwort«, hatte ich erwidert, während wir darauf warteten, dass die Ampel umschaltete. »Hältst du es für völlig ausgeschlossen, dass ich irgendwann einmal ein Aneurysma bekommen *könnte*?«

»Na gut, theoretisch wäre es möglich«, hatte sie eingeräumt, nur um dann sofort hinzuzufügen: »Aber es wird nicht passieren.«

Es war eine dieser Antworten, mit denen sie mich nur noch mehr auf die Palme brachte. Aber dann war die Ampel grün geworden und ich war weitergefahren und einen Monat später fuhr ich immer noch. Man könnte meinen, sie hätte tatsächlich ihre Finger im Spiel.

Jetzt, in meinem Bett, scheuchte Mom mich aus den Federn. »Komm schon, Kleine«, sagte sie und erhob sich von der Matratze. »Das Wetter soll später schlecht werden.«

Den Kopf unter der Decke vergraben, hörte ich, wie es im Zimmer still wurde, und fragte mich, ob sie gegangen war. Ich zog die Decke weg. Sie stand am Fußende des Betts und sah mich an.

»*Was?*«, sagte ich.

»Ich beobachte dich nur«, sagte sie.

»Das ist echt schräg.«

»Ich darf dich nicht ansehen?«

»Nicht auf diese Weise, du Weirdo.«

Ich trat unter der Decke nach ihr. Es war nur Show. Mein Fuß erreichte sie gar nicht.

»Ich habe für heute Abend etwas geplant«, verkündete sie. »Eine Überraschung. Es wird schön.«

Ich setzte mich auf. »Wieso habe ich da meine Zweifel?«

»Weil«, antwortete Mom, »du alles anzweifelst, was ich sage.«

Es war als Scherz gedacht – jedenfalls war an ihrem Gesicht zu erkennen, dass es ein Scherz sein sollte –, aber es war nicht nur ein Scherz, denn wir beide wussten, wie viel Wahrheit dahintersteckte.

Mit einem munteren Lächeln sagte sie: »Also, ziehst du dich an?«

Ich zog mich an, gab mir allerdings keine große Mühe, ich konnte ja nicht ahnen, dass unsere Fahrt am Einkaufszentrum enden würde. Wir fuhren los, weil ich gerne fahre und sie das weiß, weshalb sie mich auch aus dem Bett geholt hatte. Ich manövrierte das Auto durch den superschmalen *Starbucks*-Drive-Through, damit sie mir den ersten Frappuccino des Tages spendieren konnte. Als sie, frustriert von meinem beharrlichen Schweigen, meinte, vielleicht würde sie eher eine Antwort von mir bekommen, wenn sie mir eine E-Mail schickte, schenkte ich ihrer Bemerkung keine besondere Beachtung.

Dad,

ich habe schon eine Weile nicht mehr geschrieben.
Ich habe etwas Schlimmes getan.
Wenn du wüsstest, was es ist, wärst du schrecklich
enttäuscht von mir. Ich weiß nicht, was mit mir los ist.

Ich hab dich lieb,
Tegan

Tegan,

ich denke, es ist das Beste,
wenn du aufhörst.

Alles Liebe,
Dad

Dad,

ich habe genau das Gegenteil von dem gemacht,
was du mir immer beigebracht hast.
Ich habe mich selbst bemitleidet.
Ich war verbittert und eifersüchtig,
bis zum Rand des Wahnsinns. Aber ich
will diese Gefühle nicht in mir.

Ich hab dich lieb,
Tegan

Tegan,

du musst das nicht tun. Du kannst damit aufhören.

Alles Liebe,
Dad

Dad,

ich werde aufhören. Versprochen. Ich wollte nicht, dass es überhaupt so lange weitergeht. Es ist nur so schwer, es zu
beenden. Endlich habe ich etwas gefunden, worin ich gut bin.

Ich hab dich lieb,
Tegan

Tegan,

bitte hör auf. Ich flehe dich an.

Alles Liebe,
Dad

Jene Nacht
1:30 Uhr

»Der kleine Phonograph«, sage ich, weil mir wieder einfällt, weshalb wir die Glasabdeckung entfernt haben, aber auch, weil ich das Gespräch auf ein anderes Thema als meine Mom und die E-Mails lenken möchte.

Mac folgt mir ins Hinterzimmer. Wir spähen durch die Türen des Miniaturlabors. Der Phonograph ist tatsächlich da, so wie die anderen Museumsmitarbeiter es immer behaupteten. Ich hatte da so meine Zweifel.

Wir können nicht durch die Miniaturtüren ins Innere des Modells greifen, dafür sind unsere Hände zu groß. Vorsichtig prüft Mac, ob sich das Dach abnehmen lässt. Das tut es. Mac legt es behutsam auf den Boden.

Jetzt haben wir einen freien Blick auf das Innere des Labors. Und dort liegt tatsächlich eine winzige Schallplatte auf dem winzigen Phonographen. Aber es gibt keinen Mechanismus, der sie in Bewegung versetzt, geschweige denn einen Ton erzeugen könnte.

»Wir mussten uns einfach mit eigenen Augen überzeugen«, sagt Mac.

Er versucht, mich über die Glas-Katastrophe hinwegzutrösten, und ich weiß das zu schätzen, aber ich brauche keine Aufmunterung. Obwohl der winzige Phonograph nicht spielen kann, ist allein die Entdeckung, dass er tatsächlich existiert, schon ein kleines Wunder.

»Edison erfand den Phonographen ganz allein, nachdem er monatelang daran gearbeitet hatte«, sage ich, während Mac das Modelldach wieder anbringt. Draußen rüttelt der Wind an der Seite des Gebäudes, als wolle er jeden Moment das echte Dach über unseren Köpfen wegreißen.

»Das ist zumindest die Geschichte, die wir erzählen«, fahre ich fort. »Aber in einem Buch habe ich gelesen, was wirklich passiert ist. Edison hatte ein ganzes Team von Ingenieuren, die ihn unterstützten. Sie arbeiteten die ganze Nacht durch, pausierten lediglich für das Mitternachtsessen – so nannten sie es – und machten sich danach gleich wieder an die Arbeit. Sie nannten sich *Insomnia Squad*, Trupp der Schlaflosen. In den frühen Morgenstunden einer durchwachten Nacht erfanden sie den ersten Phonographen. Es war ein Gemeinschaftswerk. Aber als Edison darüber in sein Notizbuch schrieb, erwähnte er niemanden aus seinem Team. Er ließ es so aussehen, als hätte er es ganz alleine geschafft. Und niemand zweifelte daran. Warum auch? Schließlich war allein seine Stimme auf der ersten Aufnahme zu hören.«

Auf diese Weise wird die einfachere Geschichte weitergetragen und die Leute mögen einfache Geschichten. Mac hat das vorhin selbst gesagt. Aber in diesem Fall ist die Wahrheit spannender als die Lüge.

»Kannst du dir das vorstellen? Mitten in der Nacht dazusitzen, müde und erschöpft, und plötzlich erschaffen alle zusammen etwas, das es so noch nie gegeben hat?«

»Sie dachten bestimmt, sie träumen«, sagt Mac.

»Ja.«

Wir tauschen einen Blick aus. Trotz der emotionalen Zerstörung, die ich außerhalb dieser Mauern verursacht habe, bei Mac und auch bei anderen, und trotz der physischen Zerstörung, die ich hier im Museum verursacht habe und deren sichtbarer Beweis sich jetzt im Mülleimer befindet, kann ich mich des seltsamen Gefühls nicht erwehren, dass heute Abend etwas Neues zwischen Mac und mir entsteht. Eine ganz andere Art von nächtlicher Erfindung.

»Insomnia Squad«, sagt Mac. »Das gefällt mir.«

»Mir auch.«

Ich lächle und er lächelt zurück. Ich habe so lange gebraucht, um herauszufinden, wie ich mit ihm sprechen kann, aber nachdem ich meine anfängliche Unbeholfenheit überwunden habe, erfüllt mich nun das Gefühl, ich könnte ihm alles sagen. *Fast* alles. Wir haben uns in so kurzer Zeit so viel offenbart, dass ich den überwältigenden Drang verspüre, noch weiter zu gehen und alles wissen zu wollen, was es über ihn zu wissen gibt.

»Sag mir eines, Durant.«

»Ja, Everly.«

»Wenn dieser winzige Phonograph funktionieren würde und jede Musik abspielen könnte, was würdest du dann hören wollen?«

Er verzieht nachdenklich den Mund. »Ich bin mir nicht sicher.«

»Komm schon. Dein Vater ist ein Musikfreak. Du willst mir doch nicht einreden, dass nichts davon auf dich abgefärbt hat?«

»Mir fällt nichts ein. Ich mag alles Mögliche.«

»Ach, komm schon. Wenn Leute das sagen, hören sie entweder überhaupt keine Musik oder richtig schlechtes Zeug.«

Er versucht zu lachen, aber es wirkt gezwungen. »Ich habe einen eklektischen Geschmack, ob du es glaubst oder nicht.«

»Toll. Dann nenn mir was *Eklektisches*, das du dir anhören würdest.«

Er tritt unbeholfen von einem Fuß auf den anderen. Ich habe offenbar einen Nerv getroffen. »Sag es mir«, fordere ich ihn auf.

»Was?«

»Sag es einfach.«

»Es ist nichts, nur… das Erste, was mir in den Sinn kommt, ist nicht unbedingt das, was man erwarten würde.«

Den schüchternen Mac kenne ich noch nicht, aber ab sofort ist er mein neuer Lieblings-Mac. Wenn es sein muss, werde ich ewig auf seine Antwort warten, und das weiß er auch.

»Also gut«, sagt er.

»Raus mit der Sprache.«

»Okay.«

»Okay.«

»Salsa.«

»Salsa?«

»Ja. Salsa.«

Ich bin mir nicht sicher, was ich davon halten soll.

»Ich habe früher Salsa-Stunden genommen«, gesteht Mac.

Seine Antwort zaubert ein breites Lächeln auf mein Gesicht.

»Lach nicht«, sagt der schüchterne Mac.

Ich lache nicht. Echt nicht. Aber allein der Gedanke ist einfach hinreißend.

»Ich habe ein Interview mit Didé Santos gesehen. Er ist einer der besten Fußballspieler der Welt. In seiner Jugend hatte er Salsa-Unterricht, um seine Beinarbeit zu verbessern. Außerdem ist Salsa ein gutes Kardio-Training.«

»Versuch nicht, dich rauszureden.«

»Tue ich doch gar nicht«, sagt Mac.

»Im Ernst? Du hast Salsa getanzt?«

»Warum sollte ich bei so etwas lügen?«

»Beweise es. Zeig's mir.«

Er ist schnurstracks in die Falle getappt. »Nein«, sagt Mac.

»Doch. Jetzt sofort.«

Der schüchterne Mac ist plötzlich total zappelig. Aber er hat keine Chance, sich herauszuwinden. »Ich werde dich anbetteln, wenn es das ist, was du willst.«

»Dann los«, sagt Mac.

»Bitte, bitte, *bitte*, mach ein paar abgefahrene Salsa-Schritte für mich.«

»War das schon alles? Da geht doch noch mehr, oder?«

»Ich flehe dich an. Ich muss deine Salsa sehen. Ich *muss*. Ich *brauche* sie.«

Sein Widerstand scheint langsam zu bröckeln. Zeit für den finalen Stoß. »Ich werde im Gegenzug alles tun, was du verlangst«, sage ich.

Er gibt sich geschlagen.

Äußerst widerstrebend sagt er schließlich: »Ich bräuchte die richtige Musik.«

Ich eile in den Hauptraum. Hinter der Theke schlummert der prähistorische Computer des Museums. Ich wecke den Bildschirm und klicke auf die erste passende Playlist, die ich finde. Aus den Lautsprechern in beiden Räumen ertönt Salsa-Musik. Ich schiebe den Lautstärkeregler bis an die Grenze des Erträglichen.

Dann kehre ich in das Hinterzimmer zurück. Mac sitzt auf der Bank. Er scheint immer noch darauf zu hoffen, dass ich ihn vom Haken lasse. *Sorry. Ich kenne keine Gnade.*

»Wann immer du bereit bist«, sage ich provozierend.

Er schüttelt den Kopf und sagt: »Ich hasse dich«, so wie es nur jemand sagen kann, der dich mag. Und dann, ganz der Spieler, der er ist, setzt er alles auf eine Karte und beginnt zu tanzen. Mac Durant tanzt Salsa, für mich und nur für mich, und es ist albern und atemberaubend und mir ist schwummerig und schwindlig vor Glück. Die Musik trägt viel zur Wirkung bei. Sie allein ist wie ein Tanz. Mac endet mit einer halben Drehung, behält seine Position bei und wartet auf meinen Applaus.

»Wow«, sage ich ohne jede Neckerei.

»Mit einer Partnerin ist es noch besser.«

Mein Lächeln ist wie weggeblasen. »Niemals.«

Sein Gesichtsausdruck verändert sich, und mir wird klar, dass er nur ganz allgemein gesprochen und nicht mich persönlich gemeint hat. Aber jetzt, wo ich es erwähnt habe …

»Ich zeige es dir«, sagt er.

»Nein.«

»Du hast gesagt, du würdest *alles* tun.«

»Nicht das.«

»Es ist niemand da.«

»Du schon.«

»Ich bin niemand.«

»Du bist das Gegenteil von niemand.«

Er kommt auf mich zu. »Das ist nur fair.«

Im Verhandeln bin ich eine Niete. Ich habe den Mund voll genommen und jetzt muss ich mein Versprechen einlösen.

Ich hole den Wodka und genehmige mir einen schnellen Schluck. Der Geschmack hat sich nicht verbessert. Mac schnappt sich die Flasche und folgt meinem Beispiel.

Wir stehen uns auf der Tanzfläche gegenüber. Verlegenes Lächeln trifft auf verlegenes Lächeln.

Er umfasst mich mit dem rechten Arm und drückt seine Hand gegen meinen Rücken.

»Okay«, sagt Mac. »Jetzt legst du deine linke Hand an meinen Rücken.«

Meine linke? Er nickt. Ja, meine linke. Auch er kennt keine Gnade.

Ich lege meinen Arm um seinen Oberkörper, aber ich berühre ihn nicht. Meine Hand schwebt über seinem Rücken.

Er hebt seine linke Hand und bedeutet mir, sie mit meiner rechten Hand zu ergreifen. Mir ist heiß. Ich will weglaufen. Ich wiederhole mein Mantra für den Abend: *Lass es einfach geschehen.*

Ich ergreife seine Hand. Ein Kribbeln in meinem Arm. Zwei Unberührbare, die sich berühren.

»Entschuldigung«, sage ich. »Ich bin ein bisschen verschwitzt.«

»Schon okay. Achte nicht auf die Musik und geh es langsam an.«

Ich atme.

»Zuerst machst du mit dem rechten Fuß einen Schritt zurück. Dann einen Schritt vorwärts mit dem linken. Dann vorwärts mit dem rechten. Das ist schon die erste Hälfte des Grundschritts. Rechts zurück, links vor, rechts vor. Bereit?«

»Nein.«

»Los geht's. Zurück, zwei, drei.«

Ich bleibe wie angewurzelt stehen und er tritt mir auf den Fuß. Wir entschuldigen uns beide und lachen über uns selbst.

»Noch einmal«, sagt Mac. »Langsam. Zurück… zwei… drei…«

Ich mache es und warte auf seine Zustimmung.

»Das war großartig«, sagt Mac, obwohl wir beide wissen, dass es objektiv gesehen furchtbar war. »Die andere Hälfte geht so: Vorwärts mit dem linken Fuß. Zurück mit dem rechten. Zurück mit dem linken.«

Er führt es mir vor. Wir gehen es langsam an.

»Du bist ein Naturtalent«, sagt Mac.

Eine glatte Lüge. Ich lasse sie ihm durchgehen.

Wir finden zueinander und steigern nach und nach die Geschwindigkeit. Die Musik verlangt, dass unsere Körper ihr gehorchen. Die ganze Zeit über zählt Mac laut. Sein Kinn ist hoch erhoben, aber um bei seinen Schritten mitzuhalten, muss ich auf meine Füße starren. Ich konzentriere mich so sehr, dass ich nicht merke, wie meine linke Hand sich fest auf seinen Rücken legt, bis die Musik wechselt und ein anderes Lied erklingt. Mit einem beunruhigend langsamen Tempo. Eine Ballade. Ich blicke hoch.

»Ich habe auf die erstbeste Playlist geklickt.«

Er lässt mich nicht los.

»Ich werde nicht langsam mit dir tanzen«, sage ich.

Aber wir tun es längst. Es ist offiziell: Ich tanze langsam mit Mac Durant – auch wenn wir beide unsere Salsa-Pose und einen Sicherheitsabstand beibehalten.

Seine Hand gleitet über meinen Rücken, während wir uns drehen. Mein Herzschlag ist eine Abfolge von seismischen Beben. Ich fühle mich schwach wie eine unbewässerte Pflanze. Es sind die Symptome eines drohenden Kollapses, aber ich straffe die Schultern. Das Gefühl übernimmt das Kommando. Es macht mich schwindelig. Es bringt mich zum Tanzen. *Er* bringt mich dazu.

Mac sieht mir in die Augen. Das macht mich wahnsinnig.

»Was?«, frage ich.

»Nichts.«

»Es ist *nie* nichts.«

»Ich habe nur nachgedacht«, sagt er. Seine Stimme ist leise, fast zögernd. »Du bist das erste Mädchen, das jemals bei mir zu Hause war.«

Meine Brust wird eng. »Hör auf.«

»Es ist die Wahrheit«, sagt Mac.

Wir wiegen uns wie in einem Traum.

Er starrt mich an. »Ich hatte das Gefühl, du hast mein Vertrauen verdient.«

Das ist so nett von ihm, aber es bricht mir das Herz – so liebe Worte, die zugleich so schrecklich anzuhören sind. Schuldgefühle überfluten mich. Ich kann zusehen, wie der schöne Traum, durch den wir schwebten, vor meinen Augen zerplatzt.

Ich möchte mich so gerne fester an Mac klammern. Aber ich entziehe mich seiner Umarmung. Es geht nicht – ich kann das nicht mehr.

Gerne würdest du behaupten, Nachtschatten hätte aufgehört, andere Leute ins Visier zu nehmen, weil du deine Meinung geändert hast. Weil du eines Tages aufgewacht bist und auf dein Gewissen gehört hast. Aber so läuft das nicht.

Du isst zu Mittag, sitzt an deinem gewohnten Tisch mit Isla und Brooke und noch ein paar anderen. Isla beschwert sich über etwas, wie immer. Brooke macht sich über Isla lustig, wie immer. Du hast dich ausgeklinkt, wie immer. Oder vielleicht eingeklinkt in das, was an den anderen Tischen vor sich geht. Mittlerweile ist jede Beobachtung ein potenzieller Post. Denn du hast eine Bestie zu füttern.

Als am Ende der Pause alle aus der Cafeteria strömen, kommt die Idee auf, sich nach der Schule beim Basketballspiel zu treffen. Niemand lädt dich ein. Alle gehen davon aus, dass du ohnehin nicht mitkommen würdest. Was dich ärgert. Selbst wenn es stimmt, hätte man dich zumindest fragen können. Um fair zu sein: Keiner ist direkt gefragt worden. Es war nur ein vager Plan für ein Treffen nach Schulschluss. Trotzdem.

Später wartest du allein am Torbogen auf Neel. Ihr geht immer zusammen zur Chemiestunde. Heute verlangsamt er kaum seine Schritte, als er dich sieht. Fast scheint es, als wolle er an dir vorbeilaufen. Du holst ihn ein, gehst neben ihm her, und um seine Stimmung einschätzen zu können, versuchst du es mit einem einfachen *Hallo?*

Ich wusste, dass es mir irgendwie bekannt vorkommt, sagt Neel.

Okay. Worüber genau reden wir?

Über ihn, der nicht genannt werden darf. Oder besser gesagt, sie.

Sorry, aber ich habe keine Ahnung, wovon du sprichst, sagst du.

Endlich sieht er dich an. *Vermutlich weißt du schon gar nicht mehr, wie du dich bei mir über Ms Baker und die Sache mit dem Gift beschwert hast. Dafür kannst du dich anscheinend umso besser an das erinnern, was ich dir über Ezra erzählt habe.*

Du suchst nach den richtigen Worten. *Meinst du den Post von* Nachtschatten*? Ja, den habe ich gelesen.*

Gelesen? Oder selbst geschrieben?

Du bleibst stehen. Neel auch. Es ist passiert – er hat dich ertappt.

Er beugt sich zu dir. *Ein mexikanisches Kartell? Im Ernst?*

Das habe ich natürlich als Witz gemeint. Wieso musstest du das posten?

Du blickst zu Boden. *Ich weiß es nicht.*

Du streitest es also nicht ab. Nachtschatten – *das bist du.*

Du schaust nur mit deinen Augen auf. Dein Kinn bleibt unten.

Du sagst: *Es tut mir leid.*

Die Leute drängen sich auf ihrem Weg zum Unterricht an euch vorbei. Neel spricht leise, als er dich mit ernster Stimme fragt: *Was soll der Scheiß?*

Auf diese Frage gibt es viele Antworten. Du lieferst sie ihm alle. Entschuldigungen. Erklärungen. Ausreden. Vielleicht hattest du für einen Moment vergessen, woher du das Gerücht über Ezra hast. Vielleicht wolltest du sogar entlarvt werden.

Eines steht fest: Deine Zeit als anonymer Troll ist offiziell vorbei. Das war's. *Nachtschatten* ist Geschichte. Neel hat dich aus deinem Fiebertraum gerissen. Deine Schuldgefühle sind riesengroß.

Trotzdem …

Trotzdem bekommst du ständig neue Nachrichten. Es hört einfach nicht auf. Die Menschen vertrauen sich dir an. Offenbaren sich dir. Geben dir Einblicke in ihr dunkelstes Ich. Du postest ihre Beschwerden nicht mehr und du antwortest ihnen auch nicht, aber das hält sie nicht davon ab, dir zu schreiben. Es scheint sie nicht zu kümmern. Sie wollen sich nur Luft machen, und du bist dafür ihre erste Anlaufstelle – ein Geheimnis ohne Gesicht. Jemand, von dem sie kein Urteil fürchten müssen. Du dachtest, du wärst ihre Stimme, aber in Wirklichkeit bist du ihr Ohr. Du hörst ihnen zu. Du absorbierst ihren Schmerz.

A hat B dabei erwischt, wie er sie betrogen hat; C ist überzeugt davon, dass die Hauptrolle in der Schulaufführung an D vergeben wurde, weil sie die größte Schleimerin ist und nicht die beste Schauspielerin; E hat es satt, die Hausaufgaben für die undankbare F zu schreiben; G hat die Nase voll von ihrer eigenen Schwester H, die keine Gelegenheit auslässt, sie schlechtzumachen; J hat ihr Baby verloren, bevor sie überhaupt merkte, dass sie schwanger war; K wurde von seinen Eltern zur Pferdetherapie geschickt, als er sich ihnen gegenüber geoutet hat.

Du kennst deine Klassenkameraden besser als je zuvor. Besser als sie sich untereinander kennen. Du befindest dich mitten im Zentrum von allem – die Augen Gottes.

Jeden Abend versuchst du vergeblich, das *Nachtschatten*-Konto zu löschen.

So beschämend es ist, so ist es doch auch eine Leistung. Aus Dunkelheit und Schmerz hast du etwas Neues erschaffen, das den Menschen etwas bedeutet. So etwas ist alles andere als leicht.

Genauso schwierig ist es, das alles wieder zunichtezumachen.

Früher am Tag
12:26 Uhr

Ich warf einen Blick auf mein Handy, während ich darauf wartete, dass Neel aus der Toilette kam. Nachdem wir Kaffee geholt hatten, machten Mom und ich im Einkaufszentrum Halt, wo zufällig Neel und seine Schwester waren (und wo sie an den meisten Samstagen anzutreffen sind). Ich ließ Mom alleine beim Einkaufen zurück und traf mich mit Neel im Food Court.

Ich hatte den Kopf gesenkt, als plötzlich Basketballschuhe neben mir auftauchten, die noch nie zum Basketballspielen benutzt worden waren. Neel fing sofort an, über unser gemeinsames *Doppelt-Berührt*-Projekt für die Erfindermesse zu sprechen.

»Ich habe recherchiert«, sagte er. »Der Glasbildschirm, den du gerade berührst, ist kapazitiv. Im Grunde genommen leitet das Display jedes Mal Strom, wenn du deine Finger drauflegst.«

Ich hörte nur mit halbem Ohr zu, ich war mehr an den Inhalten interessiert, die auf dem Bildschirm meines Handys zu sehen waren, als an seiner Funktionsweise.

»Wenn der Bildschirm auf deine Berührung reagiert, nennt man das haptisches Feedback. Genau darum geht es bei deiner Idee, allerdings mit sehr vielen Einzelschritten dazwischen. Es ist definitiv möglich. Alles nur eine Frage der Technologie. Lächelst du gerade über etwas, das ich gesagt habe, oder ist es aus einem anderen Grund?«

Ich hatte eine Nachricht gelesen und dabei wohl unbewusst gelächelt. Ich log und versicherte Neel, dass seine brillanten Erklärungen der Grund waren.

»Tegan.«

Ich schaute auf.

»Was machst du da?«

Er sagte es, als wisse er die Antwort längst. Als würde es gegen sein Ethos der Unbekümmertheit verstoßen, etwas so Ernstes anzusprechen.

»Nichts«, sagte ich und konnte ein nervöses Lachen nicht unterdrücken.

Er kaufte es mir nicht ab.

»Tut mir leid«, sagte ich und steckte mein Handy weg. »Keine weiteren Details. Patientenvertraulichkeit.«

Seine weichen Gesichtszüge wurden hart. »Du bist keine Ärztin. Du bist ein Gossip-Junkie.«

»Das ist kein Gossip. Es geht diesen Leuten um wichtige Dinge, genau wie uns.«

»Ach ja? Und warum lächelst du dann?«

Ich zog an einem losen Faden meines Sweatshirts. Statt zu reißen, wurde er immer länger.

»Komm schon, Tegan. Du hast versprochen, den Account zu löschen.«

»Das tue ich«, sagte ich. »Ganz bestimmt.«

Er sah mich so lange an, dass es schon unangenehm war.

»Was?«, fragte ich.

»Du hast total den Verstand verloren.«

Seine Turnschuhe quietschten, als er sich abwandte und wegging.

Ich folgte ihm langsam und sprach mit seinem Rücken. »Was ist dein Problem?«

Er schnaubte.

»Ich mache nichts Falsches. Ich poste nicht mehr. Das weißt du doch. Ich bin nur …«

Er drehte sich um. »Du bist *was*?«

Ich wandte den Blick ab. Wir hatten im Verlauf von wenigen Jahren viel zusammen durchgemacht. Kummer und kaputte Beats und indisches Essen und die gesamten Avengers-Filme. Er wusste alles, was es über mich zu wissen gab. Aber diesen Teil von mir – die hässlichste Wahrheit – konnte ich nicht ansprechen.

»Ich muss gehen«, sagte Neel.

»Hör auf. Du musst nicht gehen.«

»Doch, das muss ich. Ich habe noch etwas vor.«

»Mit wem?«

Jetzt war Neel derjenige, der den Blick abwandte.

»Ezra?«, fragte ich aus einer Ahnung heraus.

Diesmal war sein Schweigen so gut wie eine Antwort. Mir war bereits aufgefallen, dass er mehr Zeit mit Ezra verbrachte als sonst, seit ich über Ezra auf meinem *Nachtschatten*-Account gepostet hatte. Ich hatte es verdient, für meine Aktionen bestraft zu werden. Aber dass er mich jetzt, mitten in einem schwierigen Gespräch, einfach so stehen lassen wollte? Um was zu tun? Ich wusste, wozu die beiden sich trafen.

»Vielleicht solltest du versuchen, weniger zu rauchen«, sagte ich.

»Vielleicht solltest du versuchen, *mehr* zu rauchen«, konterte Neel. »Das würde dich vielleicht ein bisschen milde stimmen.«

»Ach ja, dann müsstest du ja Mister Liebenswürdigkeit in Person sein.«

»Hey, Kiffen ist so gut wie legal.«

»Klar doch. Ich bin sicher, deine Eltern würden das auch so sehen, wenn sie es herausfinden.«

Meine Bemerkung schien ihn wirklich verletzt zu haben. »Soll das eine Drohung sein?«

»*Nein!* Für wen hältst du mich? Das war doch nur ein Witz.«

Neel schüttelte den Kopf. »Es gibt einen Unterschied zwischen Witze machen und einfach nur gemein sein.«

»Ach komm schon, ich will nicht *gemein* zu dir zu sein.«

»Gut. Vielleicht nicht zu mir.«

Ich überlegte, was diese Worte zu bedeuten hatten, als plötzlich seine Schwester auftauchte und wir gezwungen waren, das Thema zu wechseln. Ich grübelte auch noch im Auto darüber nach, als ich mit Mom auf dem Nachhauseweg war. Und später allein in meinem Zimmer, als das Tageslicht schwand und der Schnee zu fallen begann.

Ich denke immer noch über sie nach.

Jene Nacht
1:52 Uhr

Ich stehe vor Mac, als die letzten Töne der Ballade verklingen, und frage: »Kannst du mir einen Gefallen tun?«

»Kommt drauf an.«

»Kannst du in den Wandschrank gehen?«

Ich habe ihn zum etwa hundertsten Mal an diesem Abend verblüfft.

»Im Ernst. Geh in den Schrank, bitte.«

Er starrt mich ratlos an.

Ich erkläre es ihm, soweit es mir möglich ist. »Ich muss einen Anruf machen, und ich möchte nicht, dass du zuhörst.«

»Kann ich nicht einfach in die Toilette gehen?«

»Nein, weil man dort praktisch jedes Wort hören kann. Es ist ein Anruf an … meine Mom.«

Er blickt zu mir, dann zu dem Schrank hinter ihm, dann wieder zu mir.

»Es dauert nur ein paar Minuten«, verspreche ich ihm.

Er geht zum Schrank. Dort drinnen ist es dunkel und klaustrophobisch. Er zwängt sich zwischen die lauten Heizrohre und eine Trittleiter. Der Besen, mit dem wir den Boden geputzt haben, steht in der Ecke.

»Riecht gut hier drin«, sagt Mac.

Ich schließe die Tür, gehe nach vorne und drehe den neuen Song noch etwas lauter. Dann tippe ich Neels Nummer in das Museumstelefon.

»Hallo?«, meldet sich Neel schläfrig.

Dieser standardisierte Gesprächseinstieg geht auf Thomas Edison zurück. Alexander Graham Bell bevorzugte »Ahoi«, aber Edisons Variante setzte sich durch. Wenn ich Neel mit meinem Handy anrufen würde, wäre ein »Hallo« oder »Wie geht's« oder »Hey« nicht nötig – er würde sofort anfangen zu reden. Ich bin froh, dass er überhaupt antwortet.

»Ich bin's«, sage ich.

»Tegan?«

»Ja.«

»Warum flüsterst du?«

»Ich muss leise sein.«

»Wo bist du?« Neel ist jetzt hellwach. »Deine Mutter ruft ständig an. Sie macht sich wirklich Sorgen. Ich glaube, sie hat die Polizei verständigt.«

Die Polizei? Die Sache läuft völlig aus dem Ruder. Wäre Mac nicht unerwartet im Museum aufgetaucht, würde ich schon seit Stunden wieder zu Hause sein.

»Ich rufe Mom an und sage ihr, dass es mir gut geht. Jetzt gleich. Aber zuerst ... wollte ich mit dir reden.«

Unser Gespräch heute Nachmittag könnte genauso gut ein Jahr her sein. Neel hatte recht mit seinem Vorwurf. Ich hatte ihn nur nicht hören wollen.

»Es tut mir leid«, sage ich. »Ich weiß, du hast nur versucht zu helfen. Du warst ein guter Freund, aber ich war keine gute Freundin. Ich habe mich wirklich beschissen verhalten.«

»Schon gut«, sagt Neel, als würde er nicht ganz mitkommen, und das nicht nur, weil es zwei Uhr morgens ist. Seine Sorge gilt etwas anderem. »Ist wirklich alles in Ordnung bei dir?«

»Ja«, antworte ich vage. Und dann: »Eigentlich nein. Nichts ist in Ordnung. Ich weiß nicht, was ich tun soll.«

»Wie meinst du das?«

»Es geht darum, wie ich bin. Hilf mir. Bitte. Hilf mir, ein besserer Mensch zu sein. Wie schaffe ich das?«

Ich höre ein Rascheln in der Leitung. Ich stelle mir vor, wie Neel mit dem Finger seine Touch-Sensor-Lampe berührt, sich in seinen viel zu glänzenden Boxershorts aufrichtet und seine Zahnschiene herausnimmt. Vielleicht will er auch nur Zeit schinden, um nicht in eine potenzielle Falle zu tappen, die ich ihm gestellt haben könnte.

»Ich werde nicht sauer auf dich sein«, versichere ich ihm. »Versprochen. Egal, was du sagst. Einfach raus damit.«

»Hör auf, ein Opfer zu sein«, sagt Neel.

Seine Worte fühlen sich an, als würde ich einen Wachsstreifen von meiner Kopfhaut abziehen. Es ist schwer, nicht in den Verteidigungsmodus zu schalten. Am liebsten würde ich ihm sofort etwas entgegenschleudern, aber ich habe versprochen, ihn anzuhören. Ich schlucke meinen Stolz hinunter und sage: »Erklär es mir.«

»Okay«, sagt Neel, erstaunt über meine zahme Reaktion. »Zum einen sind all die Nachrichten, die dir die Leute schicken, kein bisschen hilfreich. Im Ernst. Sie bringen dich nur durcheinander. Du merkst es nicht, aber alle anderen schon, auch wenn sie nicht genau sagen könnten, was los ist. Anderen gegenüber bist du zugeknöpft, benimmst dich wie eine verschlossene Muschel. Sogar Isla hat eine entsprechende Bemerkung mir gegenüber gemacht, und du weißt, dass Isla nicht gerade ein Fan von mir ist. Du bist nicht mehr du selbst, Tegan. In Wirklichkeit bist du ganz anders. Wenn du etwas zu sagen hast, dann sagst du es. Wenn du anderer Meinung bist, sprichst du es laut aus. Du machst keine Rückzieher. Du hast keine Angst. Du bist nicht schüchtern. Was glaubst du, wieso ich in letzter Zeit mit Ezra rumhänge?«

»Sag du es mir.«

»Wegen dir«, sagt Neel. »Nach Avis Tod gestand ich es mir nicht zu, wieder jemanden als Freund zu haben. Es war mir nicht einmal bewusst – bis du mich darauf hingewiesen hast, dass ich meine Zeit praktisch nur mit Mädchen verbringe.«

Wie schnell sich das Blatt wenden kann und neue Konstellationen entstehen. Es war mies von mir, ihm Schuldgefühle einreden zu wollen, weil er seine Zeit mit jemand anderem als mir verbringt. »Aber wieso Ezra?«

»Hör auf damit. Er ist ein netter Kerl. Und nur damit du es weißt, wir rauchen nicht nur zusammen.«

»Sex?«

Ich höre, wie er lacht. Plötzlich bin ich sogar etwas stolz darauf. Neels Freundschaft mit Ezra war mein Werk.

»Der Punkt ist«, sagt Neel, »du bist nicht *Nachtschatten*. Du bist das Gegenteil davon. Du musst *Nachtschatten* loswerden.«

Seine Worte rufen mir die ursprüngliche Bedeutung hinter meinem Pseudonym in Erinnerung: Es ist ein Gift.

»Klar, Finley Wooten ist echt nervig. Aber scheiß auf sie. Was sie denkt, ist nur eine dumme Einzelmeinung. Schließ nicht von ihr auf andere. Glaub ja nicht, dass alle anderen genauso über dich denken, denn das tun sie nicht.«

Ich brauche einen Moment, um seine Worte wirklich aufzunehmen. So klug Neel auch ist, manchmal muss ich seinen Rat ignorieren – nicht etwa, weil ich ihn ablehne, sondern weil ich nicht stark genug bin, das Richtige zu tun.

»So einfach ist das nicht«, sage ich.

»Natürlich nicht«, erwidert Neel, und sein Tonfall sagt mir, dass ich nicht die Einzige bin, die sich manchmal wie eine Zielscheibe fühlt. Manchmal, nicht immer. Vielleicht liegt darin die entscheidende Erkenntnis: der Unterschied zwischen einem Leben in der Opferrolle und einem Leben, das man einfach lebt. Neel schafft Letzteres, und ich habe vielleicht etwas verwechselt: dass jemand sich nicht beklagt, bedeutet nicht, dass er nicht getroffen ist. Wenn ich heute Abend etwas gelernt habe, dann, dass sich hinter allem Schmerz verbergen kann.

Ich weiß nicht, warum es so lange gedauert hat, aber in diesem Moment löst sich jede noch so leise Genugtuung, die ich durch das Weiterbestehen von *Nachtschatten* empfunden habe, in Luft auf. Ich bin bereit, *Nachtschatten* ein für alle Mal hinter mir zu lassen.

»Du hast recht«, sage ich.

»Ich weiß nicht, ob ich recht habe, aber du hast mich nach meiner Meinung gefragt.«

Das habe ich. Und er hat geantwortet. Eines muss ich ihm lassen: Er ist konsequent. Neel hat mir von Anfang an immer wieder dasselbe gesagt. Es ging ihm immer darum, dass ich mich in meiner eigenen Haut wohler fühle.

Er kehrt zu seiner ursprünglichen Frage zurück. »Wo bist du?«

»Ich bin im Museum.«

»Wirklich? Deine Mom meinte, Charlie habe dort bereits nachgesehen.«

Hat er das? Dann muss Charlie hier gewesen sein, als wir bei Mac zu Hause waren. Fast könnte man meinen, eine göttliche Macht hätte Mac und mich heute Abend zusammengeführt und dafür gesorgt, dass das so bleibt.

»Was machst du da?«, fragt Neel.

»Ich bin mit jemandem zusammen.«

»Mit wem?«

»Mac Durant.« Ich kann nicht glauben, dass ich das laut ausspreche.

Fassungsloses Schweigen. »Ich kapiere es nicht.«

Ich tippe mit dem Finger auf Macs Handy, das immer noch am Ladegerät hängt. »Ich weiß. Ich erkläre es dir morgen.«

Ich schaue aus dem Fenster. Der Wind wütet und zwingt die Bäume in unnatürliche Posen. Schnee wirbelt hoch und zur Seite.

Ein weißer SUV fährt die Straße entlang. Durch das wilde Schneetreiben hindurch sehe ich ein Emblem an der Seite. Das Auto kommt mit gedrosselter Geschwindigkeit näher und hält dann an.

»Ich muss auflegen.«

Ich beende das Gespräch und gehe in die Hocke. Strecke den Kopf hoch und schalte die Musik aus. Dann schleiche ich ins Hinterzimmer zu Mac in den Schrank, ziehe die Tür zu und kauere mich in der Dunkelheit neben ihn.

»Ähm«, sagt Mac. »Gibt es etwas, das du mir sagen willst?«

»Sprich leise.«

»Ich vermute, dein Telefonat ist gut gelaufen.«

»Die Polizei ist hier«, flüstere ich.

Schlagartig wird er still. Es ist die Stille vor dem Ende.

»Ist das dein Ernst?«, fragt Mac.

»Ja.«

»Warum hast du mir das nicht gesagt?«

»Das habe ich doch gerade.«

»Nicht schnell genug. Ganz und gar nicht schnell genug.«

»Bitte, halt den Mund.«

»Das musst du gerade sagen. ›Hey, wir haben ein kleines Problem. Die Polizei ist hier.‹«

»Bitte!«

Ein Klopfen an der Tür.

»Das war der Wind«, sagt Mac.

»Bist du sicher?«

»Für mich hat es sich so angehört.«

Wir lauschen und versuchen, jedes Rascheln und Raunen zu identifizieren.

»Wo hast du sie gesehen?«, fragt Mac.

»Das Auto ist die Straße entlanggefahren und hat dann angehalten.«

»Ist jemand ausgestiegen?«

»Ich weiß es nicht.«

Ich kneife die Augen zu, obwohl es stockdunkel ist.

»Bist du sicher, dass es ein Polizeiauto war?«, fragt Mac.

»Es war ein Geländewagen. Ein SUV. Er war weiß und im Schneetreiben kaum zu erkennen.«

»Scheiße. Meinst du, es hat mit unserem Notruf zu tun?«, überlegt Mac.

»Nein. Ich bin mir ziemlich sicher, dass meine Mom sie angerufen hat.«

»Hast du nicht gerade mit ihr gesprochen? Ich dachte, du wolltest ihr sagen, dass es dir gut geht.«

Hinter uns brummt die Heizung.

»Tegan«, sagt er und wartet auf eine Antwort.

Nicht einmal in meinem Versteck kann ich mich verstecken. »Ich habe sie nicht angerufen, sondern eine E-Mail geschrieben. Ich habe gesehen, dass sie mir eine E-Mail geschrieben hat, und ihr geantwortet und gesagt, dass alles in Ordnung ist und ich bald nach Hause komme.«

Lügen, Lügen, Lügen. Ich dachte, damit wäre Schluss. Dabei will ich doch eigentlich nur alles wieder in Ordnung bringen. Warum muss das so schwer sein?

»Wir sollten gehen«, sagt Mac plötzlich sehr ernst.

»Nein. Bitte. Lass uns noch ein bisschen bleiben.«

Er hat recht. Wahrscheinlich war es kein Polizeiauto. Ich bin paranoid. Trotzdem will ich mich noch nicht der Außenwelt stellen. Am liebsten würde ich es bis in alle Ewigkeit hinauszögern.

»Können wir einfach in diesem Schrank leben?«, schlage ich vor.

»Das ist aber ein Downgrade.«

Sein Atem stupst mich an. Unsere Körper sind sich so nah.

»Wir können eine neue Gesellschaft gründen«, sage ich.

»Ich habe noch ein paar Reste Beef Jerky in meiner Tasche«, sagt Mac. »Das dürfte für ein paar Tage reichen, wenn wir es rationieren.«

»Ich esse kein Fleisch.«

»Besser Fleisch als *Oreo*s.«

»Ich habe nicht gesagt, dass ich mich gesund ernähre. Ich esse nur kein Fleisch.«

»Vielleicht gibt es hier Mäuse, die wir fangen können.«

»Igitt«, sage ich. »Ich frage mich, ob Amazon in Schränke liefert.«

»Amazon *Crime*.«

Das ist so albern, dass ich lachen muss. »Wir nennen unsere neue Gesellschaft … Schrankotopia.«

»*Schrankotopia*«, wiederholt Mac versuchshalber. »Wo kein Lichtstrahl hinfällt.«

»Ein Leben in ewiger Finsternis.«

»Auf die Dauer wird es eng.«

»Nur ein bisschen.«

Ich fühle mich schon besser. »Dir ist schon klar, dass wir uns irgendwann fortpflanzen müssen?«

Stille. Vielleicht habe ich mich von meinem neu gewonnenen Optimismus etwas zu sehr mitreißen lassen.

»War natürlich ein Witz«, sage ich.

Seine Stimme vibriert im Dunkeln: »Das Leben im Schrank ist nichts für Kinder.«

»Du hast recht«, sage ich und versuche, wieder zur Besinnung zu kommen. »Es ist besser, wenn Schrankotopia mit uns beginnt und auch endet.«

»Wir sind uns selbst genug«, sagt Mac.

Ich möchte ihn küssen. Ich wollte es schon bei unserem langsamen Tanz, als wir uns in die Augen sahen, hatte aber nicht den Mut dazu. Auch er schien darüber nachzudenken, während er stumm meinen Blick erwiderte. Vielleicht habe ich ihn auch falsch verstanden. Ich bin gut im Beobachten, aber wenn es an das Interpretieren geht, gerate ich ganz schnell an meine Grenzen. Jetzt sind wir im Dunkeln. Ohne Licht wird alles zum Gefühl. Es überwältigt mich, so viel Gefühl auf einmal. Ich möchte es zulassen und die mutige und ehrliche Tegan sein, von der Neel gesprochen hat, aber ich brauche mehr, um den nächsten Schritt zu tun.

»Wenn wir zusammen eine Gesellschaft gründen wollen, müssen wir alles über einander wissen«, sage ich.

»Okay.«

»Wann ist dein Geburtstag?«

»Fünfter Juni. Deiner?«

»Am zweiundzwanzigsten September.«

»Was wäre deine Henkersmahlzeit?«, fragt Mac.

»Das ist einfach. Pasta«, sage ich.

»Bei mir auch. Aber welche Sorte?«

»Spaghetti mit roter Soße.«

»Ich bin für Lasagne«, sagt Mac. »Und ich will die ganze Auflaufform für mich allein.«

Mit ihm zu tanzen war schon unglaublich intim, aber das

hier ist eine viel intensivere Art von Nähe. Wenn er spricht, kann ich seine Stimme regelrecht spüren.

»Lieblingsfilm«, sagt Mac.

»Blöde Frage.«

»Es ist keine blöde Frage.«

»Wenn du allen Ernstes der Meinung bist, aus allen Filmen, die je gedreht wurden, einen einzigen Film auswählen zu können, hast du bei mir jede Glaubwürdigkeit verloren.«

»*Fight Club*.«

Ich verdrehe die Augen. »Typisch Kerl.« Und doch ist er eindeutig kein Fan der Avengers-Filme. »Wenn ich antworten muss, entscheide ich mich für *Wizard of Oz*.«

»Du lügst.«

»Das wirst du nie erfahren.«

Ich lüge nicht.

Mac knackt mit den Fingerknöcheln. Bei dem Geräusch verspüre ich eine leichte Beklemmung.

»Ist Mac eine Abkürzung für irgendwas?«

Er räuspert sich. »Macintyre. Aber niemand nennt mich so.«

»Dann sollte ich vielleicht damit anfangen. Der Name gefällt mir.«

»So hieß mein Großvater.«

Diesmal kann ich endlich auch mit einem Witz antworten. »Dann kannst du nie einen PC nutzen.«

»Nur Apple«, sagt Mac. »Das ist eine ungeschriebene Regel.«

Ich bin froh, dass es stockdunkel ist, denn ich grinse wie eine Vollidiotin. So viel Nervenkitzel ist fast zu viel. Überhaupt der Thrill, ihn näher kennenzulernen, und dann zu spüren, wie sehr mir gefällt, was ich entdecke.

»Moment. Ist das derselbe Großvater …« Ich halte inne.

»Dessen Platte ich ruiniert habe?«, beendet Mac den Satz.

»Ja.«

Ich wollte keinen heiklen Punkt ansprechen. Ich wollte nur die vielen einzelnen Punkte von Mac zu einem Gesamtbild verbinden.

Er wechselt das Thema. »Was machst du so außerhalb der Schule? In deiner Freizeit?«

Die einzige Aktivität, die mir einfällt, ist absolut tabu: *Schatten werfen.* »Na ja, ich lese, sehe mir Sachen an, höre *eklektische* Musik. In letzter Zeit war ich eher ungesellig. Ich schätze, ich habe einen Hang zum Einzelgänger-Dasein«, sage ich und hoffe, dass ich nicht so bemitleidenswert rüberkomme, wie es sich anhört.

»Ja«, sagt Mac. »Ich auch.«

Wirklich? Ich bin mir ziemlich sicher, dass er das Gegenteil eines Einzelgängers ist. Vielleicht versteht er unter diesem Begriff etwas völlig anderes als ich. »Du bist mit jedem befreundet.«

»Ich komme mit allen gut klar.«

»Das ist doch dasselbe.«

»Nicht unbedingt.«

Das ist Haarspalterei. »Die Leute, mit denen du *gut klarkommst* – hängst du mit denen auch außerhalb der Schule ab?«

»Natürlich. Ja. Mit einigen von ihnen«, sagt Mac.

»Dann sind das deine Freunde.«

Er stößt einen Laut aus, will mir sofort widersprechen, lässt es dann jedoch, um noch einmal nachzudenken. »Ich schätze, ich habe keine *besten* Freunde. Aber ein paar ziemlich gute. Vor allem Harrison und Glen. Und ich verstehe mich ziemlich gut mit Mike Chang. Aber da ist niemand, dem ich alles erzähle. Oder auch nur die Hälfte von allem. Niemand, zu dem ich in einem Schneesturm gehen würde.«

Interessant. Ich frage ihn: »Woran liegt das deiner Meinung nach?«

»Das weiß ich nicht genau. Ich habe wohl das Gefühl, sie würden es nicht verstehen.«

»*Was* verstehen?«

»Manchmal ist mir nicht nach Grinsen oder Witzemachen zumute. Dann heißt es sofort: ›Oh, Mac ist mies drauf‹. Als müsste ich nur mit dem Finger schnippen, um bessere Laune zu haben. Sie kapieren nicht, warum ich so bin, wie ich bin.«

Das kommt mir nur allzu bekannt vor. Natürlich denke ich dabei an Isla und Brooke. Und seit dem Telefonat mit Neel hinterfrage ich zum ersten Mal kritisch, wie es zu unserer Entfremdung gekommen ist. »Vielleicht liegt es daran, dass du dich ihnen gegenüber nicht öffnest. Nicht vollständig.«

Er schluckt hörbar. »Ich habe es versucht. Aber ich kenne nicht viele Menschen, mit denen ich diese Art von Verbindung aufbauen könnte. Eigentlich überhaupt niemanden.«

Ich möchte ihn fragen, ob das auch für die Mädchen in seinem Leben gilt, genauer gesagt seine *Freundinnen*, aber ich zögere zu lange, und dann ist die Chance vorbei.

»Es ist wohl meine Schuld«, sagt Mac. »Wenn ich eingeladen werde, finde ich oft eine Ausrede. Meistens bin ich lieber allein.«

Einige der mir zugeschriebenen Eigenschaften kommen mir in den Sinn: *verschlossen, zurückhaltend.* Nie wäre ich auf die Idee gekommen, dass sie auch auf Mac passen würden. Schon gar nicht, wenn man ihn nur aus der Ferne kennt. Von einem Buchcover kann man nicht immer auf den Inhalt schließen. *Der Schein trügt.* Ich fand diese Redewendung schon immer doof – auch wenn sie wahr ist.

Das bringt mich zurück zur Ausgangsfrage. »Wenn du nicht gerne unter Leute gehst, was machst du dann zum Spaß?«

Er zögert und sofort erkenne ich meinen Fehler. Ich weiß, was er sagen wird, noch bevor er es ausspricht.

»*Früher* war es Fußball«, sagt Mac.

Autsch. Das tat weh.

»Ich spiele schon so lange, dass ich gar nicht weiß, was ich jetzt mit mir anfangen soll«, sagt Mac. »Und mein Zuhause ist nicht unbedingt ein Ort, an dem ich länger als nötig herumhängen möchte.«

Er brennt so sehr für Fußball, dass er sogar Salsa gelernt hat, um einen Vorteil im Wettkampf zu haben. *Salsa!* Und jetzt ist er nicht nur seiner einzig wahren Leidenschaft beraubt, sondern hat auch seine wichtigste Zuflucht vor dem Wahnsinn zu Hause verloren – alles meinetwegen.

»Was, wenn du wieder ins Team zurückkehrst?«, frage ich ihn. »Ich verstehe, warum du gegangen bist, aber …«

Ich wünschte, ich würde es weniger gut verstehen.

»Es geht nicht darum, wie viele Leute das Video gesehen haben. Das ist mir ehrlich gesagt egal«, fährt Mac fort. »Es hat auch schon zuvor Gerüchte über meinen Vater gegeben. Aber die Person, die das Video gemacht hat – wie muss man sein, um jemandem so etwas anzutun? Wer auch immer es ist, ich habe ihn für einen Freund gehalten. Er war mein Teamkollege. Wenn er mir etwas zu sagen hat, dann hätte er damit zu mir kommen sollen, verstehst du?«

»Ich weiß«, sage ich. Es fühlt sich an, als würde mein Magen geschreddert werden. Auf welchem Weg ist das Video überhaupt zu mir gelangt? Ich bin mir ziemlich sicher, dass niemand in Macs Team auf unsere Schule geht. Hat *Nachtschatten* inzwischen einen Ruf erlangt, der über die Stadtgrenzen hinausreicht? Der Gedanke erschreckt mich.

»Das ist einfach nur falsch«, sage ich, »wenn du dir von einer einzelnen Person das wegnehmen lässt, was du liebst und worin du gut bist.«

Ein weiser Rat. Direkt von meinem Guru.

»Ich habe mir überlegt, den Winter über in einem Hallenliga-Team zu spielen«, sagt Mac. »Es gibt eines in diesem neuen Sportzentrum an der Route 1. Aber in letzter Zeit fällt es mir schwer, mich zu motivieren.«

Ich bin erleichtert, dass er vielleicht doch noch einen Weg finden kann, das zu tun, was er so liebt. Und es beruhigt mich, dass sogar *er* manchmal keinen Antrieb aufbringen kann. Insgeheim wünsche ich mir, dass er wieder anfängt, Fußball zu spielen, nur damit ich ihm dabei zusehen kann.

»Ich bin unschlüssig«, sagt er.

Ich weiß nicht genau, worauf sich das bezieht, aber irgendwie verstehe ich total, was er meint.

Er verlagert sein Gewicht und seine Hand streift meine. Ich ziehe sie weg. Ich wünschte, ich wäre mutig genug, sie dort zu lassen.

»Was ist dein schlimmster Makel?«, frage ich und würde mir am liebsten die ganze Hand abreißen.

Es herrscht eine dunkle Stille, während er überlegt. »Ich denke, ich versuche manchmal zu sehr, die Leute glücklich zu machen.«

Der Gedanke breitet sich wie Unkraut in meinem Kopf aus. Ich meinte einen *körperlichen* Makel, aber er hat es missverstanden.

»Und deiner?«, fragt Mac.

Meine schlimmste Charakterschwäche ist das komplette Gegenteil von seiner.

»Ich versuche manchmal zu sehr, andere unglücklich zu machen.«

Er lacht, hält es für einen Scherz. Aber mein Schweigen belehrt ihn rasch eines Besseren. Unbehagliche Stille tritt ein. Ich schlinge die Arme um meine Knie. Mache mich so klein, wie es nur geht.

»Tja«, sagt Mac. »Gut, dass wir in Schrankotopia sind. Wo man keine Konsequenzen fürchten muss.«

Unsere Körper berühren einander, als ich viel zu tief Luft hole. »Ich liebe Schrankotopia.«

»Schrankotopia liebt dich«, sagt Mac.

Er sollte dieses Wort nicht benutzen. *Liebe*. Auf seinen Lippen ist es viel zu gefährlich.

Neel hat gesagt: *Keine Rückzieher. Keine Schüchternheit. Keine Angst.*

»Ich bin neugierig«, sage ich und verziehe das Gesicht. »Bist du ... mit jemandem zusammen?«

Die Zeit bleibt stehen. Mein Atem stockt. Gleich bekomm ich einen Schlaganfall.

Seine Antwort kommt gedehnt, als würde eine Schallplatte mit halber Geschwindigkeit abgespielt: »Nein.«

Ich atme lautlos aus wie eine Ninja.

Was nun? Was macht man in so einer Situation als Nächstes?

Sei eine Ninja, Tegan. Sei eine Ninja.

»Warum hast du mich noch nicht geküsst?«, frage ich ihn.

Diese Ninja ist *verrückt*.

»Weil ich ein bisschen Angst vor dir habe«, sagt Mac.

Irgendetwas in mir wird freigesetzt, ich gehe aufs Ganze, aber viel zu schnell ... und krache mit dem Gesicht gegen seinen Schädel. Das Szenario: Kopfpochen und potenzielle Gehirnerschütterung. Eine Shakespeare'sche Tragödie. »Es tut mir *so* leid«, sage ich und sinke beschämt in mich zusammen.

Aber ich werde gepackt und herangezogen, und diesmal treffe ich auf Sanftheit – *Lippen, seine, meine, immer und immer und immer wieder.*

Jene Nacht
2:21 Uhr

Die Tür schwingt auf, unsere Wärme entweicht in einem dampfigen Nebel. Obwohl ich mir nichts sehnlicher wünsche, können wir nicht für immer im Schrank bleiben. Wir haben völlig ausgeblendet, wie unbequem es hier drin ist, und jetzt zahlen wir den Preis dafür. Er macht sich in Nackenschmerzen bemerkbar, da wir wie zwei Hälften einer zusammengequetschten Brezel aufeinanderhocken. Unsere Beine kribbeln, unsere Haare sind feucht von der aufgeladenen Luft, die wir uns teilen. Nacheinander krabbeln wir hinaus.

Ich werfe einen Blick in den Gang, halb in der Erwartung, jemanden zu sehen, der durch das vordere Fenster hereinstarrt. Aber abgesehen von uns beiden gibt es keinerlei Anzeichen von Leben.

Ich lasse mich auf die Bank sinken. Mac setzt sich auf einen der Ausstellungstische, und ich bringe es nicht übers Herz, ihm zu sagen, dass er runtersteigen soll. Er ist nur ein paar Schritte von mir entfernt im Hinterzimmer, aber es ist viel zu weit weg. In der dunklen Abstellkammer an ihn gepresst, habe ich mich unbesiegbar und frei gefühlt. Jetzt, wo Licht und Abstand zwischen uns sind, fühle ich mich wieder klein und zur Schau gestellt, und das lässt die Zweifel in mir zurückkehren. Eben noch habe ich ihn geküsst und er hat mich geküsst, und jetzt wage ich es kaum, ihn anzusehen. Wie schaffe ich es zurück in seine Arme? Der Weg scheint so lang.

Mac baumelt unterdessen mit den Beinen und genießt nach der Enge von Schrankotopia den freien Raum um sich herum. Ich weiß, dass er einige Freundinnen hatte, also war es wahrscheinlich keine große Sache für ihn, mich zu küssen. War es nur Spaß oder mehr? War es schlecht oder außergewöhnlich? War es eine Wiederholung wert?

Er inspiziert ein Gerät zu seiner Rechten. »Was ist das?«

Ich bin froh, dass er etwas sagt, irgendetwas, denn ich weiß nicht mehr weiter.

»Eine Handbatterie«, antworte ich. »Die eine Seite ist aus Silber, die andere aus Kupfer. Wenn du deine Hände draufdrückst, zeigt die Nadel, wie viel Strom durch deinen Körper fließt.«

Er legt seine Hände auf das Gerät und liest den Zähler ab.

»Zweiundachtzig. Was bedeutet das?«

»Das bedeutet, dass du heiß bist. Ich meine, dein Körper ist es.« Ich tue so, als wäre es mir nicht so peinlich, dass ich am liebsten im Boden versinken würde. Kann sein, dass Mac der Klang meiner Stimme gefällt, aber im Moment hasse ich sie.

Er scheint stolz auf den hohen Wert zu sein. Meiner ist im Sechziger-Bereich.

»Manche Leute sagen, je höher die Elektrizität im Körper, desto anfälliger ist man, vom Blitz getroffen zu werden. Aber ich glaube nicht, dass das wahr ist.«

»Du glaubst, dass gar nichts wahr ist«, erwidert Mac.

»Das ist nicht wahr.«

»Da, das war der Beweis.«

Ertappt. »Es fällt mir eben schwer, blindlings an Dinge zu glauben, die andere gar nicht hinterfragen.«

Mac sieht mich durchdringend an. »An irgendetwas musst du glauben.«

Aber wie? Seit ich denken kann, zweifle ich. Die Handbatterie weckt eine dieser Erinnerungen in mir, die ich nicht vergessen kann, egal, wie sehr ich es versuche. Ich beschließe, sie zu erzählen, weil es in unserer neuen Schrankotopia-Gesellschaft keine Konsequenzen gibt. Mac hat es versprochen.

»Als ich klein war, habe ich in der Schule einen Handabdruck gemacht«, sage ich. »Du weißt schon, man taucht die Hände in Farbe und drückt sie dann aufs Papier. Aber natürlich sah der Abdruck meiner linken Hand nicht wie alle anderen aus.«

Ich schlage mein noch immer etwas steifes Bein über das andere und ziehe den Fuß auf meinen Oberschenkel. Mein Fingernagel schnippt gegen das harte Ende des Schnürsenkels.

»Ich brachte das Blatt mit nach Hause und meine Eltern klemmten es an unseren Kühlschrank. Dort hing es viele Jahre. Ich weiß nicht einmal genau, wie lange. Ich weiß nur, dass wir einen neuen Kühlschrank bekamen und sie es auch an den neuen Kühlschrank klemmten. Aber eines Tages war es weg.«

Ich schnipse den Schnürsenkel zur Seite. Ich blicke zu Mac hinüber und stelle fest, dass er mich direkt ansieht.

»Was hast du damit gemacht?«, fragt Mac.

»Woher weißt du, dass ich es war?«

Es scheint ihm peinlich zu sein, dass ich das frage. Es ist ihm peinlich für *mich*. Egal was ich zu wissen glaube, immer hinke ich hinterher und versuche, ihn einzuholen.

»Ich habe es zerrissen und in den Müll geworfen«, sage ich.

Er senkt den Blick, als hätte ich ein Kunstwerk von ihm zerstört.

»Meine Eltern fragten, was damit passiert sei. Ich sagte, ich wüsste es nicht. Sie haben mir nicht geglaubt, aber sie haben es auch nie wieder erwähnt.«

Der Wind heult, als würde er seinen eigenen Schmerz loswerden wollen.

»Ich fühlte mich schrecklich. Ich spielte mit dem Gedanken, ihnen ein neues zu schenken, aber es wäre nicht dasselbe gewesen. Meine Hände waren damals so klein, als ich den Abdruck gemacht habe.«

Mac sagt nichts, was mich zunächst stört. Aber dann wird mir klar, dass er mit seinen Gedanken bei seinen eigenen destruktiven Aktionen ist.

»Du wusstest nicht, dass die Platte, die du zerkratzt hast, deinem Großvater gehört hat«, sage ich. »Wie kann das sein? Hat dir dein Vater das nie erzählt?«

Seine Augenbrauen schießen in die Höhe, als wunderten auch sie sich, wie so etwas sein kann. »In meiner Kindheit waren die Eltern meines Vaters immer da. Sie kamen zu uns nach Hause zu Geburtstagen, Thanksgiving, Weihnachten. Aber irgendwann blieben sie fort und auch später kamen sie nie wieder. Keiner sagte etwas. Es gab keinerlei Erklärung.« Er scheint es immer noch nicht fassen zu können. »Ein paar Jahre später fand ich meinen Vater weinend im Keller. Es war das erste Mal, dass ich ihn weinen sah. Das einzige Mal. Ich fragte meine Mutter, was los sei, und sie sagte mir, Opa sei gestorben. Wir waren noch nicht mal auf der Beerdigung.«

Ich sage Worte, von denen ich weiß, dass sie nicht ausreichen: »Es tut mir leid.«

»Ich wusste, dass es seltsam war, nicht zur Beerdigung des eigenen Großvaters zu gehen, aber bis vor Kurzem war mir nicht klar, *wie* seltsam. In meiner Familie ist das normal. Tanten, Onkel, Freunde, sie verschwinden aus unserem Leben und niemand verliert ein Wort darüber. Ich fange gar nicht erst an, mir den Kopf zu zerbrechen über all die Leute, die mein Vater von sich gestoßen hat.«

Er seufzt mit zusammengebissenen Zähnen. Mac ist viel mehr Einzelgänger, als ich dachte, und das aus Gründen, die er nicht zu verantworten hat. »Warum wollte dein Dad nicht zur Beerdigung?«

»Ich glaube, er wollte. Er konnte sich nur nicht dazu durchringen. Er und mein Opa hatten wahrscheinlich irgendeinen dummen Streit und waren beide zu stur, um ihn beizulegen. Es ist einfach nur traurig.«

Ich habe das Gleiche gedacht. Aber ich vermute, er meint es eher im Sinn von erbärmlich und nicht herzzerreißend.

»Ich hatte keine Ahnung, dass genau diese Platte ein Familienerbstück war«, sagt Mac. »Ich hätte es gerne gewusst. Vielleicht hätte ich sie mir gerne angehört. Aber es überrascht mich kein bisschen, dass niemand auch nur ein Wort darüber zu mir gesagt hat.«

Es tut mir unendlich leid für ihn. Er konnte sich nie von dem Mann verabschieden, nach dem er benannt wurde. Und dann hat er auch noch unwissentlich ein Erinnerungsstück an ihn zerstört. Es war viel mehr als eine Platte mit Musik. Sie enthielt die Lebensmelodie eines Mannes.

»Hast du versucht, sie zu ersetzen?«, frage ich.

»Ja«, antwortet Mac, der offensichtlich keine Lust mehr auf das Thema hat. »Ohne Erfolg. Es handelt sich um einen Spezialimport aus England oder so.«

Mag sein, dass Macs Vater nur bekommen hat, was er verdient, aber für meine Eltern gilt das nicht. Der Abdruck der Hände war anfangs mein eigenes kleines Kunstwerk, aber dann gehörte es ihnen. Ich habe es kaputt gemacht, schlimmer noch, ich habe ihren kostbaren Mythos zerstört. Den festen Glauben daran, dass meine Hand normal sei, ja sogar besser als normal. Durch meine Tat führte ich ihnen vor Augen, dass ich diesen Glauben nicht teilte. Ich habe es nie geschafft, mich ihrer schönen Illusion hinzugeben. Gerade eben, in Schrankotopia, als Mac mein Gesicht berührte, meinen Nacken, mein Haar, da habe ich nur eine Hand auf seinen Rücken gelegt, während ich die andere vor ihm versteckte.

Das habe ich schon immer getan. Ich verberge meine Hand. Ich merke nicht einmal, dass ich es tue. Es ist zur Gewohnheit geworden. Aber heute Abend, da *gab* es Augenblicke, in denen ich entweder vergessen hatte, sie zu verstecken, oder es nicht konnte.

Zum Beispiel, als ich Macs Hand bandagierte oder Liegestütze machte oder Salsa tanzte. War es so schlimm, sie für ein paar Momente zu vergessen? Für mich nicht. Aber was ist mit Mac?

»Hältst du …«

Er wartet geduldig, bis ich weiterspreche.

»Halten die Leute mich für hässlich?«, frage ich.

Seine Augen weichen mir aus und seine Wangen röten sich.

»Ich weiß nicht, was die Leute denken«, sagt Mac und starrt auf den Boden. »Ich meine, es ist ja wohl offensichtlich, wie hübsch du bist.«

Jetzt fangen *meine* Wangen zu brennen an. »Ich meinte wegen meiner … weil ich anders aussehe.«

Er hebt den Kopf und begreift, worauf ich anspiele.

»Aber was du gerade gesagt hast … das war wirklich schön«, füge ich hinzu.

Dass ich für Mac *offensichtlich* hübsch bin, muss ich erst einmal verkraften. Neel findet mich hübsch und geht davon aus, dass mir das bewusst ist, aber bei ihm ist das so, als würde der eigene Bruder es sagen.

»Ehrlich gesagt, habe ich gar nicht an deine Hand gedacht«, erwidert Mac. »Okay, sie sieht vielleicht ein bisschen anders aus, aber nein, ich finde nicht, dass sie hässlich ist. Oder dich hässlich macht. Nicht eine Sekunde lang.«

Auch das ist so nett von ihm – einfach »deine Hand« zu sagen, statt sie zu umschreiben oder das Thema komplett zu umgehen. Und trotzdem ist auch das für mich schwer zu glauben.

»Manchmal wünsche ich mir, ich wäre wie alle anderen«, sage ich.

»Nein«, widerspricht Mac sofort. »Das willst du nicht.«

Ich kann nur die Augen verdrehen, wenn ich das von jemandem höre, der so unbestreitbar gut aussieht. »Du hast leicht reden.«

»Komm schon. Jeder hat etwas, das er gerne an sich ändern würde. Das ist völlig normal.«

»Ach ja? Was ist es bei dir?«

Mac zeigt auf sich selbst.

»Was?«, frage ich.

»Meine Nase«, sagt er, als wäre es offensichtlich.

»Was ist mit ihr?«

»Ich mag sie nicht. Sie ist zu groß für mein Gesicht.«

»Du bist verrückt«, sage ich und merke im selben Moment, dass ich es nicht ausstehen kann, so bezeichnet zu werden, was mich wohl zu einer echten Heuchlerin macht.

»Ich kann's nicht ändern«, sagt Mac. »Und du kannst mich nicht umstimmen.«

Es ist eine Art von Selbstgewissheit, die anscheinend typisch männlich ist. Ich würde mir gerne eine Portion davon abschneiden.

»Also ich mag deine Nase«, sage ich. »Ich finde, sie macht dich einzigartig.«

»Das Gleiche hätte ich über deine Hand sagen können«, erwidert Mac.

»Aber das hast du nicht.«

»Nur weil ich wusste, dass du mir nicht glauben würdest, wenn ich es täte.«

Verdammt, er ist gut.

Er ist nicht der Erste, der mich ermutigen will, meine Hand als eine Art Geschenk zu betrachten. Das haben bereits meine Eltern und natürlich auch Neel. Brooke hat mich überredet, einigen Leuten online zu folgen, um mich von Vorbildern inspirieren zu lassen, wie beispielsweise Bethany Hamilton, die das Surfen nicht aufgab, nachdem ein Hai ihr den Arm abgebissen hatte, oder Jordan Reeves, der ohne Hand und Unterarm geboren wurde und eine Prothese erfand, die Glitzer sprüht. Sogar Charlie hat einen Versuch unternommen. *Was ist mit Ray Charles?*, hat er gefragt. *Stevie Wonder? Django Reinhardt? Djangos linke Hand war verstümmelt, aber er war einer der besten Gitarristen, die es je gab. Er hat einen völlig neuen Stil geschaffen.*

Aber kann eine Hand nicht einfach nur eine Hand sein? Nur weil meine von Geburt an anders ist, heißt das doch noch lange nicht, dass ich die Welt verbessern muss?

»Charlie versucht hartnäckig, mir Klavierspielen beizubringen«, sage ich. »Er denkt, ich würde dann meine Hand mit anderen Augen sehen.«

»Du meinst *den* Charlie Most?«

»Genau den.«

»Du hast mir immer noch nicht gesagt, wer er ist.«

»Er ist der Freund meiner Mutter. Er wohnt bei uns.«

Mac versucht, diese Information mit dem Bild in Einklang zu bringen, das er von Charlie hat. Er zieht die Beine an und setzt sich im Schneidersitz hin. »Magst du ihn?«

»Ja. Ich mag Charlie Most.«

»Du klingst so traurig, wenn du das sagst.«

Das ist nur der Klang meiner Schuldgefühle.

»Ist das sein richtiger Name?«

Darüber habe ich auch schon nachgedacht. »Ich glaube, es ist ein Künstlername.«

»Du hast nie gefragt?«

»Nein. Ich will ihm nicht zu nahe treten. Er ist ein offenes Buch, bei fast allem – aber nicht, wenn es um seine Musik geht. Er möchte, dass dieser Teil seines Lebens sein Geheimnis bleibt. Das kann ich nachvollziehen.«

Mac kneift die Augen zusammen und mustert mich, als säße das eigentliche Geheimnis direkt vor ihm. Er hat natürlich recht. Ich hatte gehofft, der Kuss würde meinen flattrigen Magen beruhigen, aber er hat alles nur noch schlimmer gemacht.

Als Mac noch unerreichbar schien, konnte ich mein Geheimnis leichter verdrängen. Jetzt, wo ich weiß, wie es ist, ihn anzufassen, seine Haut an meiner zu spüren, frisst die Scham mein Innerstes auf. Ich muss mich von diesem Übel befreien.

»Vielleicht solltest du es mal versuchen«, sagt Mac. »Das mit dem Klavier.«

»Oh«, sage ich, denn ich habe schon vergessen, worüber wir gesprochen hatten. »Das interessiert mich nicht.«

Mac scheint über meine Begriffsstutzigkeit zu staunen. »Denkst du allen Ernstes, ich interessiere mich für Dads alte Platten? Ich höre sie mit ihm an, weil er mich darum bittet und ich mich schlecht fühle, wenn ich Nein sage. Charlie versucht nur, dir eine Hand zu reichen. Das ist alles.«

Dad,

sie ist einfach zum Kotzen. Sie hat Charlie bei uns einziehen lassen. Jetzt schlafen sie in deinem Bett. Deinem Bett! Wie konnte sie dir das antun? Sie ist eine Schlampe.

Aber sie lässt mir mehr Ruhe, jetzt wo er da ist. Ich kann mich stundenlang in meinem Zimmer verstecken und niemanden kümmert es. Das ist toll.

Ich hab dich lieb,
Tegan

Tegan,

deine Mutter ist keine Schlampe. Lass uns fair bleiben. Sie hat viel Zeit vergehen lassen, bis er einziehen durfte. Das hat sie gemacht, um dich zu beschützen. Dabei hat er sie schon bei der Hypothek unterstützt. Wenn er dafür bezahlt, sollte er in dem Haus auch wohnen dürfen. Und sie hat mich nicht vergessen. Sie hat immer noch meine Fotos da stehen. Es muss schwer für dich sein, die Dinge aus ihrer Sicht zu sehen, aber versuch es bitte.

Alles Liebe,
Dad

Dad,

ich habe versucht, Charlie zu hassen. Er schien zu gut, um wahr zu sein. Aber er ist wirklich nett und hilfsbereit und nimmt nichts krumm. Nur wenn er über Musik spricht, wird er ernst. Er sagt, Mom weiß, wie wichtig ihm seine Musik ist, und sie versucht gar nicht erst, ihn zu ändern.

Ich habe immer Nein gesagt, sobald er mir angeboten hat, mich irgendwo hinzufahren. Oder wenn er mir Essen gemacht hat, habe ich ihm gesagt, ich hätte keinen Hunger. Aber er kann wirklich gut kochen. Ich weiß nicht, wie ich weiter Nein zu ihm sagen kann. Ist das falsch? Ich fühle mich, als würde ich etwas Schlimmes hinter deinem Rücken tun.

Ich hab dich lieb,
Tegan

PS: Ich fühle mich schrecklich wegen dem, was ich über Mom gesagt habe. Ich habe es nicht so gemeint.

Tegan,

ich weiß, dass du es nicht so gemeint hast. Das tust du nie.

Und es ist nichts falsch daran, Charlie zu mögen. Es wäre seltsam, wenn du es nicht tun würdest. Er ist ein sehr sympathischer Mensch.

Alles Liebe,
Dad

Früher am Tag
16:24 Uhr

Es war nur noch ein blasser Rest von Tageslicht in meinem Zimmer, als der melodische Gesang eines zwitschernden Vogels vor meiner Tür erklang. Charlie klopft nie. Stattdessen pfeift er eine rätselhafte Melodie, immer dieselbe.

»Komm rein«, sagte ich.

Er öffnete die Tür weit genug, um seinen Kopf hereinzustecken. Der große, glänzende Kragen seines Hemdes bedeutete nur eines: *Showtime.* Wenn die Vorhersage recht behielt und das Wetter wirklich so schlecht werden würde, wäre es am besten, er würde gar nicht erst losfahren.

»Musst du auch spielen, wenn ein Schneesturm im Anmarsch ist?«, fragte ich.

»*Müssen*?«, gab Charlie zurück. »Du siehst das falsch. Ich habe mich schon die ganze Woche darauf gefreut. Außerdem sagt niemand eine Hochzeit ab, nur weil es schneit. Wenn Leute heiraten wollen, dann heiraten sie auch.«

Ich frage mich oft, ob Charlie Mom längst einen Antrag gemacht hätte, wenn es mich nicht gäbe. Ich dachte immer, eine neue Ehe würde das Ende der Welt bedeuten, aber das war, als der neue Mann an ihrer Seite für mich noch ein Fremder war.

»Hör mal«, sagte Charlie. »Wegen des Abendessens. Ich weiß zufällig, dass deine Mom heute gerne mit dir zusammensitzen und ein bisschen Zeit mit dir verbringen würde.«

»Ein bisschen Zeit mit mir verbringen?«

»Ich will damit nur sagen, dass du vielleicht irgendwann mal nach unten gehen könntest.«

Ich stellte mir Mom vor, wie sie die Lebensmittel auspackte, für die sie extra eine Einkaufstour im Schnee gemacht hatte.

Charlies kräftige Musikerfinger griffen nach dem Türknauf. »Dann bis morgen früh.«

Bevor er die Tür schloss, sagte ich: »Früher hat sie gekocht, weißt du.«

»Hab ich schon gehört.«

»Sie kann es immer noch. Du musst es nicht für sie tun.«

Charlie schüttelte den Kopf, als wäre ich der dümmste Mensch, den er je gesehen hat. »Ich tue einige Dinge in meinem Leben, obwohl ich sie nicht unbedingt tun will. Aber ich kann dir sagen, für dich und deine Mutter zu kochen, gehört nicht dazu.«

Ich sagte ihm, er solle die Tür offen lassen. In ein paar Minuten würde ich nach unten gehen und tun, worum er mich bat: Ich würde versuchen, ein bisschen Zeit mit ihr zu verbringen.

Jene Nacht
2:39 Uhr

»Ich brauche frische Luft«, sagt Mac und springt vom Ausstellungstisch.

Ich nehme an, unsere gemeinsame Zeit ist zu Ende. Wir haben uns geküsst und jetzt will er weg.

Er fährt sich mit der Hand über den Kopf und ein Haarbüschel bleibt aufrecht stehen. Seine Stirn ist verschwitzt. Die letzten Spuren des schwülen Klimas in Schrankotopia.

»Ich möchte in den Turm«, fügt er erklärend hinzu. »Dieses Licht, das nie erlischt … zeigst du es mir?«

Er will also doch nicht gehen. Zumindest nicht ohne mich.

Ich stehe auf und ziehe seine Jacke über. Reißverschluss zu, Knöpfe zu, Kapuze hoch.

»Ja«, sage ich, und diesmal kann ich es kaum erwarten, durch den Permafrost zu stapfen.

Auf einem Schild an der Hintertür steht *NOTAUSGANG.* Mac, jetzt mit der Wollmütze, die er für kurze Zeit an die Edison-Büste ausgeliehen hat, entriegelt die Tür, aber sie leistet Widerstand. Der Wind drückt gegen sie. Mac stößt sie auf und die gestaute Wärme strömt nach draußen. Schnee häuft sich auf unseren Schuhen.

Wir stehen auf der Schwelle. Die Temperatur ist tödlich. Und doch fühle ich mich unglaublich lebendig.

Wir gehen weiter. Normalerweise wäre es nur ein Sekundenspaziergang. Es sind keine zwanzig Meter, aber bei diesem Wetter erfordert der Weg schwere, mühsame Schritte. Wir gehen nicht, wir klettern. Es ist wie in dem Film über das Bezwingen von Berggipfeln, den ich einmal gesehen habe. Männer, die mit einem Seil verbunden sind. Das eigene Leben in den Händen des anderen. Wir sind nicht physisch aneinandergebunden, Mac und ich, und wir berühren uns auch nicht, aber ich fühle, dass mein Leben von ihm abhängt.

Flocken stechen mir scharf in die Augen. Ich blinzle und schaue nach unten. Die Bedingungen könnten nicht schlimmer sein. *Wild, heftig, unerbittlich.* Ich frage mich, ob der Gouverneur den angekündigten Notstand ausgerufen hat.

Die riesige Glühbirne auf der Spitze des grauen Turms ist ein Leuchtfeuer für uns. Sie ist das Einzige, was stark genug ist, um sich gegen diese bedrohliche Naturgewalt zu behaupten. Wir steigen die kleine Anhöhe zu der Plattform hinauf und erreichen den Fuß des Turms. Geriffelt wie ein Schraubenziehergriff schirmen die hohen Zementmauern uns ab. Das Bauwerk ragt neun Stockwerke in die Höhe und ähnelt einer zum Weltallflug bereiten Rakete. Und genauso intergalaktisch ist unsere Mission. Ich kämpfe mich mit dem Schlüssel ab. Mac bietet mir seine Hilfe an, und diesmal nehme ich sie widerstandslos an.

Der Schlüssel dreht sich im Schloss, die Tür fliegt auf und knallt gegen die Wand. Wir eilen ins Innere und drücken die Tür hinter uns zu. Den Wind haben wir ausgesperrt, aber nicht die Kälte. Hier drinnen ist es sogar noch eisiger. Und dunkler.

Der Raum ist kaum größer als ein Wandschrank. Kahles Mauerwerk, beklemmend leer. Bis auf eine Säule in der Mitte. Und auf der Spitze der Säule das, was uns hergeführt hat: das Ewige Licht.

Es gibt nicht viel zu sehen. Die Beleuchtung ist lausig. Schwach und unstet. Die Glühbirne ist trübe. Wie ein billiges Spielzeug mit leeren Batterien.

»Was für ein Anblick«, sagt Mac. »Blendend.«

»Ich habe dich gewarnt«, sage ich.

»Na ja, ich hoffe, mir geht noch ein Licht auf.«

»Du bist der Erste, der diesen Witz macht, weißt du das?« Mein Sarkasmus lässt sich nicht einmal durch vor Kälte klappernde Zähne aufhalten.

»Na dann«, sagt Mac. »Also warum tust du nicht so, als wäre ich einer der unlustigen Typen auf einer deiner Touren? Was würdest du mir gerne erzählen?«

So vieles. Ich wünschte, ich könnte alles sagen. Meine Jacke quietscht, als ich die Arme verschränke. »Die Glühbirne ist aus einem bestimmten Grund an dieser Stelle angebracht worden«, sage ich.

Die dicken Mauern dämpfen den Rhythmus des wütenden Sturms und der höhlenartige Raum verstärkt meine Stimme.

»Angeblich stand genau an dieser Stelle Edisons Schreibtisch. Hier hatte er die Ideen für einige seiner berühmtesten Erfindungen.«

Die Glühbirne spendet ein dämmriges Licht für meine Lagerfeuererzählung. Ich sehe nur Macs schemenhaften Umriss.

»Ich habe die Geschichte geglaubt«, sage ich und denke

daran, wie mein Vater mich das erste Mal hierherbrachte. »Ich dachte, das Licht hätte eine besondere Macht. Ich kam her, um mir etwas zu wünschen.«

Der leere Raum klingt wie eine Kirche. Er verlockt zu einer Beichte.

»Ich wünschte mir immer wieder, dass mein Dad zu mir zurückkommt. Ziemlich dumm, ich weiß.«

»Ist es nicht«, sagt Mac. »Ich wünsche mir ständig irgendetwas. Ich wünsche mir, mein Dad würde seinen Scheiß auf die Reihe kriegen. Ich wünsche mir eine normale Familie. Das wird zwar nie passieren, aber …«

»Das kannst du nicht wissen. Wünsche können wahr werden.«

Er denkt darüber nach und richtet seinen Blick wieder auf die trübe Glühbirne. »Vielleicht erfüllt sie unsere Wünsche nur, wenn wir sie berühren.«

»Wie wenn man an der Lampe eines Flaschengeists reibt?«

»Genau«, sagt Mac.

»Wir dürfen sie nicht anfassen.«

»Wir dürfen auch alles andere nicht.«

Er nimmt seine Hand – die unverletzte – aus der Jackentasche und legt seine Handfläche an die Seite der Glühbirne.

Ich zögere, aber nur eine Sekunde lang. Es ist nur ein Spiel, und ich spiele mit. Ich hebe die Hand, meine linke Hand, und lasse sie kurz über der Lampe schweben. Dann senke ich sie. Unsere Hände berühren die beiden gegenüberliegenden Seiten des Glases – getrennt, aber verbunden.

»Wünsch dir was«, fordert er mich auf.

»Wir müssen zuerst die Augen schließen«, sage ich.

Er tut es. Ich starre ihn an, seine geschlossenen Augen, so süß, ruhig und vertrauensvoll. Er strahlt sein eigenes Licht aus, stärker als das, weswegen wir hergekommen sind. Ich folge seinem Beispiel, schließe meine Augen. Wir bringen unsere stillen Wünsche vor. Ich wünsche mir, dass diese Nacht nie endet. Ich wünsche mir, ich könnte alles zurücknehmen, was ich getan und gesagt habe. Ich wünsche mir, mein Vater würde für mich zurückkehren. Ich wünschte, Wünsche würden wahr werden.

Wir öffnen unsere Augen. Ich möchte fragen, was Mac sich gewünscht hat, aber dann müsste ich meine eigenen Wünsche preisgeben.

»Was jetzt?«, frage ich.

»Jetzt warten wir.«

»Können wir das im Museum machen? Mir ist eiskalt.«

»Gute Idee«, sagt Mac.

Wir verlassen den Turm und ich schließe die Tür ab.

Mac wartet still im Schnee und blickt in die entgegengesetzte Richtung. Ich habe zu lange mit dem Schlüssel herumhantiert und Mac hat sich in eine Eisstatue verwandelt.

»Schau dir das an«, sagt er.

Ich kann ihn hören. Ich kann ihn sehen. Der Wind hat sich gelegt, der Schnee schläft. Es ist, als hätte Gott den Aus-Schalter umgelegt und der Welt Gute Nacht gesagt. Aber wir sind noch wach. Oder etwa nicht?

Ich trete neben Mac und schaue zu den umliegenden Gebäuden. Es ist wie bei Trickbildern, bei denen das Gehirn nicht sofort klarkommt. Mein Kopf neigt sich, meine Augen verengen sich, mein Verstand wirbelt. Was sehe ich da vor mir?

»Die Lichter sind aus«, sagt Mac.

Das Bild wird schärfer. Aber die Häuser auf der anderen Straßenseite sind unsichtbar. Die Straßenlaternen sind aus. Ich drehe mich zum Museum. Ich kann es kaum erkennen, obwohl es so nah ist. Das Licht am Eingang ist nicht an. Es hat eine Zeitschaltuhr und bleibt normalerweise die ganze Nacht eingeschaltet. Jede Nacht. Auch heute. Bis jetzt.

»Was ist hier los?«, frage ich.

»Es hat wohl einen Stromausfall gegeben«, sagt Mac.

Das ergibt keinen Sinn. Wir sind nur ein paar Minuten weggewesen.

Das Einzige, was sich nicht verändert hat, sind die Schneemassen, die ungefähr einen Fuß hoch alles überdecken. Apropos Füße – meine sind taub. Meine Socken und Schuhe waren fast trocken und jetzt sind sie wieder nass. Ich spüre, wie die wenigen Haare an meinen Beinen sich in der Haut verkriechen. Mir wird nie wieder warm werden.

»Ich schaffe es nicht zurück«, sage ich, obwohl ich weiß, dass ich nicht hier draußen bleiben kann. Der Sturm ist vorbei, aber seine Auswirkungen haben nichts von ihrer Stärke eingebüßt.

»Soll ich dich Huckepack nehmen?«, fragt Mac.

Jungs sind wirklich seltsam. Das weiß ich, seit ich die Babysitterin von zweien war. Sogar ein so kluger Typ wie Mac kann sich ruckzuck in eine schlichte Kreatur verwandeln. Dass ich das sogar niedlich finde, zumindest bei ihm, verwirrt mich am allermeisten.

»Komm schon«, sagt Mac.

Ich bin nicht ich. Ich schlinge meine Arme um seine Schultern und lasse mich tragen.

Er wird zum Höhlenmenschen und schleppt mich durch die Eiszeit. Ich selbst bin zu einer Ur-Kreatur geworden. Alles ist plötzlich so, wie ich es nie für möglich gehalten hätte: *einfach*. Ich halte mich fest und bin nicht schwer, weder mein Herz noch mein Geist noch mein Körper. Die Zweifel, die mich sonst fest im Griff haben, geben mich frei. Ich bin leichter als leicht. Ich möchte nie wieder losgelassen werden.

Macs Brustkorb weitet sich mit jedem Atemzug, seine Schultern sind fest und stark. Ich will mehr Gewicht auf ihn legen, um ihn zu erdrücken. Wir werden zusammen in den Schnee fallen und im Eis begraben sein, bis uns jemand entdeckt, irgendwann in der Zukunft. *Sieh dir die beiden an*, werden die Archäologen sagen. *Sie sind eng umschlungen gestorben.*

Die Reise ist viel zu kurz. Das ruhigere Wetter hat uns den Rückweg erleichtert. Mac stellt mich wieder auf die Füße.

»Ich denke, das reicht für heute als Workout«, sagt Mac. Die süßeste, schlichteste Kreatur.

Ich muss mich wieder auf meine eigene Kraft verlassen. Ich habe weiche Knie. Jetzt weiß ich, was die Leute meinen, wenn sie das sagen. Vielleicht sind auch meine Augen schwach, denn über seine Schulter hinweg sehe ich die zweite Fata Morgana der Nacht.

»Hey, Macintyre.«

Der Name verwirrt ihn im ersten Moment.

Ich zeige hinter ihn. »Was ist das?«

Mac dreht sich um und sieht es: die Spitze des Turms – das Licht leuchtet.

Er schaut mich an, als gehöre das zur Standard-Museumstour. Dies ist ein Ort der Wissenschaft. Was auch immer gerade passiert, ist das Gegenteil von Wissenschaft. Es ist irrational, unlogisch, unmöglich. Um uns herum ist überall der Strom ausgefallen. Nur hier nicht. An diesem einen Punkt. Der Turm ist erleuchtet. Die riesige Glühbirne strahlt von hoch oben.

»Vielleicht …«, sage ich.

»Vielleicht was?«

»Ich weiß nicht.«

Er dreht sich zu mir um. »Vielleicht sind wir elektrisch.«

Jene Nacht
3:04 Uhr

Drinnen erweist sich Macs Vermutung als richtig: Der Strom ist ausgefallen. Es ist stockdunkel.

Der glitzernde Schnee funkelt durch die offene Tür herein. Ich nutze sein schimmerndes Licht, um die Kerze vom Regal zu holen und damit zur Handkurbelmaschine zu gehen. Mac kommt mir entgegen und beginnt sofort, das Bleistiftspitzer-Rad zu drehen. Für dieses Experiment brauchen wir nur den Strom, den wir selbst erzeugen können. Bald entzündet sich der Docht und wir haben Feuer.

Ich wärme meine Hände am Schutzglas der Kerze. Mac schließt die Tür, damit nicht noch mehr von unserer kostbaren Wärme entweicht.

Die Kerze stelle ich in der Mitte des Raums auf den Boden. Ich setze mich daneben und Mac gesellt sich zu mir. Wir starren auf das Licht zwischen uns.

»Meine Füße sind eiskalt«, sage ich.

Wir blicken beide hoch und sagen gleichzeitig: »Baumwolle.« Es ist zum Kaputtlachen, auch wenn wir wahrscheinlich die einzigen beiden Menschen auf der Welt sind, die das lustig finden.

Ich ziehe meine gefrorenen Schuhe aus und streife meine

nassen, nicht zueinanderpassenden Socken ab. Sanft knete ich meine Füße. Mir ist kalt, aber ich lächle.

Mac nimmt seine Mütze ab und steckt sie in seine Tasche. Seine Haare sind wundervoll zerzaust. Er legt sich auf den Rücken und starrt zur Decke hoch, wie um den Sternenhimmel zu betrachten. Seine Kapuze dient ihm als Kopfkissen. Ich möchte dort sein, wo er ist. Ich überkreuze die Beine, sodass meine Füße von den Oberschenkeln gewärmt werden, und lasse mich neben ihm auf den Rücken sinken. Wir drehen unsere Köpfe und schauen einander an. Es ist, als würden wir dasselbe Bett teilen. Ein sehr hartes Bett. Wenigstens habe ich den Boden vorhin mit einem Papiertuch abgewischt.

Mac greift nach der Kerze und schiebt sie weg, sodass sie nicht zwischen uns steht, sondern über unseren Köpfen. Er hebt seine rechte Hand. Ein Schattentier erscheint an der Decke. *Ein Hase.* Das Gesicht des Hasen fällt immer wieder auseinander, bis Mac seine Hände endlich richtig geformt hat.

»Hallo!«, sagt Mac mit einer hohen Häschenstimme.

Ich hebe meine Hand, die näher an der Kerze ist. Eine Schnecke erscheint an der Decke.

»Das ist nicht fair«, sagt Mac mit seiner normalen Stimme. »Du strengst dich ja gar nicht an.«

Tja, irgendeinen Vorteil muss eine Hand wie meine ja wohl haben.

»Wie heißt du?«, frage ich mit einem dunklen Timbre, denn das ist meine Schneckenstimme. Sie ist supertief.

»Ich heiße Bunny«, sagt, nein, quiekt Bunny.

»Du hast eine sehr hohe Stimme«, sagt Schnecke.

»Ich weiß«, sagt Bunny. »Das ist, weil mein Besitzer mich gefangen hält. Ist deiner auch so gemein wie meiner?«

»Nein«, sagt Schnecke. »Ich bin frei und kann gehen, wohin ich will. Ich bewege mich nur sehr … sehr … langsam.«

Bunny kommt näher und fragt: »Willst du knutschen?«

Ich zögere und überlege, wer antworten soll, Tegan oder Schnecke. Vorsichtshalber spreche ich als Schnecke und sage: »Okay«, woraufhin Tegan eifersüchtig wird – auf ein Schattentier.

»Ich muss dich allerdings warnen«, sagt Bunny. »Ich bin ein extrem wilder Küsser.«

»Hört sich gut an«, sagt Schnecke.

»Na dann«, sagt Bunny. Seine Schattengestalt wird zu einem Tornado mit Knutschgeräuschen. Blitzschnell ist er fertig und ruht sich an der Decke aus. »Das war unglaublich.«

»Das war es«, sagt Schnecke.

Ende.

Die Decke ist wieder nur eine Decke, als wir unsere müden Arme senken.

»Es ist nicht leicht, dich zum Lächeln zu bringen«, sagt Mac.

Meine Wangen tun weh vor Glück.

Man kennt jemanden nicht, bis man ihn kennt. Vielleicht kenne ich Mac immer noch nicht, aber heute Abend habe ich ihn besser kennengelernt, als ich das je für möglich gehalten hätte. Früher war er unbesiegbar, und jetzt sehe ich seine Schwächen, aber das macht ihn seltsamerweise noch unbesiegbarer. Er schüchtert mich immer noch ein, aber auf eine Art, die eher aufregend ist als beängstigend. Mein Gehirn schlägt Purzelbäume, und ich versuche, ruhig zu bleiben, aber es funktioniert nicht, und vielleicht will ich gar nicht ruhig bleiben, nicht in diesem Moment.

Ich lächle ihn an, freiwillig und mit echter Freude. Er lehnt sich vor und ich komme ihm auf halbem Weg entgegen. Bei unserem ersten Mal hat die Dunkelheit des Schranks eine Unwirklichkeit geschaffen, und ich mag das Unwirkliche, das so befreiend ist, aber jetzt, wo ich klar und deutlich sehe, wen ich küsse und küsse und küsse, empfinde ich ein nie gekanntes Hochgefühl. Sich bewusst zu sein, was gerade passiert, und zu wissen, dass ich es tun kann – Mac Durant zu küssen, offen und nicht nur einmal, sondern immer wieder –, das ist wie Staunen, das nie vergeht, wie eine Überraschung, die sich nie verflüchtigt.

Ich ziehe mich zurück, muss Luft holen. Ich will sein Gesicht berühren, um sicherzugehen, dass es keine Fantasie ist, aber die Hand, die frei ist, ist die, mit der ich mich weniger frei fühle. Sosehr Mac es schafft, dass ich mich selbst vergesse, so wenig vergessen scheinen einige Dinge immer noch zu sein.

Ich spreche mit meiner normalen Stimme.

»Vorhin hast du gesagt, dass du die meiste Zeit gar nicht richtig anwesend bist, wenn du mit anderen Leuten redest.« Ich zögere, weil ich weiß, worauf ich zusteuere. »Bist du jetzt da?«

Er braucht nur eine Sekunde. »Bin ich.«

Das Kerzenlicht flackert in seinen Augen.

»Ich habe vorhin auch noch etwas anderes gesagt.« Seine Stimme ist tief und lebendig. »Ich sagte, es ist einfacher, sich zu verstellen. Aber du hattest recht. Es ist nicht einfacher.«

Ich beobachte seine Lippen, während er spricht.

»Als ich heute Abend von meinem Vater in der Garage wegging, entschied ich, dass jetzt Schluss ist. Schluss damit, immer so zu tun, als wäre alles in Ordnung. Ich habe dich im Museum gesehen, und es war seltsam, denn ich hatte plötzlich das Gefühl, als würdest auch du mich sehen. Ehrlich gesagt, hat es mich ein wenig erschreckt. Dass du gesehen hast, wer ich bin. Ich habe versucht, das zu tun, was ich immer tue, alles an mir abprallen zu lassen oder was auch immer, aber du hat mir einen Strich durch die Rechnung gemacht. Du wolltest nicht, dass ich mich verstelle. Du bist wie mein Bruder.«

Das Ende seiner Rede hatte ich mir wirklich anders vorgestellt. Ich fühle mich bis auf die Knochen blamiert und gedemütigt. »Wow«, sage ich. »Danke.«

»Nein.« Mac lacht. »Du verstehst das falsch. Ich meine, du erinnerst mich an ihn. Weil du dich nicht verstellen kannst. Das ist eine gute Eigenschaft, ehrlich.«

Das scheußliche Brennen in meinem Bauch steigt spiralförmig in meine Brust hinauf und vergiftet die Freude, die ich jetzt empfinden sollte.

»Als James und ich noch unter demselben Dach lebten, stand immer etwas zwischen uns. Aber jetzt, wo er nicht mehr da ist, fühle ich mich ihm näher als je zuvor. Ich habe das Gefühl, ihn endlich zu verstehen.« Er blickt hoch. »Ich habe das Gefühl, dich zu verstehen.«

Ich auch.

»Ich habe das Gefühl, dass du mich verstehst«, sagt Mac.

Ich auch.

»So habe ich mich noch nie gefühlt.«

Ich auch nicht.

»Ich bin es gewohnt, mich die meiste Zeit allein zu fühlen.«

Ja! Aber wie kann das sein? Wie können jemand wie er und jemand wie ich das gleiche Gefühl haben? »Du hast gesagt, du hättest etwas Vertrautes in mir gesehen, damals bei der Schulversammlung.«

»Nach allem, was ich jetzt über deinen Vater weiß und über das, was passiert ist, wundert mich das nicht mehr. Ich habe dich von Weitem gesehen und in diesem Moment hat es eine Verbindung zwischen dir und mir gegeben.«

Ich dachte immer, er sei so »normal«, wie ein Mensch nur sein kann. So stark und selbstbewusst, wie ein Mensch nur sein kann. Jemand, der mehr Antworten als Fragen hat, mehr Lösungen als Probleme. In Wirklichkeit waren wir uns die ganze Zeit ähnlicher, als ich es mir je hätte vorstellen können.

»Hast du vorhin die Wahrheit gesagt?«, frage ich ihn. »Bin ich wirklich das erste Mädchen, das jemals in deinem Haus war?«

»Ich schwöre es dir. Okay, ich hatte Dates mit Mädchen, aber ich habe sie nie mit nach Hause genommen. Ich hätte mich dabei nicht wohlgefühlt.« Dann rudert Mac zurück. »Nicht dass wir ein Date hätten, aber du weißt, was ich meine.«

»Ja«, sage ich. »Eindeutig.«

»Sag das nicht so. Warum *eindeutig*?«

»Ach, komm schon. Es ist ja wohl nicht zu übersehen, dass ich nicht wie die anderen Mädchen bin, die du …«

Er schaut zur Decke. »Als du mich ganz direkt gefragt hast, was mit meiner Hand passiert ist, habe ich zum ersten Mal die Wahrheit gesagt. Nicht die ganze Wahrheit, aber einen wichtigen Teil. Mir ist klar, dass ich diesen Scheiß nicht mehr für mich behalten will. Ich will es einfach nicht. Ich denke, ich war heute Abend ehrlicher zu dir, als ich es jemals zu irgendjemandem war.«

Die Kerze zittert, wirft Wellen an die Wände. Wir sind tief unter dem Meer, in unserem verwunschenen Zuhause. Macs perfekt unvollkommene Nase lädt zu einem Eskimokuss ein. Er kommt näher, als mit einem Mal ein Blitz seine Haut in ein helles Licht taucht. Er hält inne, zieht sich zurück, seine Augen suchen. Meine auch. Die Wellen der Kerze sind verebbt. Wir sind dem Ozean entrissen worden. Die Lichter sind wieder an. Der Strom ist zurückgekehrt.

Aus dem Raum nebenan dröhnt eine Melodie.

»Was war das?«, fragt Mac und setzt sich auf.

»Nur der Computer, glaube ich. Er fährt wieder hoch.«

Mac steht auf. »Ich sehe mal nach.«

Ich wünschte, er würde es nicht tun. Was könnte wichtiger sein als das, was wir hier gerade tun?

Ich setze mich auf, denn mir ist plötzlich bewusst geworden, dass ich alleine auf dem Boden liege. Das Hinterzimmer ist hell und nüchtern. Das Setting eines grob unterbrochenen Traums. Es ist, als würde man vom Kinosaal wieder hinaus in das laute, geschäftige Foyer treten. Aber unser Film wurde unterbrochen, bevor er zu Ende war. Ich blase die Kerze aus.

Ein Feuer ist gelöscht, ein anderes wütet noch in mir. Ich halte es nicht mehr aus: Ich kann das Brennen, das in mir tobt, nicht länger ertragen. Je eher ich diese Flammen ersticke, desto eher können Mac und ich weitermachen. Das zwischen uns ist zu wichtig, nichts darf dem im Weg stehen. Es ist alles nur ein Missverständnis, mehr nicht. Verglichen mit dem, was in der Gegenwart vor sich geht, ist die Vergangenheit genau das – ein Missverständnis. Etwas Überirdisches ist heute Abend zwischen uns passiert, eine Verschmelzung zweier Seelen – genauso großartig und unglaublich fühlt es sich an –, und jetzt, wo ich weiß, dass nicht nur ich es fühle, es keine Einbildung ist, sondern realer als jede andere Realität, weiß ich endlich, was ich zu tun habe.

Mac hat mir klargemacht, dass nicht das überall verbreitete Video ihn so verletzt hat, sondern der Verrat seines Teamkollegen, seines Freundes. Ich will ihm nicht das Gleiche antun. *Genug der Lügen. Genug Verstellung. Ich bin kein Fake.* Neel weiß das. Mac weiß das. Mac versteht mich. Er vertraut mir. Also muss auch ich ihm vertrauen. Wenn ich ihm erklären kann, wie es dazu gekommen ist, ihm die Hintergründe deutlich machen kann, dann wird er es verstehen. Es war ein Fehler. Eine Reihe von Fehlern. Wir alle machen Fehler. Mac kann das sicher ebenso nachvollziehen wie jeder andere. Oft werden gerade unsere besten Absichten ins Gegenteil verkehrt. Unsere Fehler sollten nicht das sein, was uns definiert. Mac kennt mein wahres Ich. Er hat hinter meine harte Schale geblickt. Er kennt mein Herz. Es ist Zeit, mit der Wahrheit herauszurücken, mit allem.

Mit seinem Handy in der Hand kehrt Mac zurück. Das Display leuchtet. Sein Blick ist darauf fixiert. Gerade eben galt seine Aufmerksamkeit allein mir. Jetzt hat das Handy sie gekapert. Verdammt sei der elektrische Strom, der das Gerät aufgeladen hat.

»Nicht zu fassen, wie spät es ist«, sagt er. »Wie war das noch mal mit der Insomnia Squad? Es ist schon nach drei. Wahnsinn.«

Die Erwähnung der Uhrzeit verändert schlagartig die Atmosphäre. Es ist, als würde die Temperatur im Raum fallen.

»Sollen wir nach Hause gehen?«, fragt Mac. »Ich habe keine Lust, aber ...«

Das Handy fordert seine Aufmerksamkeit ein. Er tippt vor sich hin, schreibt oder sucht oder kommentiert, was auch immer. Es ist ein Rätsel. *Er* ist ein Rätsel – wieder einmal. Vielleicht habe ich unsere Verbindung falsch eingeschätzt. Vielleicht ist er mit jedem Mädchen so, auch wenn er das Gegenteil behauptet. Ich habe keine Erfahrung mit solchen Situationen, gut möglich, dass ich mir nur etwas vormache. Vielleicht war das für ihn nur der Kick für eine Nacht und am Montag in der Schule begegnen wir uns wieder als Fremde.

Und schon schwindet meine Kraft, die ich gerade erst gesammelt hatte. Ich schließe die Augen und stelle mir die Stimme meines Gurus vor: *Sei mutig. Sei tapfer. Sei ehrlich. Sei Tegan.*

»Ich muss dir noch was erzählen«, fange ich an.

Es ist mir egal, wie wahnsinnig spät es schon ist. Ich konzentriere mich darauf, das zu bewahren, was wir hier und jetzt haben.

Mac steckt sein Handy weg. Er kommt auf mich zu und stiehlt sich einen Kuss. Als er sich zurückzieht, verdreht er so albern die Augen, dass ich unwillkürlich lächeln muss.

»Okay«, sagt Mac. »Schieß los.«

»Sollen wir uns setzen?« Ich deute auf die Bank.

Ein schlechter Vorschlag, denn er baut Spannung auf. Plötzlich scheint Mac auf der Hut zu sein, und das ist nicht das, was ich will. Als wir uns hinsetzen, spiele ich kurz mit dem Gedanken, meine Hand nach seiner auszustrecken, aber ich brauche meinen gesamten Mut für das, was ich gleich sagen werde. Ich schaue in seine Augen, golden und einladend.

»Als wir vorhin, also praktisch erst vor einer Minute, über Verstellung gesprochen haben, ist mir klar geworden, dass ich genau das gemacht habe, also dir gegenüber, irgendwie. Dass ich etwas vorgetäuscht habe.«

Es gibt kein Zurück mehr. Aber das ist okay. Jetzt gibt es nur noch den einen Weg – den der Ehrlichkeit.

»Bis heute Abend hatte ich eine bestimmte Vorstellung von dir. Von Menschen wie dir. Ich dachte, es gäbe eine viel zu große Kluft zwischen diesen Menschen, deiner Art von Mensch, und den anderen, den normalen Leuten, dem Rest von uns. Jedenfalls kam es mir so vor. Es ist mir immer wieder aufgefallen.«

»Ist dir kalt? Du zitterst ja.«

»Ach ja? Nein, mir ist nicht kalt. Überhaupt nicht«, sage ich und presse Macs Jacke an meinen Körper.

»Okay«, sagt Mac, nicht ganz überzeugt. »Erzähl weiter.«

»Ja, nein, das ist gut. Es fühlt sich richtig an, es auszusprechen. Ich muss nur ... ja also ... ich sollte vielleicht einen Gang runterschalten. Oder hoch? Ziehe ich es in die Länge? Vielleicht kommt das alles ganz falsch rüber, tut mir leid.«

Er lacht erleichtert, als wäre er froh über die Rückkehr der schüchternen Tegan. »Damit das klar ist: Die Aussage, ich sei kein normaler Mensch, weise ich entschieden zurück.«

»Tut mir leid.«

»Schon okay. Wirklich. Was auch immer du damit meinst.«

Ja. Es ist okay. Echt zu sein, ist okay, immer. Ich wusste das tief in mir, aber ich habe es zwischendurch vergessen. Jetzt erinnere ich mich: Es ist *immer* richtig, ehrlich zu sein. Sogar bei Menschen, die dir Angst machen. Vor allem bei denen.

»Ich habe mich geirrt. Bei allen. Sogar bei mir selbst. Aber bei dir ... *wow*, ich lag so falsch, wie man nur falsch liegen kann.« Ich berühre sein Knie mit meiner rechten Hand. »Wieso bist du überhaupt hier? Aber du bist es. Irgendwie bist du hier.«

Er neigt den Kopf und versucht, geduldig zu bleiben. Ich nehme meine Hand weg.

»Ich bin ziemlich sensibel – meine Freunde wissen das –, und vielleicht nehme ich die Dinge zu persönlich. Aber ich musste in meinem Leben mit einigen Dingen klarkommen, und manchmal bin ich zu skeptisch, ich weiß, das ist nicht immer gut, aber ich kann nicht anders. Vielleicht ist das meine eigene Schuld. Ich will nicht behaupten, dass das, was ich getan habe, richtig ist, denn das ist es nicht. Ich dachte, es sei fair, aber das war nur am Anfang. Ich war wütend und habe etwas angefangen und dann wieder aufgehört. Insgeheim ahnte ich immer, dass es falsch war. Aber ich wusste es nicht wirklich, nicht so richtig, bis heute Abend. Bis du hierherkamst und mir klar gemacht hast, wie falsch ich lag.«

Seine Augen sind Sanduhren und mein Sand ist aufgebraucht.

»Tut mir leid«, sagt Mac. »Ich bin mir nicht sicher, was du damit sagen willst.«

»Ich weiß, tut mir leid, ich schweife ab. Ich werde es dir erklären. Ich hoffe nur, dass du dann nicht vergisst, was heute Abend zwischen uns passiert ist. Das würde mich umbringen. Ich würde …«

»Ich werde es nicht vergessen«, sagt Mac.

»Versprichst du es mir?« Ich schaue in seine freundlichen Augen.

»Ja. Ich verspreche es.«

Ich glaube ihm. Ich *glaube* ihm.

»Also dieses Video von deinem Dad, das überall im Umlauf war … eigentlich war ich es. Ich war diejenige, die es gepostet hat.«

Er grinst schief, hält das Ganze für einen Scherz. »Okay?«, sagt er und wartet auf die Pointe.

Mein Mut löst sich langsam auf. Ich schaue zu Boden.

»Du hast das Video nicht gepostet«, sagt Mac. »Das war dieser *Nachtschatten*.«

Ich nicke. Er ist dabei, zu begreifen. Die Hälfte des Weges hat er schon zurückgelegt.

»Es tut mir leid«, sage ich. »Damals kannte ich dich noch nicht. Nicht dass ich mich damit herausreden will – aber jetzt, besonders jetzt, würde ich das nie mehr tun. Ich würde dich nie absichtlich verletzen.« Ich halte seinen Blick fest. »Das weißt du doch, oder?«

Er legt die Stirn in Falten. »Ich verstehe nicht ganz.«

»Also, okay, ich habe *Nachtschatten* aus einer Laune heraus begonnen und dann ging es einfach weiter. Es war ein Scherz, ehrlich. Kein Scherz, sorry, das ist nicht wahr. Es war eine Möglichkeit, um zurückzuschlagen. Um Dinge zu machen … Scheiße, ich kriege es nicht hin. Ich schätze, eine Menge Leute fühlten sich davon angesprochen, denn sie fingen an, mir zu schreiben, und das hat mir gefallen. Es war, als würden sie mich brauchen oder so. Und das fühlte sich gut an. Ich weiß, es kling furchtbar, aber es ist die Wahrheit. Es hat mir gutgetan.«

Sein Lächeln ist wie weggewischt.

Ich verschränke die Arme, verberge die Hände, presse die Ellbogen an den Bauch. Das läuft nicht wie geplant. Wie schaffe ich es nur, ihm alles zu erklären?

Ich reiße mich zusammen, so gut ich kann, und blicke ihn direkt an. »Ich möchte, dass du weißt … es ist wichtig, dass du verstehst … du bist … wirklich … du bedeutest mir … sehr viel.«

»Aber?«, presst er zwischen den Zähnen hervor.

»Es gibt kein *Aber*. Nein. Es ist nur … es tut mir leid. Das ist das Wichtigste, was ich dir sagen will. Es tut mir leid. Es tut mir leid, dass es passiert ist. Es tut mir so leid. Ich werde alle deine Fragen beantworten. Alles, was du willst. Ich möchte nur, dass du wirklich verstehst … wie es dazu gekommen ist.«

Seine Augen wandern. Sein Verstand arbeitet auf Hochtouren. Er kratzt sich im Gesicht.

»Ich schätze, einer deiner Mannschaftskollegen hat mir das Video geschickt. Ich habe nie herausgefunden, wer es war. Wie schon gesagt, wenn ich dich gekannt hätte, deine Situation gekannt hätte, dann hätte ich es nie gepostet.«

Er blickt hoch und sagt ganz sachlich: »Du bist *Nachtschatten*.«

Ich nicke.

Er wendet sich ab. Dreht sich abrupt weg.

»Leute fingen an, mir Sachen zu schicken«, erkläre ich weiter. »Dinge, die sie selbst nicht auszusprechen wagen. Also habe ich sie an ihrer Stelle gepostet. Dein Teamkollege hat mich benutzt, um eine Nachricht zu senden. Es tut mir leid, dass er dir das angetan hat.«

»Er?«, sagt Mac.

»Na ja, ich weiß doch, wie sehr er dich damit verärgert hat.«

Er fasst sich an den Kopf, steht auf. »Oh mein Gott.«

Die Flammen in mir schleudern Glut durch meine Kehle. Das Feuer breitet sich aus. Es erschwert das Sprechen. Das Atmen. Trotzdem zittere ich. Ich kann gar nicht aufhören zu zittern.

Mac geht auf und ab, entschlossen, alle Puzzleteile zusammenzusetzen. »Dieser Arschloch-Troll? Dieses Möchtegern-Gossip-Girl? Das bist du?«

»Nein, bin ich nicht.«

»Das bist du. Genau das sagst du mir gerade.«

»Das *war* ich. Aber jetzt nicht mehr.« Das Frösteln erreicht mein Gehirn. Ich muss meine Schläfen massieren.

Er streicht seine Haare zurück, hält seinen Kopf fest, als wolle er verhindern, dass sein Verstand auseinanderfällt. »Wir waren die ganze Nacht hier. Du hast nichts gesagt. Du hast einfach ...«

Er knirscht mit den Zähnen, seine Fassungslosigkeit wird zu Wut. Die einzige richtige Antwort darauf ist die Wahrheit. Nur so dringt man zu Mac durch. Er hat es mir unmissverständlich erklärt. Das ist alles, was er von einem Menschen verlangt. Von mir. So schwer es auch ist, es ist der einzige Weg.

»Ich dachte, du wärst wie sie«, sage ich.

»Wie wer?«

»Wie alle anderen. Ich dachte nicht, dass du ... dass Menschen wie du Schmerz empfinden.«

Er krümmt sich, erschöpft, krank, beides.

»Ich hätte es dir schon früher gesagt, aber ich wusste nicht, ob ich dir vertrauen kann«, fahre ich fort. »Aber das war vorher. Ich weiß jetzt, dass ich dir vertrauen kann. Weil du mich kennst.«

Er lacht auf eine grausame Art. »Nein, das tue ich nicht.«

»Sag das nicht. Bitte, sag das nicht. Doch, du kennst mich. Glaub mir.«

»Ich habe keine Ahnung, wer du verdammt noch mal bist«, sagt Mac.

Ich schließe die Augen und halte den Traum in meinem Kopf lebendig. Ich schüttle den Schauder aus meinem Körper, drehe meinen Kopf von einer Seite zur anderen. »Ich bin noch dieselbe Person, die heute Nacht bei dir war.«

»Wie kannst du das sagen?«, schnaubt Mac. »Du hast mich die ganze Zeit angelogen. Direkt ins Gesicht.«

»Nein.«

»Ja.«

»Nein.«

»Ja!«, ruft Mac.

»Alles, was ich heute Abend zu dir gesagt habe, *alles*, habe ich ernst gemeint. Als du ins Museum gekommen bist, hattest du den Eindruck, ich würde dich als das sehen, was du bist. Das stimmt, ich habe in dich hineingesehen. Auf eine Weise, wie ich es noch nie zuvor getan habe. Und du hast in mich hineingesehen. Niemand kennt mich, niemand weiß alles von mir. Aber du schon.«

Er bedeckt sein Gesicht. Seine zerschrammten Fingerknöchel starren mich an. »All die Dinge, die ich dir erzählt habe. Über mich. Über meine Familie. Du warst bei mir Zuhause. Du hast nichts gesagt. Du hast einfach geschwiegen.«

Schweigen ist alles, was ich kenne. Aber jetzt habe ich angefangen zu sprechen. Zählt das denn gar nichts? Bitte sag, dass es das tut.

Ich stehe auf und gehe zu ihm. »Mac.«

Meine Stimme hat ihn immer berührt. Jetzt nicht mehr. »Ich muss hier weg«, sagt er.

»Geh nicht. Bitte.«

Er starrt an mir vorbei zum Ausgang.

»Kannst du mich nicht wenigstens ansehen?«

Er tut es, aber in seinen Augen ist kein Funken Freude mehr.

»Ich wollte das alles nicht«, sage ich. »Ich weiß nicht, wie es dazu gekommen ist.«

»Es ist genau andersrum. Du bist diejenige, die wie alle anderen ist.«

»Was? Nein, das verstehst du falsch.«

»Ich glaube nicht, dass ich das tue. Außerdem ist das doch genau dein Ding, oder? Die arme, von allen verkannte Tegan. Niemand versteht sie.«

Dieser Tiefschlag ist zu viel. Mein Feuer flammt wieder auf. »Du bist auch nicht perfekt.«

Mac seufzt. Er findet mich offenbar nur noch erbärmlich. »Das habe ich auch nie behauptet.«

»Du hast mehr oder weniger versucht, deinen eigenen Vater umzubringen. Du hast ihn in der Garage zurückgelassen und *mich* gezwungen, Hilfe herbeizuholen. Ich könnte jedem erzählen, was du getan hast. Wer du wirklich bist.«

Seine Augen blitzen, als wollten sie jeden Augenblick explodieren, aber er reißt sich zusammen. »Du bist krank.«

Er drängt sich an mir vorbei und geht den Gang entlang.

Ich muss mich nicht umdrehen, um zu sehen, was dann passiert. Die Eingangstür piepst. Kälte wallt herein. Er geht hinaus.

Ich folge ihm zur Tür. Der Sturm bläst ihn fort.

Er hat seine Jacke vergessen.

Früher am Tag
17:13 Uhr

Ich rannte aus dem Haus, meine Mutter rief hinter mir her. Ich war schon einige Straßen entfernt, bevor ich merkte, dass ich meine Jacke vergessen hatte. Es war kalt draußen, bitterkalt.

Die fallenden Schneeflocken waren wie Fetzen meines explodierten Lebens.

Ich verlangsamte meine Schritte. Wozu denn rennen, wenn ich nirgendwo hingehen konnte? Alleine, frierend, ziellos – ich hätte am liebsten laut aufgeschrien.

Als ich den mondähnlichen Schein des aufragenden Edison-Turms erblickte, wurde mir klar, dass ich die ganze Zeit hierher unterwegs gewesen war, zum Museum. Mein Körper und mein Herz leiteten mich, als mein Verstand keine Ideen mehr hatte. Ich holte den Schlüssel aus dem alten Schlüsselkasten, der die Renovierung des Museums überstanden hatte. Im matten Licht der Außenbeleuchtung fummelte ich an dem Schloss herum und ruckelte die Tür auf.

Die Edison-Büste erkannte mich und ließ mich eintreten. Ich fühlte mich sicher. Ich erinnerte mich daran, wie mein Vater mich das erste Mal hierhergebracht hatte. *Das ist es?*, hatte ich erstaunt gefragt. *Es ist so klein.* Jetzt war die räumliche Enge wie eine Umarmung.

Ich kauerte mich auf dem Boden und wandte mich an ihn, an meinen Vater, wie ich es seit Jahren tat. Aber diesmal schickte ich die E-Mail nicht ab, sondern schrieb sie nur in meinem Kopf. In Wirklichkeit hatte ich schon lange zuvor aufgegeben, ihm zu mailen. Nicht, weil ich nicht mehr wusste, was ich ihm sagen sollte. Sondern er wusste nicht mehr, was er mir antworten sollte.

Ich bin nicht das Mädchen, das er großgezogen hat.

Ich weiß nicht mehr, wer ich bin.

Dad,

es gibt nichts, was du mir sagen könntest, damit ich mich besser fühle. Was gibt es da überhaupt noch sagen? Bist du stolz auf deine Tochter? Du hast wirklich ein Monster erschaffen.

Tegan

Dad,

ich weiß, dass du nie wieder zurückkommst, also werde ich aufhören, es mir zu wünschen. Ich frage mich, ob du nicht das bessere Los gezogen hast. Einfach gehen zu können, wie du es getan hast. Manchmal bin ich darauf neidisch.

Tegan

Dad,

ich werde dich nicht mehr belästigen. Ich weiß, du schämst dich für mich. Es tut mir leid, dass es so weit gekommen ist. Es tut mir so leid.

Tegan

Jene Nacht
3:42 Uhr

Ich schaue auf meine nackten Füsse hinunter. Schnee füllt den Raum zwischen meinen Zehen.

Ich gehe zurück ins Museum und bin für einen kurzen Moment fast blind, weil ich gegen das helle Licht anblinzeln muss. Ich schaffe es bis zum Hinterzimmer. Ich kann ihn riechen, ich schwöre es, und das zwingt mich in die Knie.

Ich krieche über den Boden und stoße gegen einen harten Gegenstand: die Kerze. Ich schiebe sie weg. Sie kippt um und stürzt auf etwas Wertvolles.

Ich krieche weiter. Ich krieche, bis ich in einer Sackgasse lande. Ich rolle mich unter dem Tisch zusammen, auf dem Mac gesessen hat. Seine Beine baumeln ließ.

Ich kam heute Abend ins Museum, weil es der einzige Ort war, an dem ich mich verstecken konnte. Und jetzt ist es der Ort, an dem ich entlarvt wurde.

Ich schließe meine Augen und schlage mit dem Hinterkopf gegen die Wand. Wieder und wieder. Ein Hammer auf einen Nagel. Plötzlich ist da ein Funkeln. Ein schwimmendes, schimmerndes Glitzern. Ich greife danach. Eine scharfrandige Glasscherbe. Mac und ich haben einen Splitter übersehen.

Ich packe sie fester, spüre die scharfe Kante. Die Scherbe könnte eine Karotte durchschneiden.

Ich *bin* krank. Ich wollte Mac das Gegenteil beweisen, wollte ihm zeigen, dass die Person hinter *Nachtschatten* kein Psycho ist, dass es vernünftige Gründe für den Wahnsinn gibt, dass ich ein wohlmeinender und fürsorglicher Mensch bin. Aber ich habe erneut den Kopf verloren und ihm gezeigt, wie krank ich bin.

Ich schließe meine Augen und presse meine Hand zu einer Faust zusammen.

Eine Liste unvollkommener Dinge, die noch funktionieren: *Buch mit fehlendem Einband, Mensch mit nur einer Niere, Computer ohne Internet, Fenster mit Rissen, Schuhe ohne Schnürsenkel, Mädchen mit missgebildeter Hand.*

Eine Liste unvollkommener Dinge, die nicht mehr funktionieren: *Telefon ohne Ladung, Stuhl mit drei Beinen, Boot mit Leck, Vogel mit fehlendem Flügel, Mädchen mit gebrochenem Herzen.*

Unter dem Tisch drückst du die Faust. Du drückst, bis nichts mehr da ist, bis alles herausquillt und die Ritzen im Boden füllt.

Du bist eine Plage. Schlimmer als eine Fliege. Eine neue Art Bakterium in der Luft, ohne dass irgendjemand davon weiß. Eine Krankheit. Jetzt liegst du unter dem Mikroskop – deine Hässlichkeit zigfach vergrößert.

Aber für einen Moment – für eine Nacht – warst du mehr. Es gab einen Sturm und der Himmel öffnete sich und alles wurde weiß und schön. Sogar du. Du warst wunderschön. Wahrhaft wunderschön. Du konntest es spüren. Unter deiner Haut. In seinen Augen. Mit dem Schlagen in deiner Brust. Du hast es gefühlt. Als die Worte mit Leichtigkeit über deine Lippen kamen. Als die Zeit stillstand. In den Wellen einer Kerze. In einem Kuss. Deine Schönheit war ein Blitz. Sie brachte Licht in die Dunkelheit. Sie war so echt. Sie konnte ein ganzes Haus erhellen. Einen Nachthimmel. Sie machte Farben intensiver. Lieder melodiöser. Sie verwandelte Angst in Mut. Sie tanzte und schwankte. Oh, diese Eleganz. Diese Anmut. Hast du dich selbst gesehen? Du warst umwerfend. Schöner als jemals zuvor …

Doch es war nur ein Traum.

Er hat dir ein Versprechen gegeben. Du wolltest ihm glauben. Wie schwach, wie leichtgläubig. Nur eine Plage. Eine Krankheit. Er hatte recht, was dich angeht. Nicht unkompliziert. Sondern schwierig, chaotisch. Brutal.

Es tut dir leid.

Es ändert nichts.

Aber so wunderschön.

Es tut dir leid.

Es ändert nichts.

Ein Geräusch …

Eine Gestalt taucht auf …

Er sieht auf die Unordnung, die du angerichtet hast.

Es tut dir leid.

Sein Gesicht, freundlich, erleichtert, wie das eines Vaters.

Es tut dir leid.

Seine großen Hände greifen nach dir. Er wirft dich über seine Schulter und bringt dich weg von hier.

WOCHEN SPÄTER

Jetzt
8.23 Uhr

Es ist ein anderer Samstag, als ich die Augen öffne und die weiße Zimmerdecke über mir sehe. Sie ist eine leere Leinwand, auf die alles projiziert werden kann. Ich hebe die Hand und forme Umrisse. Helles Morgenlicht fällt durch die schräg gestellten Jalousien – keine guten Bedingungen für ein Schattenspiel. Ich blinzle, um eine Unschärfe in die Konturen meiner Finger zu bringen. Aber die Schnecke erwacht nicht zum Leben.

Ich lasse meine linke Hand aufs Bett sinken und konzentriere mich auf die rechte. Quer über die Handfläche zieht sich eine allmählich verblassende rote Linie, wo die Glasscherbe sich in die Haut gebohrt hat. Es tut nicht mehr weh. Nur der Anblick schmerzt.

Mein Handy liegt in Griffweite – eine Verlockung, es kurz zu checken. Genau das tue ich. Der Sperrbildschirm ist leer, keine Nachrichten. *Enttäuschung. Erleichterung.*

Ich schlage die Decke zur Seite und schlüpfe in meine Hausschuhe. Hebe die Jalousien an, um mehr Licht hereinzulassen. Der Schnee ist schon weg. Nur ein paar schwärzliche Haufen, hart wie Stein, sind noch da und werden wohl niemals auftauen. Was anfangs makellos vom Himmel kommt, endet schmutzig.

Ich kehre dem Fenster den Rücken zu. Auch der Blick auf mein Zimmer ist getrübt, wenn auch auf eine andere Weise. Der Raum ist mir zu vertraut. So viel Zeit habe ich hier verbracht. Da ist die Mini-Diskokugel, an einer unentwirrbaren Kette hängt sie am Griff der Schranktür. Der schiefe Turm aus Büchern, der jedes Jahr höher wird und dessen tiefere Schichten vergangene Leben dokumentieren. Eingeklemmt in einer leeren Wasserflasche: ein Stressball, der sehr gestresst aussieht. Gegenstände, die ich stundenlang angestarrt habe. Wenn sich etwas im Raum verändert, schreckt mich das auf.

Mein Blick fällt auf einen Gegenstand, der nicht hierhergehört. Es liegt flach auf meiner Kommode. Ich gehe hin und betrachte ihn. Ich blicke ihn an, lange und intensiv, und fühle mich hellwach.

Der Tag nach der Nacht, die alles verändert, ist ein Sonntag. Du verbringst ihn im Bett. Selbst wenn deine Mom dir erlauben würde, das Haus zu verlassen, würdest du es nicht wagen.

Die Auswirkungen sind schlimmer als der Sturm selbst. In mehrere Lagen Kleidung und in Decken gehüllt, fühlst du dich dennoch nackt. Von dir ist nur ein letzter Rest übrig. Abgestreift sind die vielen Schichten der Täuschung. Entlarvt sind die verschiedenen Mythen, die du so lange aufrechterhalten hast. Gefallen ist die Mauer der Verleugnung, durch die du nicht hindurchsehen konntest. Es gibt keine Lügen mehr, die es wert sind, erzählt zu werden. Du kannst dich nirgendwo mehr verstecken.

Und doch versuchst du es.

Montag ist zum Glück keine Schule. Du hättest einen Weg gefunden, zu Hause zu bleiben, selbst wenn es kein Schneefrei-Tag gewesen wäre. Das normale Leben geht leider schon am Dienstag weiter. Doch was ist normal? Eine Handvoll von Charlies Säureblockern zu kauen, damit dein Magen sich beruhigt? Auf Neel loszugehen, obwohl er nichts getan hat? Zu jeder Unterrichtsstunde zu spät zu kommen, weil du dich erst in den Gang hinaustraust, wenn alle in ihren Klassenräumen verschwunden sind? Hat Mac dein Geheimnis verraten? Wie wird die Rache der anderen aussehen?

Das ist es, was dich aufzehrt. Aber im Grunde spielt es kaum eine Rolle. Du bist innerlich längst tot. Zumindest fühlt es sich so an. Lass es einfach zu. Lass die Wahrheit ans Licht kommen. Lass alle dich so hassen, wie er dich hasst.

Du hast ihm die Wahrheit gesagt. Du dachtest, du könntest es tun. Er hat dir ein Versprechen gegeben. Du versuchst, ihn so zu hassen, wie er dich hasst. Du gibst dir wirklich Mühe. Du bietest deine letzten Gehässigkeitsreserven auf, um die Erinnerung an ihn zu vergiften. Das funktioniert ganz gut, besonders nachts, aber wenn du aufwachst, sind deine Gedanken an ihn lebendig und unversehrt und jeder einzelne dreht sich um einen atemberaubenden Augenblick aus Licht und Staunen.

So ist das jetzt.

Natürlich muss eine Begegnung mit ihm um jeden Preis vermieden werden. Du lernst seinen Stundenplan auswendig und prägst dir seine Wege zwischen den Klassenzimmern ein, damit ihr nie zur selben Zeit am selben Ort seid. Neel agiert zusätzlich als Späher und informiert dich mit einer Textnachricht über Macs Aufenthaltsort, aber deine neue fixe Idee macht ihm zunehmend Sorgen. Meistens schaffst du es, Mac aus dem Weg zu gehen, am Freitag gelingt es dir allerdings nur knapp. Er kommt aus dem Schulsekretariat, als du gerade daran vorbeigehst. Er sieht dich nicht, aber sein unerwartetes Auftauchen löst eine kleine Panikattacke bei dir aus. Du fragst dich, warum er im Sekretariat war. Musste er dorthin oder war er freiwillig dort? Als er weggeht, lässt er die Arme herabhängen und du siehst seine Hände. Er trägt keinen Verband mehr, nur ein kleines Pflaster.

Die ständigen Ausweichmanöver fallen dir nicht leicht. Wieder geht es nur darum, etwas vorzutäuschen. In der folgenden Woche siehst du ihn mit einer Gruppe von Leuten. Er lächelt und lacht, die ganze Zeit. Es tut weh, ihm dabei zuzusehen. *Ist das sein wahres Ich oder verstellt er sich nur?* Du willst, dass er sich umdreht und dir zuzwinkert, dir ein Zeichen gibt, dass die Stunden im Museum nicht nur ein Traum waren. Aber du stellst fest, dass niemand im echten Leben zwinkert. In jener Nacht war nichts undenkbar gewesen, sogar ein Zwinkern schien möglich. Jedes Neigen des Kopfes, jedes Streifen des Knies, jedes Glitzern in den Augen war gleichbedeutend mit einem Zwinkern. Die Nacht läuft in einer Endlosschleife in deinem Kopf ab, mit jedem dich im Nachhinein verspottenden Detail. Die unverdorbenen Erinnerungen quälen deinen Verstand und bohren sich durch dein Innerstes. Das Leben ist eine Art Tod, wenn die einzige Person, die du nicht sehen darfst, zugleich die einzige Person ist, die gesehen hat, wie du wirklich bist.

Jetzt
8:52 Uhr

Als ich die Küche betrete, ist der Kühlschrank von der Wand weggerückt. Mom steht mit verschränkten Armen davor. Aus dem Festnetztelefon auf der Anrichte schallt schwungvolle Instrumentalmusik.

»Was ist los?«, frage ich.

»Der Kühlschrank ist defekt«, sagt Mom.

Charlie steckt seinen Kopf hinter dem Kühlschrank hervor. »Hast du ihn kaputt gemacht?«

»Nein«, versichere ich ernsthaft, bevor ich merke, dass er mich nur necken will.

»Ich hänge in der Warteschleife«, sagt Mom und dreht die Lautstärke des Telefons leiser. »Dabei ist das Ding praktisch brandneu.«

»Es ist fast zehn Jahre alt«, sage ich und rechne kurz nach.

Drei Jahre seit Dads Tod plus mindestens fünf weitere. Ich war ungefähr acht Jahre alt, als ich das Handabdruckbild weggeworfen habe.

»So lange ist das schon her?«, wundert sich Mom und verliert bereits das Interesse an dem Thema. »Ich wollte dich gerade aufwecken.«

»Tja. Ich bin wach.«

Sie scheint stolz zu sein, dass ihre sechzehnjährige Tochter auch ohne Aufwecken rechtzeitig für die Arbeit aufgestanden ist, und ich muss zugeben, dass ich selbst ein bisschen stolz auf diese kleine Leistung bin, auch wenn ich mich bemühe, es nicht zu zeigen.

Ich öffne den Kühlschrank und spähe in die Dunkelheit.

»Lass die kalte Luft nicht raus«, sagt Mom. »Vielleicht können wir noch etwas von dem Essen retten.«

Ich schließe die Tür und sehe mich in der Küche um. Auf der Anrichte steht ein Tablett mit frischen Mais-Muffins. Charlie sagt, es sind Bio-Muffins, aber wenn er mir weismachen will, sie seien gesund, dann leidet er unter Wahnvorstellungen. Ich bin sicher, er hat Unmengen von Butter im Teig verarbeitet. Sie sind köstlich.

Ich schäle einen Muffin aus der Form und trage ihn zum Tisch.

Krümel fallen aus meinem Mund, als ich undeutlich murmle: »Haben wir Geschenkpapier?«

»Für einen Geburtstag?«, fragt Mom.

»Nein. Einfach so.«

Charlie hebt neugierig den Kopf.

»Brauchst du es sofort?«, fragt Mom.

»Irgendwie schon.«

Sie will mehr wissen, und nach allem, was ich ihr zugemutet habe, hat sie ein Recht darauf, neugierig zu sein. Ich bin mitten in einem schweren Sturm weggelaufen und erst bei Tagesanbruch zurückgekehrt, noch dazu voller Blut. So etwas verstört selbst die Besten. Sie hält sich jedoch sehr mit weiteren Fragen zurück, das muss ich zugeben. Vielleicht weil ich den Tag so verantwortungsvoll begonnen habe.

»Lass mich nachsehen.« Beim Hinausgehen deutet sie auf das dudelnde Telefon. »Wenn jemand sich meldet, sprich bitte mit ihm.«

Ich hoffe, es kommt nicht so weit, aber falls doch, krieg ich das hin. Ich stand schon unter mehr Druck als jetzt und habe trotzdem ein Gespräch geführt.

Ich beobachte Charlie, der auf Knien unter dem Kühlschrank herumtastet. »Und du weißt, was du da machst?«

»Keine Ahnung«, gibt Charlie zu.

»Hast du mal versucht, den Stecker rauszuziehen und wieder reinzustecken?«

»Na klar, was denkst du denn?«

Schwer zu sagen, ob er blufft. Ich gehe mal davon aus, dass es stimmt, was er sagt.

»Ich versteh das nicht«, sagt Charlie. »Gestern Abend hat das Ding noch funktioniert.«

Mit der Elektrizität ist das so eine Sache. Sie gehört zu den selbstverständlichen Phänomenen des Alltags, ohne dass wir genau erklären könnten, wie sie funktioniert.

»Kann ich helfen?«, frage ich ihn.

Charlie richtet seinen massigen Körper auf. »Zur Hölle damit.«

Er lässt sich auf einem Stuhl mir gegenüber nieder. Auf seiner Stirn glänzen Schweißtropfen. Die Warteschleifenmusik aus dem Telefon läuft endlos weiter.

Lange Zeit wusste ich nicht, wie ich eigentlich zu Charlie stehe. Bis zu jener Nacht. Ich hatte mich im Museum unter dem Tisch versteckt, mich mit einer Glasscherbe verletzt und wollte nicht mehr weiterkämpfen.

Wie ein Engel kam er zu mir. Trug mich zu seinem warmen Auto und brachte mich nach Hause. Unterwegs fiel kein einziges Wort zwischen uns.

In unserer Einfahrt war ich nicht in der Lage auszusteigen, also hob er mich wieder hoch, diesmal etwas frustriert und doch voller Mitgefühl. Er brachte mich zu Mom und setzte mich behutsam ab. Mom und ich umarmten uns und ich blickte über ihre Schulter zu Charlie. Er stand da wie ein Ritter, der eine Prinzessin beschützt. Was er mir und was ich ihm bedeute – damals fühlte ich es ganz deutlich.

Ich fühle es auch jetzt, während er sich über die feuchten Augenbrauen wischt. Ich lache, wenn er so tut, als wäre er gemein zu mir. Ich mag seine eigenwillige Rechtschreibung. Ich liebe es, wenn er auf Schritt und Tritt seine *MUSIKER ZU MIETEN*-Visitenkarten mit sich herumträgt. Ich bin enttäuscht, wenn er vergisst, Gute Nacht zu sagen. Ich vermisse ihn, wenn er weg ist.

Er hat sogar einen persönlichen Song für mich. Ich habe ihn gefragt, was er da immer vor meiner Tür pfeift. Es ist *Girl on Fire* von Alicia Keys.

»Heute ist der Tag, was?«, fragt Charlie und bemüht sich um Zurückhaltung.

»Der Tag wofür?«, fragt Mom, die mit voll beladenen Armen hereinkommt.

Ich werfe Charlie einen Blick zu und schüttle den Kopf. Mom sieht es.

»Nichts da«, sagt sie. »Keine Geheimnisse, bitte.«

Charlie zieht sich aus der Affäre. »Ich gehe abwaschen«, sagt er und steht vom Tisch auf.

Mom beobachtet seinen etwas ungeschickten Abgang und wendet sich dann wieder mir zu.

Charlie und ich haben vor Kurzem eine lange Fahrt unternommen, und er weiß ein paar Dinge, die sie nicht weiß.

»Heute Abend erzähle ich es dir«, sage ich.

Ich habe ihre Geduld überstrapaziert. »Sag es mir jetzt.«

»Heute Abend«, versichere ich und blicke sie offen an.

Sie atmet tief durch und bedrängt mich nicht weiter. Wenn ich mein Wort nicht halte, wird sie sich Charlie vorknöpfen, um ihm alle Informationen zu entlocken. Aber dazu wird es nicht kommen. Ich werde ihr alles sagen, was sie wissen will, aber erst, nachdem ich meinen Plan in die Tat umgesetzt habe.

»Ich habe kein schlichtes Geschenkpapier«, sagt Mom und sortiert die Sachen, die sie auf dem Tisch abgeladen hat. »Aber ich habe Geschenktüten. Wie wär's damit?«

In der Sturmnacht habe ich zu Mac gesagt, dass er seinen Dad besser wertschätzen soll, weil er von einem Moment zum anderen nicht mehr da sein könnte. In den Tagen danach ist mir klar geworden, dass ich bei Mom meinen eigenen Rat nicht befolgt habe. Mac hatte recht: Sie ist taff. Sie lächelt, wenn sie weinen will. Sie steht auf, wenn sie mehr Schlaf braucht. Sie öffnet ihr Herz wieder, nachdem es gebrochen war. Ich will ein bisschen so sein wie sie.

Ich entdecke eine Tüte, die groß genug ist. »Die dürfte passen.«

»Du verstreust überall Krümel.«

»Tut mir leid«, sage ich und schiebe mir den Rest des Muffins in den Mund.

Die Warteschleifenmusik stoppt und eine Frauenstimme meldet sich.

»Hallo, hier Meredith am Apparat.«

Mom springt von ihrem Stuhl auf und stürzt sich auf das Telefon.

»Ich bin hier!«, schreit sie und fummelt am Hörer herum.

Sie stellt den Lautsprecher ab. Hoffentlich hat Meredith die rettende Idee.

Noch in einem anderen Punkt hatte Mac recht: Mom hatte schon eine ganze Weile von meinen E-Mails an Dad gewusst. An jenem Abend wollte sie nicht etwa mit mir reden, weil sie dahintergekommen war, dass ich die Mails schrieb, sondern weil ich beschlossen hatte, *keine* mehr zu schreiben.

Sie hatte sehr viele Fragen zu allem, was sie in den E-Mails gelesen hatte. Ich erzählte ihr das, was ich sagen konnte. Es gibt immer noch Geheimnisse, die ich für mich behalte – darunter ein sehr beschämendes, das nach einer giftigen Pflanze benannt ist. Ich weiß nicht, ob ich Mom jemals eingestehen kann, wie tief ich tatsächlich gesunken bin. Im Moment versuche ich nur, wieder mehr und ehrlich mit ihr zu reden.

Ich nehme die Geschenktüte und forme mit den Lippen ein lautloses »Danke«.

»Schreib mir«, erwidert sie nur

Wir schreiben uns mehr denn je. Meistens sind es keine wichtigen Dinge – zum Beispiel wann ich nach Hause komme oder wo sie den Nagellackentferner versteckt hat. Aber manchmal ist es nicht nichts. Manchmal geht es um alles.

Vermisst du ihn?

Dad?
Jeden Tag.
Jeden einzelnen Tag.

Ich wollte es nur wissen.

An manchen Tagen denke ich,
es geht mir gut, aber es geht mir nicht gut.
Ich tue etwas und frage mich, was er wohl
dazu sagen würde.
Ich denke an ein Lieblingsrestaurant
von ihm. Oder an einen Film.
Mein Stehpult – das würde er verachten!

Er war definitiv jemand,
der gerne sitzt.
Genauso wie ich 😉

Das Schlimmste ist, dich heranwachsen zu sehen.
Es ist schrecklich, dass er das nicht miterleben darf.
Tut mir leid. Ist es okay, das zu sagen?

Ja. Es ist okay.
Thx, Mom.

Du schliesst das Nachtschatten-Konto bei der ersten Gelegenheit, die sich ergibt. Aber selbst dann schreiben Leute Nachrichten an dich. Sie brauchen auch weiterhin jemanden, bei dem sie sich Luft machen können. Nur dass du das nicht mehr sein kannst.

Am Morgen nach dem Sturm rufst du Neel an, weil du ihm insgeheim die Schuld für das Ende dieser Nacht gibst. Es war seine Idee, dass du dich nicht mehr als Opfer sehen sollst. Dass du endlich den Mut aufbringen sollst, ehrlich zu sein. Das Gespräch an jenem Morgen nimmt erst eine Wendung, als Neel dich fragt, ob du weinst, und du ihm versicherst, dass du nicht weinst, es aber doch tust.

Neel begleitet dich durch diese erste quälende Woche. Als er erfährt, wie nahe du und Mac euch in nur einer Nacht gekommen seid, ist er ein bisschen eifersüchtig, auch wenn er es nie zugeben würde.

Okay, ich hab's kapiert, sagt Neel, als du ungefähr zum fünfzigsten Mal erwähnst, was Mac gesagt oder getan hat.

Sein Traum ist es, als Profi in Europa zu spielen, erklärst du Neel, *aber ihm ist klar, dass er schon froh sein kann, wenn er in einem anständigen College-Team unterkommt.*

Neel verdreht die Augen. Isla und Brooke würden bei dieser Geschichte nicht sofort versuchen, das Thema zu wechseln. Sie würden dich anflehen, alles ganz genau zu erzählen. Aber sie kennen die Hintergründe nicht. Und du weißt nicht, ob du sie ihnen jemals anvertrauen wirst.

Anfangs musste Neel sich erst an die Fragen gewöhnen, die du immer wieder betont beiläufig stellst: *Findest du, ich habe eine schöne Stimme? Ist das Baumwolle, was du da anhast? Wollen wir uns Salsa anhören?*

Du rauchst mit Neel – einmal. Weil er mit Ezra abhängt und du nicht alleine sein willst, schließt du dich ihnen an, und nach einem einzigen mickrigen Zug hast du einen Nervenzusammenbruch, der mehrere Stunden dauert. An einem anderen Abend bittest du Neel, am Telefon zu bleiben, während er Videospiele spielt und du einen Roman liest, auf den du dich nicht konzentrieren kannst. Du bittest ihn, dir dabei zu helfen, alle deine Posts aus dem Internet zu löschen. Neel erklärt dir, dass das unmöglich ist, aber er schafft es immerhin, dass sie nicht mehr so leicht auffindbar sind. Irgendwann, viel später, als es angebracht gewesen wäre, dankst du ihm dafür, dass er am Tag des Sturms so weise war, dir einen Ratschlag zu erteilen, und gleichzeitig so dumm, zu glauben, er könne seine Weisheit an einen Dickkopf wie dich weitergeben.

Die Leute kennen immer noch nicht die wahre Identität von *Nachtschatten*. Du wartest darauf, dass die Wahrheit ans Licht kommt. Einerseits willst du geoutet werden. (Du hast sogar ein Geständnis auf deinem Handy gespeichert, aber du bringst es nicht über dich, es abzuschicken.) Andererseits möchtest du nach der schicksalhaften Nacht dein Leben weiterführen, wenn auch nicht mehr so wie früher. Du versuchst die alte Tegan in dir wiederzuentdecken. Du versuchst dich von sozialen Medien fernzuhalten, aber das ist schwer. Du liest zufällig den letzten Post von Finley Wooten, die seinerzeit der Auslöser für deine Schreckensherrschaft war. Finleys Familienhund ist gerade gestorben und sie ist am Boden zerstört. Instinktiv denkst du: Ihre Gefühle sind gespielt. Sie will nur Mitleid erwecken. Aber inzwischen hast du gelernt, dass dein Urteil über Menschen wie Finley auch falsch sein kann. Ihr beide habt mehr gemeinsam, als du dachtest. Ihr habt denselben Jungen geküsst.

Du erstellst ein neues Konto unter deinem richtigen Namen: Tegan Everly. Deine Beschreibung lautet: *Wochenend-Museumsführerin, Sriracha-Liebhaberin, besorgt um das Klima, krass mutig.*

Du klickst auf Finleys Beitrag über ihren Hund. Du willst einen Kommentar hinterlassen – aber war es nicht genau das, was dich überhaupt erst auf diesen abscheulichen Weg gebracht hat? Was, wenn du dir durch einen weiteren Kommentar noch mehr Ärger einhandelst?

Du beschließt, das Risiko einzugehen. Du willst ein besserer Mensch werden. Und das bedeutet, mehr auf dein eigenes Herz zu hören.

Du hinterlässt folgenden Kommentar: *Es tut mir so leid, Finley. Ich weiß, wie schlimm es ist, jemanden zu verlieren, den man liebt.*

Sekunden später liket Finley deinen Kommentar.

Echt jetzt? Hätte es die ganze Zeit so einfach sein können?

Du versuchst es ein zweites Mal. Ein drittes Mal. Du schreibst Erika Reyes, dass du ihre hochgesteckten Haare magst, weil sie ihre Wangenknochen betonen, auf die du, wie du zugibst, total eifersüchtig bist. Du gestehst Faith Ibori, dass du jedes Mal froh bist, wenn sie eine Frage in Algebra stellt, weil du meist keinen blassen Schimmer hast, wovon Mr McKendrick spricht, dich aber nicht zu fragen traust, weil du denkst, alle anderen hätten es längst kapiert.

Nach und nach versuchst du, Freundlichkeit in die Welt zu bringen, um deine früheren Gemeinheiten auszugleichen. Es wird zu deiner neuen Mission – ab sofort nutzt du deine Beobachtungsgabe für das Gute. Statt Menschen runterzuziehen, stützt du sie. Das entschuldigt nicht, was du getan hast. Meistens fressen deine Schuldgefühle dich auf. Was für ein hässlicher Mensch du geworden bist! Aber du rufst dir immer wieder in Erinnerung, was du gelernt hast: Niemand ist so schön, wie er nach außen hin scheint, aber auch nicht so hässlich. Hässlichkeit, die sich im Innern versteckt, kann nie anders als hässlich wirken. Äußere Hässlichkeit hingegen kann irgendwann sogar schön aussehen.

Du lädst Isla und Brooke zu einer Pyjamaparty zu dir nach Hause ein, wie ihr es regelmäßig gemacht habt. Es ist schon eine Weile her, und du bist nervös, aber dann ist es so, als hätte sich nie etwas geändert. Ihr macht es euch zu dritt in deinem kleinen Schlafzimmer gemütlich, nascht Gemüsechips und albert herum, bis ihr euch den Bauch halten müsst vor Lachen. Du würdest ihnen gerne von dem Abend mit Mac Durant im Museum erzählen, aber du weißt nicht, wie du das Ende dieser Nacht erklären sollst und warum sie dich seither in der Schule kein einziges Mal mit Mac gesehen haben. Es gibt so viel mehr, was du ihnen sagen willst – aber nicht heute Abend. Heute Abend genießt du einfach ihre Gesellschaft.

Du verfolgst Macs soziale Kontakte. Du kannst nicht anders. Seit dem Sturm hat er nichts mehr gepostet. Du überprüfst die Feeds seiner ehemaligen Teamkameraden. Keiner von ihnen stimmt mit der Person überein, die dir das Video von Macs Vater geschickt hat. Aber deine Recherche bringt dich auf eine Idee. Du erinnerst dich, dass Mac davon gesprochen hat, einem Team der Hallenliga beizutreten.

An einem Mittwochabend gehst du in das Sportzentrum an der Route 1. Du hast vor, dich unbemerkt zwischen die

Zuschauer auf der Tribüne zu mischen, aber es gibt keine Tribüne und kaum Zuschauer, außer ein paar Eltern, die direkt an der Seitenlinie stehen. Du kommst dir wie eine Idiotin vor und willst sofort wieder gehen, aber dann entdeckst du ihn auf dem Feld. Er trägt kniefreie Shorts und bewegt sich wie eine majestätische Raubkatze. Sein Anblick spiegelt alles wider, was er dir mit tausend Worten zu beschreiben versucht hatte. Er tut das, was er am liebsten tut, und du darfst ihm dabei zusehen. Dass es kaum Zuschauer gibt, scheint Mac und die anderen wenig zu kümmern. Sie sprinten und hechten und kämpfen um den Ball, als gäbe es nichts Wichtigeres auf der Welt als dieses Spiel. Während du Mac dabei beobachtest, wie er seiner Lieblingsbeschäftigung nachgeht – *konzentriert, hechelnd, schwitzend, frei* – verstehst du ihn endlich. Es ist tatsächlich ganz einfach.

Es gibt eine Spielpause. Er steht regungslos in der Mitte des Feldes und starrt dich an. Es ist dir peinlich, hier zu sein, aber du bist froh, dass er dich bemerkt hat. Du willst, dass er weiß, wie viel er dir bedeutet. Doch dann wendet er sich ab, und dieses Wegdrehen, nachdem er dich gesehen hat, ist umso brutaler. Du wartest, dass er wieder herüberschaut, aber er tut es nicht. Du rennst zur Tür hinaus.

Du willst ihm die Hand reichen. Um dich für alles zu entschuldigen, was du ihm angetan hast. Du kannst ihm nicht schreiben. Du hast seine Nummer nicht. Selbst wenn du sie hättest, wärst du vielleicht nicht mutig genug, sie zu benutzen. Ein handgeschriebener Zettel wäre eine Möglichkeit.

Aber jedes Mal, wenn du versuchst, deine Entschuldigung zu Papier zu bringen, scheiterst du daran, das, was du sagen willst, in Worte zu fassen.

Glücklicherweise hast du gelernt, dass es mehr als eine Möglichkeit gibt, dein Herz sprechen zu lassen. So schmerzhaft es auch ist, dir jedes kleine Detail dieser Nacht vor Augen zu halten, am Ende hat es sich gelohnt. Deine Aufmerksamkeit bringt dich tatsächlich auf eine Idee. Es gibt einen Weg, wie du das Unreparierbare reparieren kannst.

Jetzt
13:35 Uhr

Ich schicke die Teilnehmer meiner Führung los, damit sie die Exponate auf eigene Faust erkunden. Wir sind zu sechst: außer mir noch zwei ältere Paare und eine verschüchterte Frau, die den Eindruck macht, sie sei nur zufällig in das Edison Center geraten, ohne genau zu wissen, wo sie eigentlich ist. Sie sind aufmerksame Besucher, sogar die seltsame Frau, und mehr kann man sich nicht wünschen.

Die Arbeit im Museum war ursprünglich nur ein Sommerjob, aber jetzt ist es auch ein Winterjob. Ich arbeite an den Wochenenden »ehrenamtlich«, bis das Museum es sich leisten kann, die Glasvitrine zu ersetzen, die ich kaputt gemacht habe. Was bedeutet, dass ich für den Rest meines Lebens hier sein werde.

Es hätte schlimmer sein können. Das Museum hätte auch die Polizei einschalten können. Ja, ich habe hier in der Vergangenheit gearbeitet, aber in der Nacht des Sturms (und in den Nächten davor) war ich unerlaubt hier, was sicher gegen das Gesetz verstößt. Dazu kommt die Beschädigung von Eigentum, ein weiteres kriminelles Vergehen.

Meinem Vater habe ich es zu verdanken, dass man nachsichtig mit mir ist. Ohne sein unermüdliches Engagement für dieses Haus wäre Maggie, meine Chefin, jetzt nicht die

Leiterin des Museums. Erstaunlich, wie er mich immer noch durchs Leben führt, obwohl er nicht mehr da ist.

Ich schreibe ihm nicht mehr. Aber in meinem Kopf sind wir immer mitten in einem Gespräch.

Ich rufe meine Gruppe zurück. »Ziemlich cool, oder?«, sage ich in der Hoffnung, dass die Entdeckertour ihnen Spaß gemacht hat, doch im Grunde genommen interessiert es mich nicht.

»Sie werden mir sicher zustimmen, dass die Erfindungen beeindruckend sind«, fahre ich fort. »Aber Edisons größte Erfindung war Edison.«

Es ist ein Satz, den kein anderer Tourguide benutzt. Ein Tegan-Everly-Original. Meine Gruppe wartet auf eine Erklärung.

»Es gab eine Zeit, da war Thomas Edison wahrscheinlich der berühmteste Mann der Welt. Am erstaunlichsten ist jedoch, dass er das war, *bevor* er eine funktionierende Glühbirne entwickelte. *Bevor* er Phonographen herstellte. Andere Erfinder wie Alexander Graham Bell arbeiteten an den gleichen Projekten wie Edison und waren sogar weiter als er. Was also war der Unterschied zwischen Edison und den anderen Erfindern?«

Eine Frau in einem Sari denkt über eine Antwort nach, alle anderen scheinen begriffen zu haben, dass es eine rhetorische Frage ist.

»Edison verstand sich wie kein Zweiter auf Selfpromotion. Er war ein Experte darin, sich ein bestimmtes Image zu geben.«

Diesen Teil der Geschichte habe ich immer als einen

subtilen Akt der Rebellion verstanden. Ich wollte damit ein klein wenig an Edisons Legende rütteln. Für mich war Edison ein Fake gewesen. Wie naiv von mir.

Edison hat seine vielen Misserfolge nie geleugnet. Jeder, der sich so sehr anstrengt (er hat bis zu seinem allerletzten Tag gearbeitet), ist immer *auch* zum Scheitern verurteilt. Ab und an zu straucheln, war für ihn natürlicher Teil eines Prozesses. Der Schlüssel zum Erfolg lag darin, weiterzumachen, es immer wieder zu versuchen.

Und oft ist der Misserfolg des einen der Erfolg des anderen. Edisons elektrischer Stift erwies sich als Flop, aber er führte dazu, dass andere den ersten Tattoo-Stift erfanden und den Mimeographen, einen Vorläufer der Xerox-Maschine. Verdammt beeindruckend.

Ja, Edison hat seine Errungenschaften angepriesen, aber er hat auch seine Fehlschläge eingestanden, und ich finde, allein schon dafür gebührt ihm Applaus.

»Heutzutage haben Promis meist eine eigene Marke, die sie bewerben. Im Grunde genommen geht dieses Celebrity Branding auf Edison zurück. Ein weiterer Punkt auf der Liste seiner Verdienste.«

Meinen Zuhörern gefällt das. Alle lächeln höflich.

Vor Kurzem ist mir noch etwas anderes klar geworden, und seither sehe ich Mr Edison nicht mehr ganz so kritisch: Die Menschen lieben Mythen. Sie lieben es, an unglaubliche Dinge zu glauben. Die Leute, die hier vor mir stehen, wollen nichts Negatives über ihren Helden hören. Sie brauchen ihn. Sie brauchen seine Magie.

Es ist Zeit für die letzte Station auf unserer Tour. Ich

führe meine Gruppe durch die Hintertür und den Weg entlang zum Gedenkturm.

Als ich nach dem Sturm wieder meine Arbeit im Museum aufnahm, fragte ich Maggie, ob bei einem Stromausfall im gesamten Viertel das Licht an der Turmspitze trotzdem mit Elektrizität versorgt wird. Mit anderen Worten, war der Turm an ein separates Netz angeschlossen? Hatte er einen eigenen Generator?

»Ich glaube nicht«, sagte Maggie. »Ich kann mich beim Wartungstechniker erkundigen. Warum fragst du?«

»Nur aus Neugier«, sagte ich.

Auf meinem Rundgang schließe ich jetzt die Tür zum Turm auf und fordere meine Gruppe auf, sich an der Säule zu versammeln. Als Letzte betrete ich den Raum.

»Dies ...«, beginne ich.

Es tut weh, wieder hier zu sein.

»... ist das Ewige Licht.«

Ich rattere meinen Text herunter, ohne auf meine Worte zu achten. Meine Gedanken kehren zu jener Nacht zurück. Wie er mich angesehen hat. Wie unsere Hände die Glühbirne berührten. Ich wünschte, ich könnte die Erinnerung auslöschen, zugleich möchte ich sie für immer festhalten.

Und ich denke an Dad. Ich denke an das Mittagessen, das wir in der Mensa der Rutgers hatten, als ich ihn fragte, was der Weg zu mir sei, und er sagte, man müsse mir die Dinge immer zeigen. Es reicht mir nicht, sie zu hören. Ich muss sie gezeigt bekommen.

Ich beende meinen kleinen Vortrag. Ein gebrechlicher Mann mit einem zauseligen Bart hebt die Hand.

»Ja?«, sage ich.

»Ist es wahr?«, fragt er.

»Ist was wahr?«

»Dass das Licht noch nie erloschen ist?«

Das fragen die Leute immer. Die Führer sind angewiesen, die Frage offenzulassen. Um das Geheimnisvolle des Ewigen Lichts zu bewahren. Aber ich kann mir nicht helfen. Ich gebe dem Mann eine Antwort.

»Ja«, sage ich kühn. »Es ist wahr.«

Bin fertig mit der Tour.
Was gibt's zum Abendessen?

Nichts geplant.
Wir mussten einen neuen Kühlschrank kaufen.

Wie wär's mit Hühnersuppe?
Oder macht das zu viel Arbeit?

Hervorragende Idee!
Mit Fleisch?

Nur Brühe, bitte.

Geht klar. ☺
Charlie hat einen Gig.
Heute nur du und ich.

Hört sich toll an.

Jetzt
16:11 Uhr

Maggie reicht mir zwei gefaltete Zwanziger. »Ein kleines Taschengeld.«

Ich halte die Scheine in meiner vernarbten Hand, bin dankbar und schäme mich. Wenn Maggie wüsste, dass unsere kostbare Edison-Büste eine blutige Nase bekommen hat, und ich es zugelassen habe. Ich gebe das Geld zurück.

»Nimm es«, sagt Maggie und schließt die leere Kasse. »Du hast gute Arbeit geleistet.«

Dankbarkeit siegt über meine Scham. Ich stecke das Geld ein.

Die Arbeit lässt die Tage schneller vergehen. Sie hält mich davon ab, zu viel nachzudenken. Ich habe immer noch Wut in mir und weiß manchmal nicht, wohin damit. Edison sagt, der Trick ist, weiterzumachen. Es weiter zu versuchen. Sich immer wieder neu zu erfinden. Genau das tue ich.

»Wir sehen uns morgen«, sage ich zu Maggie.

Ich schließe meine Jacke und greife nach meiner Geschenktüte. Als ich rausgehe, höre ich das vertraute Piepsen der Tür. Ich drehe das Schild um. Wir haben geschlossen.

Es ist ein fünfzehnminütiger Spaziergang von hier, in die entgegengesetzte Richtung von zu Hause. In der Nacht des Sturms hat es viel länger gedauert – wegen der anderen Route und des schlechten Wetters. Heute scheint die Abendsonne, der Himmel ist ungetrübt und ich wähle den direktesten Weg. Diesmal laufe ich schnell, ich will, dass es vorbei ist, bevor ich es mir anders überlege.

Das hellbraune Haus, halb verdeckt von einem Baum, sieht anders aus als noch vor ein paar Wochen – und anders als in den Jahren davor. Sobald man einen Ort betritt, verändert sich die Sicht auf ihn für immer. Ich frage mich, ob ich immer noch das einzige Mädchen bin, das Mac jemals hereingebeten hat.

An der Auffahrt steht ein neuer Briefkasten. Keine Ziegelsteine. Der neue Briefkasten ist aus Plastik.

Auf dem Weg zum Haus werde ich langsamer. In der Sturmnacht hat der Schnee mich verschluckt, aber jetzt bin ich für alle sichtbar. Bei jedem Schritt kommen die Erinnerungen zurück. Die Toilette, auf der ich war. Der unfertige Keller. Der kurze Abstecher in die Küche. Das alles geschah so schnell, dass ich kaum Zeit hatte, darauf zu achten.

An der vorderen Veranda verlässt mich der Mut. Ich bin kurz davor, umzukehren.

Stattdessen rufe ich meinen Guru an. »Ich bin hier«, sage ich zu ihm. »Bei Mac. Ich weiß nicht, was ich tun soll.«

»Leg es einfach ab«, sagt Neel und kaut auf etwas Knusprigem herum.

»Okay. Aber wo? Ich hab das nicht richtig durchdacht.«

»Stell es auf die Veranda oder so.«

Die Geschenktüte ist oben offen. »Ich habe Angst, dass es kaputtgeht.«

»Wie wär's mit dem Briefkasten?«

Ein kurzer Blick. »Zu klein.«

»Scheiße«, sagt Neel.

»Was?«

»Die schmecken schal.«

»Würdest du dich bitte konzentrieren?«, sage ich leise.

»Tut mir leid«, sagt Neel.

Seine lauten Kaugeräusche verstummen und jetzt nehme ich noch eine andere Stimme wahr. Anscheinend hatte er sein Handy die ganze Zeit auf laut gestellt.

»Hey, Ezra«, sage ich.

»Hey, Tegan«, grüßt Ezra zurück.

Ich bin nicht länger eifersüchtig auf Neels Beziehung zu Ezra. Er darf andere Freunde haben. Solange es Jungs sind.

Ich schätze, zwei Gurus sind besser als einer. »Können wir uns bitte zur Abwechslung mal auf mich und meine Probleme konzentrieren?«

Die Jungs lachen, für meinen Geschmack ein bisschen zu viel und zu laut.

»Hör zu«, sagt Neel. »Ich finde, du solltest klingeln.«

»Finde ich auch«, sagt Ezra.

»Nein.« Nervös schaue ich mich um. »Ich will ihn nicht sehen.«

»Du hast gesagt, er arbeitet«, erwidert Neel.

»Ja. Ich bin mir fast sicher.«

»Dann musst du dir keine Sorgen machen.«

»Aber was, wenn sein Vater die Tür öffnet? Ich kann ihm nicht gegenübertreten.«

Ja, ich schulde dem Mann eine Entschuldigung, aber das

heißt nicht, dass ich ihm jemals in die Augen sehen und mit ihm sprechen kann.

»Hm«, murmelt Neel und setzt dieses mehrdeutige Brummen scheinbar ewig fort.

»Beeil dich«, sage ich. »Ich stehe auf seiner Veranda wie eine völlig durchgeknallte Stalkerin.«

»Häng sie einfach an die Tür.«

In einem der Erdgeschossfenster erscheint kurz ein Gesicht. »Oh mein Gott. Jemand hat mich gesehen.«

»Schnell«, sagt Neel. »Hau ab!«

»Ich geh ja schon. Ich geh ja schon.«

Ich renne so unauffällig, wie es die Gesetze der Physik und meine Selbstachtung erlauben, durch den Vorgarten der Durants. Als ich meinen Namen höre, bleibe ich stehen. Ich schaue zum Haus hoch. Er steht auf der Veranda.

Meine Lippen bewegen sich kaum, als ich ins Handy raune: »Es ist Mac.«

»Was machst du gerade?«, flüstert Neel.

»Ich stehe da.«

»Das ist nicht gut.«

»Ach ja? Ich melde mich.«

Ich lege auf und rufe über den Rasen hinweg ein unbeholfenes »Hallo«.

Mac kommt in meine Richtung. Ich warte auf dem Gehweg, versteinert, elektrisiert. Die letzten Worte, die er an jenem Abend zu mir sagte, hallen in meinen Ohren, wie auch schon in all den Wochen seitdem.

Du bist krank. Monatelang hatte ich mir genau das immer wieder gesagt, lange vor der Sturmnacht, aber es aus seinem

Mund zu hören, machte es so viel schlimmer. Bei ihm hatte ich mich endlich *nichtkrank* gefühlt. Zum ersten Mal seit langer Zeit war es mir gut gegangen.

Nach all den Ausweichmanövern und Vermeidungsstrategien steht Mac jetzt vor mir, in einem verblichenen T-Shirt, mit bloßen Armen, die Hände in die Taschen seiner Jogginghose gesteckt. Sein Haar ist kürzer. Er trägt Hausschuhe, ungeeignet, um damit ins Freie zu gehen.

Das stumme Starren dauert an, bis mir klar wird, dass wohl ich diejenige bin, die den Anfang machen sollte.

»Ich dachte, du bist im Laden«, sage ich.

»Nein«, sagt Mac. »Ich habe gekündigt. Es ist einfach zu viel im Moment.«

Ich bin überrascht und glücklich, dass er überhaupt mit mir redet, egal über was. Ich hebe innerlich ab, tue aber so, als wäre ich noch mit beiden Beinen auf der Erde.

»Ich habe mir ein Spiel angesehen«, sagt Mac. »Dann habe ich jemanden durchs Fenster erspäht.«

Achselzuckend sage ich: »Überraschung.«

Ich versuche, in seinem Gesicht zu lesen. Da ist vor allem eine große Zurückhaltung, die ich natürlich verdient habe, schon allein, weil ich wie eine Vollidiotin auf dem Gehweg herumstehe und es nicht schaffe, zu erklären, warum.

»Ich wollte dir das hier geben.«

Sein Blick wandert zu der Tüte, die ich an meine Brust gepresst habe. Ich löse meinen Klammergriff und reiche sie ihm. Er späht hinein.

»Du musst es nicht gleich anschauen«, sage ich.

Er zieht die Platte heraus, starrt sie an. Erst das Cover,

dann die Rückseite, dann wieder das Cover. Ungläubiges Staunen macht sich auf seinem Gesicht breit, und ich bin froh, dass ich hier bin und es sehen kann, auch wenn ich jede Anstrengung unternommen habe, dass genau das nicht passiert.

»Wie?«, fragt er nur. Er scheint seinen Augen nicht zu trauen angesichts dessen, was ich ihm da gerade überreicht habe – eine Erinnerung an seinen Großvater, Macintyre Durant, das Original.

»Zufällig arbeite ich in einem Museum, wo es die ein oder andere seltene Schallplatte gibt«, sage ich.

Ich habe Maggie nach *Meet Muggy Benson* gefragt, und sie stellte den Kontakt zu jemandem her, der mich wiederum mit jemand anderem in Kontakt brachte, und von da an ging es weiter. Die Spur endete wie durch ein Wunder in Brooklyn, New York. Eine alte Schallplatte, nur eine Autofahrt entfernt. Charlie hat mich hingefahren.

»Wie viel schulde ich dir?«, fragt Mac, und das tut weh, denn es soll keine geschäftliche Transaktion sein. Ich will nichts für die Platte. Ich will nur seinen und den Kummer seiner Familie lindern.

»Du bist mir nichts schuldig«, sage ich.

Er zögert. »Die war sicher nicht billig.«

»Ehrlich gesagt hat sie nicht viel gekostet. Ich habe den Eindruck, dass sich außer deinem Vater niemand für die Platte interessiert.«

Er lächelt. »Wahrscheinlich hast du recht.«

»Außerdem hat Charlie mir das Geld geliehen.«

Er sieht mich nachdenklich an. »*Der* Charlie Most?«

»Der Einzigartige. Er hat eine Schwäche für so was.«

Vermutlich denkt Mac, dass ich mit *so was* die Musik meine. Und das tue ich auch, aber nur zum Teil, denn ich rede auch von Romantik. Auf der Fahrt zum Plattenladen fing Charlie an, Fragen zu stellen. *Da ist dieser Junge*, erklärte ich ihm. Daraufhin gestand er mir, wie er mich in der Nacht des Sturms gefunden hatte. Er war ziellos durch die Straßen gefahren, als er einen Typen durch den Schnee laufen sah.

»Ihr hattet einen kleinen Plausch, habe ich gehört«, sage ich.

Mac nickt. »Er scheint ein wirklich guter Typ zu sein.«

»Ja.«

Ich gehe nicht davon aus, dass Mac sich erinnert, aber als er in der Sturmnacht von mir hörte, dass meine Eltern nicht mehr zusammen seien, meinte er nur, da hätte ich wohl Glück gehabt. Dieses Wort hatte ich bis dahin in keiner Weise mit meinem Leben in Verbindung gebracht. Aber wenn ich mir jetzt die Familie ansehe, die ich noch habe, dann weiß ich, dass ich mich geirrt habe.

Mac steckt die Platte zurück in die Geschenktüte. »Tja, also vielen Dank«, sagt er in einem Ton, der das Ende der Unterhaltung andeutet. »Das wird Dad gefallen.«

Ich schätze, das war's. Heute früh habe ich mir noch ausgemalt, dass Mac, begeistert von meinem Geschenk, sofort zu mir kommen würde. Ich bin froh, dass er sich überhaupt Zeit genommen hat, wirklich, aber letzten Endes hat er mir damit nur vor Augen geführt, was mir in den vergangenen Wochen und überhaupt in meinem Leben gefehlt hat. Was auch immer das zwischen uns war, es ist so schwer, ihm den Rücken zuzukehren, selbst wenn nur ich allein so empfinde.

Aber ich darf nicht zu viel verlangen. Ich habe getan, was ich mir vorgenommen habe. Das geleakte Video von seinem Dad entstand am selben Abend, an dem Mac in den Keller ging und die Originalaufnahme zerkratzte. Ich habe zwar nicht den Kratzer, aber einige andere Schäden verursacht. Die Platte zu ersetzen, sollte ein Anfang sein, um alles wiedergutzumachen. Ich kann das Vorher nicht mehr ändern, aber zumindest kann ich für ein besseres Nachher sorgen.

»Okay«, sage ich und wende mich zum Gehen.

»Warte«, sagt Mac.

Ich schaue ihn an.

»Kann ich mitkommen?«

Ich senke den Blick, beschämt darüber, wie sehr ich mir genau das wünsche.

Kann sein, dass ich es nicht verdient habe, aber ich nehme es schamlos an.

Wir gehen nebeneinander her.

»Mit wem hast du telefoniert?«, fragt Mac.

»Mit Neel.«

Es ist befreiend, einfach die Wahrheit zu sagen. Ich denke daran, wie eigenartig ich es damals fand, als Mac wissen wollte, ob Neel und ich zusammen sind.

Er sieht mich von der Seite an. »Schöne Jacke.«

»Ich weiß. Ich bin erbärmlich. Aber sie ist wirklich warm.«

Es ist *seine* Jacke. Ich trage sie nie in der Schule, nur an den Wochenenden (und manchmal, wenn ich zu Hause bin). Und natürlich hat Mac keine Jacke an. Wieder einmal ein Spontanausflug ins Ungewisse.

»Willst du sie wiederhaben?«, frage ich ihn. »Aber ich warne dich: Ich habe sie vollgeweint.«

»Das ist okay. Sie gehört dir.«

Was er sagt, ist großzügig, und auch wie er es sagt, trotzdem fühle ich mich wie ein hoffnungsloser Fall, mit dem man Mitleid haben muss. Ich kann nicht anders. Selbsthass ist meine Disziplin.

Mein Bauchgefühl sagt mir: *Setz deine Kapuze auf, halte den Kopf gesenkt und mach den Mund zu.* Mein Herz kämpft dagegen an: *Er geht mit dir, das bedeutet etwas, lass zu, dass es etwas bedeutet, mach jetzt bloß keinen Rückzieher.*

Den Blick geradeaus gerichtet, frage ich ihn schnell: »Wie geht es ihm? Deinem Vater, meine ich.«

Mac pustet warme Luft in die Atmosphäre. »Er kommt klar.«

Er scheint noch mehr sagen zu wollen, und ich wünschte, er würde es tun. Ich wünschte, er würde sich mir gegenüber öffnen, so wie damals.

»Er kommt klar? Mehr nicht?«, hake ich nach.

Schweigend geht er ein paar Schritte neben mir her, bevor er sich entscheidet, weiterzusprechen.

»Ich hatte einen Streit mit ihm. Da war so vieles, was ich ihm sagen musste. Er fiel in ein Loch, so wie immer. Aber das ging vorbei. Seitdem geht es ihm wieder besser. Ich weiß, dass es nicht von Dauer sein wird. Aber zumindest habe ich ihm meinen Standpunkt klargemacht. Das hat sich gut angefühlt. Also danke.«

Ich schaue ihn an. »Warum bedankst du dich bei mir?«

»Nach der Nacht und allem, was passiert ist, habe ich begriffen, dass ich mich nicht mehr verstellen will. Niemandem gegenüber.«

Ich weiß, was er meint. Ich wünschte, ich hätte es schon viel früher gewusst.

Ich bleibe auf der Straße stehen und drehe mich zu dem Typen um, der früher Mac Durant war, aber jetzt nur noch Mac heißt – oder Macintyre für ein paar Auserwählte. Eine Nacht lang war er ein Junge in meinem Leben, der berührt und geküsst und gehalten werden konnte, und ich war ein Mädchen, das berührt und geküsst und gehalten werden konnte. Jetzt kommt mir jede Interaktion ohne all das geradezu kriminell vor.

»Es tut mir leid«, sage ich und bemühe mich, den Augenkontakt zu halten. »Ich wünschte, ich könnte es zurücknehmen. Nicht diese Nacht. Aber alles davor.«

Er seufzt, viel zu lange. »Was du getan hast, war scheiße.«

»Ich weiß.«

Er blickt zu Boden. »Ich habe dich echt gehasst.«

Er kickt einen Stein gegen den Bordstein, und ich muss an den Sport denken, den er wegen mir fast aufgegeben hätte. Ich bin der Stein, der gegen seinen Fuß rollt.

»Aber«, sagt Mac. Ein kleines Wort mit unendlichen Möglichkeiten. »Mir ist klar geworden, dass ich gar nicht wütend auf dich bin. Wirklich nicht.«

Das zu hören, ist, als würde man einen grünen Trieb in der Erde einer verdorrten Pflanze entdecken. Die Pflanze schien bereits eingegangen zu sein, aber sie war die ganze

Zeit da, unter der Oberfläche, und wollte einfach nicht aufgeben.

»In dieser Nacht war ich echt«, sage ich. »Ich schwöre es dir. So echt, wie ich nur sein kann. Ich will nicht, dass du mich für einen schrecklichen Menschen hältst.«

Er überlegt. »Ich habe schon Schlimmere erlebt.«

Ein Scherz, aber ich bin noch nicht bereit für Humor.

»Danke, dass du es niemandem erzählt hast«, sage ich. »Ich meine, ich weiß nicht, ob du es jemandem erzählt hast, aber es scheint, als hättest du es nicht getan. Vielleicht hast du es ja.«

»Habe ich nicht«, sagt Mac.

»Es ist in Ordnung, wenn doch. Du hast jedes Recht dazu.«

»Ich habe es nicht getan.«

»Okay.«

»Na ja, mit einer Ausnahme«, sagt Mac.

»Oh«, sage ich.

»War nur Spaß«, sagt er und versucht, nicht zu lachen.

Ich sollte Erleichterung empfinden, aber das tue ich nicht. Da ist ein alter Schmerz in meinem Bauch. Für den Bruchteil einer Sekunde, als ich glaubte, mein Geheimnis sei raus, war der Schmerz weg und ich empfand so etwas wie Frieden.

»Also entspann dich«, sagt Mac.

»Ich will nur, dass es endlich vorbei ist. Irgendjemand wird es herausfinden, oder?«

»Vielleicht. Aber dann hat er es ganz sicher nicht von mir.« Seine goldenen Augen sind kalt gewesen, aber nur kurz, jetzt strahlen sie wieder Wärme aus. Das Versprechen, das er mir in jener Nacht gab – vielleicht hat er es doch nicht gebrochen. Er hat es nicht vergessen.

Er fragt: »Sollen wir weitergehen?«

Die Antwort darauf kann nur ein Ja sein.

Wir bleiben auf der Straße, aber an der Seite.

Ich habe Glück, dass ich hier stehen kann, eine Handbreit von ihm entfernt, während er die Tasche schlenkert, die meine Mutter mir für das Geschenk gegeben hat, das Charlie besorgt hat und bei dessen Übergabe Neel mich unterstützt hat. All diese helfenden Hände bilden ein Netz der Liebe, in dem ich sicher aufgehoben bin. Unwillkürlich frage ich mich, wie Mac da hineinpasst. Ob es möglich ist, dass aus ihm und mir ein *wir* und *uns* werden könnte. Ich möchte ihn fragen, wohin wir gehen, ob es eine Zukunft nach dem Jetzt gibt, aber ich will mir auch nicht die Chance auf das Unerwartete verderben.

»Danke, dass du zu meinem Spiel gekommen bist«, sagt Mac.

Bei seinen Worten durchströmt mich ein Glücksgefühl. Ich war mir nicht sicher, ob er mich überhaupt dort haben wollte.

»Ich bin froh, dass du spielst«, sage ich.

»Ich denke darüber nach, wieder in mein altes Team einzutreten.«

»Das wäre toll. Ich hoffe, du tust es.«

»Ja«, sagt er, unsicher und hoffnungsvoll zugleich. »Ich werde mit Dad zu einer Führung ins Museum kommen.«

Er muss den Verstand verloren haben. »Nicht, solange ich dort bin.«

»Oh doch«, sagt Mac und genießt mein Unbehagen. »Stell dich darauf ein. Wir kommen.«

Na schön. Wenn es bedeutet, ihn wiederzusehen, ergebe ich mich meinem Schicksal.

Vor uns, über den Häusern und Bäumen, schimmert der Himmel violett. Ich hatte mich gefragt, wie seltsam das Wiedersehen mit Mac sein würde, aber es ist, als hätten wir uns nie getrennt. Mit ihm zu reden ist schwierig und leicht zugleich, und genau das mag ich. Alles andere ist nur Verstellung.

»Ich bin wirklich froh, dass du gekommen bist«, sage ich. »In dieser Nacht.«

In seinem Lächeln sehe ich ein Zwinkern, das nicht zu sehen ist, und mein Herz sagt mir, dass ich nicht die Einzige bin, deren Leben sich für immer verändert hat.

Es gibt nur eine Sache, die diesen Augenblick verdirbt und auch in Zukunft jeden guten Moment verderben wird, wenn ich nicht endlich etwas dagegen unternehme.

»Warte«, sage ich und bleibe auf der Straße stehen.

Ich greife in meine Hosentasche, hole mein Handy hervor und scrolle zu der Nachricht, die ich schon ein Dutzend Mal umgeschrieben, aber noch nicht gepostet habe. Mein Daumen schwebt über dem Button, der sie in die Welt hinausschickt. Ich schließe die Augen und sammle meine Kräfte. Meine Gedanken kreisen um den neuen Ärger, der auf mich zukommen wird, aber das ist nichts im Vergleich zu den Qualen, die ich mir selbst zugefügt habe.

Ich öffne meine Augen und schaue Mac an. Er wartet geduldig – auf mich. Wenn er über das Hässlichste in mir hinwegsehen kann und etwas Gutes und Ehrenwertes und sogar Schönes sieht, können das andere vielleicht auch. Vielleicht sogar ich selbst.

Ich drücke den Button. *Befreie mich.*

Wir gehen weiter. Ich schalte mein Handy aus. Es wird mehr als genug auf mich zukommen, aber das hat Zeit. Ich habe Angst, aber ich bin nicht allein. Es ist so viel Licht um uns herum. Bei all der Dunkelheit, die ich heraufbeschworen habe, wie kann es da so viel Licht geben? In jener Nacht konnten wir die Straße vor lauter Schnee nicht sehen, aber jetzt liegt sie klar vor uns.

»Ich war neulich auf der Erfindermesse«, sagt Mac. »Ich habe dein Projekt gesucht. Das Berührungsding.«

Ich kann nicht glauben, dass er dort war. »Wir haben es nicht geschafft, rechtzeitig eine Lösung zu finden«, sage ich. »Es war zu schwierig.«

Er rückt näher an mich heran. »Du brauchst es nicht.«

Ich drehe mich zu ihm und weiß nicht genau, was er meint. Er streckt die Hand aus. Ich forsche in seinen Augen und sehe, dass es stimmt. Seine Hand greift tatsächlich nach mir.

Ich atme die kalte Winterluft ein. Ich atme alles in mich ein. Der Sturm jener Nacht hat die ganze Stadt bedeckt, doch dann deckte er alles auf.

Ich ziehe meine linke Hand aus der Tasche, und diesmal reiche ich sie ihm.

DANKSAGUNG

Das *Thomas Edison Center* ist ein realer Ort in Edison, New Jersey. Ebenfalls einen Besuch wert: der *Thomas Edison National Historical Park* in West Orange, New Jersey.

An das Team von Little, Brown: Farrin Jacobs – danke für dein Vertrauen, dein Stilgefühl und deine wohlwollende Direktheit. Karina Granda. Jen Graham. Emilie Polster. Stefanie Hoffman. Siena Koncsol.

An das Team von Folio: Jeff Kleinman. John Cusick. Melissa Sarver White. Madeline Froyd. Chiara Panzeri. Und bei WME: Sylvie Rabineau.

Für dein einzigartiges Kunstwerk: Alessandra Olanow.

Dafür, dass ich an euren Geschichten teilhaben durfte, und für eure Expertise: Claire Chapeau. Brody Marzano. Bennett Madison. Neel Khichi. Beth Levinson. Mike Emmich. Emily Emmich. Matt Friel. Trupti Patel Doshi. Jen Doktorski. Bethany Mangle.

Dafür, dass sie von Anfang an und immer an mich geglaubt hat: Eileen DeNobile (1957–2016). Dafür, dass sie mich in dem Glauben an mich bestärkt hat: Collette McGuire.

Für meine drei hellen Lichter in einem Blackout: Jill, Harper, Lennon.

Ich danke euch.

VAL EMMICH ist ein Multitalent und betätigt sich höchst erfolgreich als Autor, Singer-Songwriter und Schauspieler gleichermaßen. Er ist einer der Autoren des Romans »Dear Evan Hansen«, der auf dem vielfach preisgekrönten gleichnamigen Broadway-Hit-Musical basiert und die New-York-Times-Bestsellerliste stürmte.

Von Val Emmich ist bei cbj erschienen:

Dear Evan Hansen (31415)

PETRA KOOB-PAWIS studierte in Würzburg und Manchester Anglistik und Germanistik, arbeitete anschließend an der Universität und ist seit 1987 als Übersetzerin tätig. Sie wohnt in der Nähe von München, und wenn sie gerade nicht übersetzt, lebt sie wild und gefährlich, indem sie Museen durchstreift, Vögel beobachtet und ihren einäugigen Kater daran zu hindern versucht, sämtliche Möbel zu ruinieren.

Val Emmich; Steven Levenson; Benj Pasek; Justin Paul

Dear Evan Hansen

352 Seiten, ISBN 978-3-570-31415-9

Ein nie für die Augen anderer bestimmter Brief lässt Evan Hansen als engsten Freund eines toten Mitschülers erscheinen. Dem einsamen Evan eröffnet sich durch dieses Missverständnis die Chance seines Lebens: endlich dazuzugehören. Evan weiß natürlich, dass er falsch handelt, doch nun hat er plötzlich eine Aufgabe: Connors Andenken zu wahren und den Hintergründen seines Todes nachzuspüren. Alles, was er tun muss, ist weiter vorzugeben, Connor Murphy habe sich vor seinem Selbstmord allein ihm anvertraut. Plötzlich findet sich der unsicht- und unscheinbare Evan im Zentrum der Aufmerksamkeit. Sogar der des Mädchens seiner Träume – Connors Schwester.

cbt

www.cbj-verlag.de

30429